Linda Lael Miller

Sobre las Olas

Más que Amantes

Editado por HARLEQUIN IBÉRICA, S.A.
Núñez de Balboa, 56
28001 Madrid

I.S.B.N.: 978-84-687-0993-2
Depósito legal: M-28619-2012
Editor responsable: Luis Pugni
Impresión Black print CPI (Barcelona)
Imágenes de cubierta:
Paisaje: DOUGLAS HOCKMAN/DREAMSTIME.COM
Mujer: YURI ARCURS/DREAMSTIME.COM
Fecha impresión Argentina: 30.3.13
Distribuidor para México: CODIPLYRSA
Distribuidores para Argentina: interior, BERTRAN, S.A.C. Vélez
Sársfield 1950 Cap. Fed./ Buenos Aires y Gran Buenos Aires,
VACCARO SÁNCHEZ y Cía, S.A.
Distribuidor para Chile: DISTRIBUIDORA ALFA, S.A.

ÍNDICE

SOBRE LAS OLAS

LINDA LAEL MILLER

I

Una leve sonrisa iluminaba los tensos labios de Nathan McKendrick mientras contemplaba el caos de las calles desde el ventanal del salón. Los coches subían y bajaban por las empinadas cuestas y los autobuses avanzaban con cautela sobre los quince centímetros de nieve que, según el portero del edificio, habían caído desde primera hora de la mañana. Todavía seguía nevando y los copos caían muy despacio, como si fueran harina pasada por un tamiz.

Nathan suspiró. Los habitantes de Seattle no estaban muy acostumbrados a la nieve, aunque sí a la lluvia, y siempre les pillaba por sorpresa. Los más asustadizos cerraban sus tiendas y se escondían en casa, mientras los aventureros se atrevían a enfrentarse a los elementos.

Su mirada se concentró en la lejanía. La nieve y la oscuridad de la noche impedían que pudiera ver el puerto, del que solo se distinguían unas cuantas luces parpadeantes; las montañas Olímpicas, que se encontraban más al fondo, no se veían en absoluto; y en cuanto al Space Needle, la moderna torre que habían erigido en conmemoración de una pasada exposición universal, parecía un destello de luz azul en la penumbra.

Deprimido, Nathan se apartó del ventanal y volvió a suspirar. Su ático, cálido y elegantemente decorado, le pareció una minúscula cárcel, aunque ocupaba toda la planta del edificio y además lo habían diseñado para que diera aún más sensación de espacio.

Cansado y cada vez más impaciente, se preguntó dónde estaría Mallory. Empezó a caminar de un lado a otro a grandes zancadas, gastando una energía que no le sobraba precisamente. El interminable vuelo desde Sidney y la gira de conciertos, que había durado seis semanas, lo habían dejado físicamente exhausto.

En determinado momento, se detuvo y echó un vistazo a su vestimenta, arrugada por las muchas horas de viaje. Llevaba unos pantalones grises y un jersey de cuello vuelto que a esas alturas empezaba a molestarle, y su cara denotaba claramente que no se había afeitado.

Aunque el ático tenía cuatro cuartos de baño, hasta ese momento ni siquiera había pensado en la posibilidad de ducharse y cambiarse de ropa; estaba demasiado asustado, demasiado desesperado por la necesidad de ver a Mallory. En cuanto su avión aterrizó, tomó un taxi al hospital donde habían internado a su esposa, pero las enfermeras se limitaron a decirle que ya le habían dado el alta.

Por supuesto, insistió en que le dieran más información sobre lo sucedido. Como no pudo encontrar al médico de Mallory ni a ninguno de los amigos de su esposa, decidió llamar por teléfono a su hermana, Pat, por si sabía algo al respecto. Lamentablemente, no estaba en casa.

Acto seguido, llamó al ático. Y aunque no obtuvo respuesta, decidió ir por si Mallory había dejado alguna nota.

Desde entonces había pasado un buen rato y un montón de llamadas telefónicas tan inútiles como las anteriores, incluido el mensaje que había decidido dejar en el contestador de Pat. Cada vez estaba más nervioso y se sentía más frustrado, pero pensó en el cable que le había enviado su hermana y se tranquilizó un poco. Si su hermana había dicho que Mallory se encontraba bien, se encontraba bien. Su hermana nunca se equivocaba.

Apretó los dientes y se acercó de nuevo al ventanal, aunque solo tardó unos segundos en volver a girar sobre sí mismo y dirigirse al dormitorio principal. Una vez allí, se desnudó y entró en la ducha.

Minutos más tarde, después de afeitarse y de cambiarse de ropa, se encontraba mucho mejor. Volvió a llamar a Pat, pero de nuevo saltó el contestador automático. Nathan maldijo en voz alta y marcó el número de la casa de la isla. Sin embargo, aquel no era su día de suerte: una operadora lo informó de que las líneas estaban cortadas.

Justo en ese momento, sonó el timbre de la puerta. Colgó el auricular y corrió hacia la pesada puerta doble de la entrada.

Cuando abrió, se encontró cara a cara con su hermana.

—No deberías dejar mensajes tan fuertes en el contestador de la gente, Nathan —protestó ella.

Él recordó el pintoresco mensaje que le había dejado y sonrió.

—Y tú deberías estar en casa cuando te llamo —declaró, arqueando una ceja.

Pat suspiró. Se echó hacia atrás el cabello cobrizo y sus ojos azules brillaron con un destello de cansancio. Pero a pesar de ello, sonrió, entró en el ático y dijo:

—Está bien, empecemos otra vez… Hola, hermanito. ¿Qué tal el viaje?

Nathan la miró con incredulidad, mientras el reloj de pared de su abuelo daba la hora.

—Pat, este no es momento para tonterías. ¿Qué le ha pasado a Mallory? ¿Dónde se ha metido?

Pat le dio dos besos a su hermano en las mejillas y respondió:

—Tranquilízate, Mallory está perfectamente. Cuando le dieron el alta en el hospital la llevé a la casa de la isla para que pudiera descansar un podo y relajarse.

Nathan tomó a su hermana de un brazo y la llevó al salón de forma algo brusca.

—¿Y por qué diablos tuvo que ir al hospital? —preguntó, tan impaciente como asustado.

Pat se sentó en un sofá y cruzó las piernas.

—Anoche se desmayó en el set y llamaron a una ambulancia. Me llamaron para contarme lo sucedido y te envíe un cable después de hablar con Mallory y con los médicos. Eso es todo.

Nathan se apoyó en el bar del salón y se cruzó de brazos.

—He pasado un rato terrible. En el hospital no quisieron decirme nada…

Pat bajó la mirada un momento y luego miró a su hermano.

—No me extraña. El productor de Mallory los amenazó con denunciarlos si daban información a alguien. Ya sabes cómo es.

Nathan no se contentó con la explicación. Tomó la chaqueta de cuero que había dejado sobre el respaldo de una silla y se la puso. Mallory era su principal preocupación y quería verla.

Cuando se volvió para marcharse, Pat se levantó, lo tomó de un brazo y dijo:

—Nathan, no vayas a molestar a Mallory con lo que piensas sobre su trabajo. Está muy cansada y es lo último que necesita.

—Sí, claro —dijo él, molesto.

—Deja de preocuparte. Está bien, en serio.

Nathan rio aunque la situación no le parecía divertida en absoluto. Y acto seguido, se marchó sin mirar atrás.

A Mallory O'Connor le encantaba la casa de la isla, pero no iba muy a menudo desde que había empezado a trabajar en Seattle. El sólido y sencillo edificio le parecía frecuentemente el único elemento real de su vida.

Se encontraba en la enorme cocina, contemplando la nevada a través de las ventanas y disfrutando de la calidez de su hogar. Pat había tenido la delicadeza de llevarla hasta allí y después había dormido un poco, así que se encontraba mejor e incluso tenía hambre.

Encendió la chimenea y pensó que su madre

tenía razón cuando decía que algunas cosas era mejor hacerlas a la antigua usanza. Cosas tan normales como encender un fuego provocaban una satisfacción que nunca sentía en el elegante ático de Seattle que compartía con Nathan cuando no estaba de viaje de trabajo.

Al pensar en él, suspiró. Amaba a Nathan McKendrick con una intensidad que no había decaído en sus seis años de tumultuoso matrimonio, pero no sabía si era feliz. A los veintisiete años, Mallory ya conocía el éxito profesional; y en cuanto a él, sus treinta y cuatro años lo habían llevado a la cúspide de su carrera. Sin embargo, y a pesar de tanta opulencia, tenía la impresión de que en su relación faltaban demasiadas cosas. Por ejemplo, paz y tranquilidad. Por ejemplo, niños.

En ese momento, su perra de raza setter irlandés, Cinnamon, aulló en la puerta para que la dejara entrar. Mallory sonrió y abrió de inmediato. La perra se acercó y ella le acarició la cabeza.

—¿Qué te parecería si nos quedáramos en esta casa para siempre? —le preguntó al animal—. Nathan podría seguir con sus giras y nosotras podríamos sobrevivir con una dieta a base de ostras, almejas y moras.

Cinnamon hizo caso omiso y corrió hacia la bolsa de comida para perros, que olfateó con evidente interés. Mallory le llenó el comedero y la dejó para prepararse una sopa. La alacena de la casa estaba prácticamente vacía y no había mucho que comer, pero decidió esperar al día siguiente para hacer la compra. Subiría al coche y se dirigiría a la pequeña tienda situada al otro lado de la isla.

El teléfono de la cocina, una réplica moderna de un aparato antiguo, comenzó a sonar. Mallory dejó lo que estaba haciendo y contestó la llamada.

—¿Dígame?

Una risa femenina sonó al otro lado de la línea.

—Mall, por fin has vuelto… Menos mal. Te había prometido que cuidaría de tu perra, pero no me ha hecho ningún caso.

Era Trish Demming, una de sus mejores amigas.

—No te preocupes, Cinnamon está perfectamente bien. Intenté llamarte por teléfono, pero las líneas estaban cortadas.

—Bah, no importa. Pero ¿qué haces ahí? Pensaba que estabas trabajando en esa telenovela…

Mallory suspiró.

—Me temo que estoy de vacaciones obligadas. Brad no me permitirá volver a los rodajes hasta que tenga permiso del médico —explicó.

—¿Es que estás enferma? ¿Es algo grave? —preguntó, preocupada.

Mallory pasó un dedo por la pared de la cocina y frunció el ceño al observar que estaba cubierta de polvo.

—No, en absoluto. Solo es cansancio.

Durante un buen rato, las dos mujeres estuvieron charlando sobre el guion de la telenovela, titulada *Días dulces, noches salvajes*. Era la primera telenovela que se iba a producir íntegramente en Seattle; Brad Ranner, su creador y dueño de la productora, había decidido rodarla allí y no en Nueva York porque los costes eran más bajos y porque quería rodar exteriores en la zona. Indudablemente, las espectaculares vistas de la costa y las montañas daban a la serie un interés añadido.

La mayoría de los actores se había negado a dejar Nueva York para rodar, así que habían tenido que hacer pruebas en Seattle. Mallory había decidido presentarse, al igual que toda una horda de candidatos, y había preferido dar su apellido de soltera, algo muy poco habitual en Estados Unidos, para que no la reconocieran; a fin de cuentas, era la esposa de un cantante de rock mundialmente famoso.

Por fortuna para ella, no solo no la habían reconocido sino que además le dieron el trabajo a pesar de su falta de experiencia y ahora interpretaba el papel de Tracy Ballard, una jovencita rebelde que destinaba su exceso de energía a romper matrimonios. Al principio, solo era un personaje secundario; pero ella lo había dotado de tanto interés y carácter que los patrocinadores y los propios espectadores habían exigido que tuviera más importancia.

De repente, Mallory O'Connor McKendrick era famosa. Pero también había descubierto que la fama ocultaba un profundo sentimiento de vacío.

Al cabo de unos minutos, prometió a Trish que la llamaría pronto y colgó el teléfono. Ahora era rica y la conocían en todas partes; no podía entrar en un supermercado, o incluso en una biblioteca, sin que alguien se dirigiera a ella por su papel en la serie. Sin embargo, deseaba que su vida hubiera sido diferente y hasta recordó su título de profesora, una profesión que nunca había llegado a desempeñar.

Ya había terminado la sopa cuando un coche se detuvo en el vado y sus faros iluminaron la cocina durante un momento. Mallory se acercó a una de las ventanas para ver quién era, pero nevaba tanto que no se podía ver nada y decidió abrir la puerta. Cinnamon la siguió, moviendo la cola y jugando entre sus piernas.

En cuanto abrió la puerta, el animal salió corriendo hacia el coche y se puso a ladrar, muy animado. Nathan salió del vehículo, rio al ver a la perra y la acarició.

—Hola, preciosa…

Mallory se quedó en la entrada, contemplando la escena. Por mucho tiempo que pasara, siempre se estremecía al ver a Nathan.

Entonces el recién llegado alzó la mirada y la clavó en su esposa. Su cabello y su chaqueta estaban cubiertos de nieve y se metió las manos en los bolsillos para protegerse del frío, pero la pasión de aquella mirada habría derretido a cualquiera. Además, Mallory sabía que estaría preocupado. Pat era una buena hermana y suponía que se habría puesto en contacto con él para contarle lo sucedido.

—Buenos días, señora O'Connor —dijo él, en tono de broma.

—Buenos días, señor McKendrick.

Nathan se acercó a ella, la abrazó con fuerza y bajó la cabeza un poco, de tal manera que Mallory podía sentir su aliento en la parte superior de sus senos. Después, puso una mano en el trasero de su esposa y la atrajo aún más hacia su cuerpo y hacia su evidente erección.

Mallory pensó que era igual que la legión de admiradoras de Nathan. Si se lo hubiera pedido, habría sido capaz de entregarse a él allí mismo, sobre la nieve.

Entonces él la besó, la llevó al interior de la casa y cerró la puerta.

—Te he echado de menos —dijo en voz baja.

Mallory se ruborizó levemente y sus grandes ojos brillaron.

Nathan rio.

—Vaya, no hay duda de que eres toda una actriz, aunque las reacciones de tu cuerpo te traicionan. No me odias tanto como pretendes hacer creer…

Mallory deseó gritar que no lo odiaba en absoluto, pero su orgullo se lo impidió. Sin embargo, dejó escapar un gemido cuando él le desabrochó uno de los botones de la blusa, y luego otro, para inclinarse después y comenzar a lamerle, suavemente, los pezones.

Ella se arqueó, excitada, y Nathan le introdujo una mano entre las piernas.

—Canalla… —dijo ella.

La protesta de Mallory, apenas audible, excitó aún más a su esposo, que comenzó a devorarla con súbita necesidad. Ella estaba deseando hacerle el amor, pero no quería rogárselo y tuvo que esperar a que Nathan le quitara la falda y comenzara a besarle el estómago.

Acto seguido, él se desabrochó los pantalones y los dejó caer mientras ella se liberaba de sus braguitas, sin dejar ambos de acariciarse y de besarse.

—Oh, Nathan, por favor… —rogó Mallory, por fin.

Nathan la besó apasionadamente. Mallory se

sentía deliciosamente vulnerable ante él y le susurró palabras dulces para que no se detuviera. Y con toda seguridad habrían hecho el amor allí mismo, sin más preámbulos, de no haber sido porque en aquel momento oyeron que un coche se detenía junto a la casa.

Los dos se apartaron y comenzaron a vestirse rápidamente. Apenas tuvieron tiempo antes de oír el timbre.

—¡Un momento! —exclamó Nathan.

Mallory todavía estaba muy excitada, de modo que decidió retirarse a la cocina a preparar café mientras él se encargaba de recibir a los recién llegados.

Eran Trish y Alex.

—Oh, vaya —dijo Trish, siempre muy perspicaz—. Tengo la impresión de que hemos interrumpido algo…

Su marido siguió a Trish al interior de la casa. Alex era el contable de Nathan y uno de sus mejores amigos.

El cantante los acompañó al salón, bastante disgustado por la interrupción, y se sentaron. Mallory todavía tardó unos minutos en recuperarse y aparecer con el café; e incluso entonces, Nathan no le facilitó las cosas. De hecho, no dejaba de mirarle los senos cada vez que podía. Era muy frustrante.

A pesar de ello, les agradó pasar un rato con

sus amigos. Mallory disfrutó realmente de la animada conversación, centrada en los detalles y anécdotas de la última gira de Nathan. Además, Trish había llevado una de sus famosas tartas de melocotón, de la que dieron buena cuenta mientras tomaban café, a pesar de la preocupación de las dos mujeres por el exceso de calorías.

Mallory casi estaba temblando de anticipación y de cansancio cuando se despidieron de sus amigos y los acompañaron a la puerta. Cuando su coche se alejó bajo la nieve, pensaron que ya eran libres y que podrían dedicarse a lo que habían dejado en suspenso. Pero no fue así: un segundo más tarde, oyeron que el motor del vehículo se ahogaba.

Nathan miró a su esposa, le mordió en un lóbulo y dijo:

—Ahora vuelvo.

Mientras Nathan se ponía un abrigo, ella pensó que estaba deseando darse un buen baño y meterse en la cama. Quería dormir, pero no antes de saciar sus necesidades sexuales con su esposo.

Unos minutos después, llamaron a la puerta. Era Trish.

—Lo siento, Mallory… Nathan y Alex están intentando arreglar el coche. Se ha parado y no arranca, pero ya sabes que no son precisamente buenos mecánicos.

Mallory sonrió a su amiga.

—No te preocupes. ¿Quieres más café?

Trish negó con la cabeza y su cabello rubio se meció suavemente al hacerlo.

—No debimos presentarnos de improviso. Lo siento mucho, Mall… Es que estaba preocupada por ti. Además, no sabía que Nathan estuviera en casa.

Mallory abrazó a Trish.

—Siempre has sido una gran amiga, deja de disculparte…

Trish se apartó un poco y la observó.

—Digas lo que digas, tienes aspecto de estar muy cansada. ¿Seguro que te encuentras bien?

Mallory tuvo que apartar la vista. No podía sostener la mirada de su amiga, de una persona a la que conocía desde siempre, y mentir.

—Sí, claro, estoy perfectamente.

—Anda, ve a darte un buen baño y métete en la cama. No hace falta que cuides de mí mientras esos dos arreglan el coche.

Por el tono de Trish, resultaba evidente que la respuesta de Mallory no la había convencido en absoluto, pero tuvo el buen criterio no hacer preguntas.

—Descansa un poco, Mall, en serio. Ya hablaremos cuando te levantes.

En realidad, Mallory estaba deseando hablar con alguien. Pero aquel no era ni el lugar ni el momento más adecuado.

—Si estás segura de que no te importa que-darte sola…

Los ojos de Trish brillaron con calidez y cierta preocupación.

—Márchate de una vez. No soy tan tonta como para no poder estar sola unos minutos.

Mallory rio y se dirigió al cuarto de baño, aunque a regañadientes.

Una vez allí, abrió el grifo de la bañera y entró en el dormitorio principal, donde se puso a rebuscar en las maletas. Pat se había encargado de hacerle el equipaje mientras estaba en el hospital y había incluido vaqueros, jerséis y otras prendas adecuadas para el invierno, pero nada que fuera remotamente interesante.

Mallory pensó en la lencería que se había quedado en el ático de Seattle y suspiró. Quería estar atractiva para Nathan. Sin embargo, resultaba evidente que Pat no lo había considerado importante.

Eligió un camisón y volvió al cuarto de baño. Justo entonces, oyó que el coche de Alex arran-caba.

Sonrió, se sumergió en el agua y suspiró, re-lajada.

Ya estaba en casa.

Al cabo de un rato, la puerta del cuarto de baño se abrió y se encontró ante Nathan, que la observó con detenimiento. Estaba bastante moreno, probablemente por el sol de Australia, pero palideció de repente.

—¿Cuánto peso has perdido, Mallory?

Mallory apartó la mirada y se encogió de hombros.

—No sé, un par de kilos.

Nathan se cruzó de brazos.

—¿Un par de kilos? Yo diría que mucho más. Ya estabas demasiado delgada cuando me fui, pero ahora…

Mallory cerró los ojos para intentar contener las lágrimas; durante un momento, pensó que ya no la deseaba, que ya no la encontraba físicamente atractiva.

Cuando volvió a abrirlos, no le sorprendió encontrar a Nathan a su lado, arrodillado junto a la bañera.

—Mallory, cuéntame lo que te pasa. Dime qué debo hacer para conseguir que vuelvas a ser feliz.

Una lágrima se deslizó por una de las mejillas de Mallory.

—Ya soy feliz, Nathan…

Él la miró con desconfianza.

—No, no es verdad. Hay algo que te preocupa y no sé qué es. Además, no puedo hacer nada si no eres sincera conmigo y me lo cuentas.

—¿Quieres divorciarte de mí, Nathan? —se atrevió a preguntar, con voz débil.

Nathan se levantó de golpe y le dio la espalda.

Sus anchos hombros se notaban claramente bajo la camisa gris que se había puesto.

Incapaz de soportar aquel silencio, ella tomó una esponja y comenzó a frotarse con tanta fuerza que casi se hizo daño.

—Si quieres divorciarte, lo comprendería —añadió.

Él se volvió entonces y la miró con tal rabia que ella dejó caer la esponja. Nathan se cruzó de brazos. Parecía enfadado y triste a la vez.

—Quiero que entiendas esto: eres mi esposa y seguirás siéndolo —declaró con firmeza—. No pienso permitir que te alejes, ni que calientes la cama de otro, sea Brad Ranner o sea quien sea.

Mallory se sorprendió mucho con el comentario.

—¿Cómo?

—Te has alejado de mí desde que empezaste a trabajar en esa maldita serie de televisión, Mallory. Y debe haber una razón…

Mallory alzó la cabeza y pensó que efectivamente había una razón, pero que no tenía nada que ver con Ranner.

—Si eso es lo que te preocupa, puedes estar tranquilo: te he sido completamente fiel.

Había dicho la verdad. No se había acostado con ningún otro hombre desde que estaba con él, aunque, en cambio, nunca se había atrevido a preguntar si Nathan había actuado del mismo modo.

—Lo sé, lo sé —dijo él—. Discúlpame.

Mallory se preguntó si se disculpaba por el comentario sobre Ranner o por sus hipotéticas aventuras amorosas con sus seguidoras. Pero en lugar de interesarse al respecto, declaró:

—Estoy muy cansada.

—Pero no estabas cansada antes, cuando estábamos con Alex y Trish… —dijo con ironía.

—De eso hace ya mucho rato.

—¿Mucho rato? Solo un momento.

—¡Déjame en paz! —protestó ella.

—Está bien, como quieras.

Nathan salió del cuarto de baño y cerró la puerta. Solo entonces Mallory comenzó a llorar.

Nathan estaba junto a la ventana del dormitorio, contemplando el exterior. No había mucho que ver en la oscuridad, pero al menos había dejado de nevar. A su espalda, Mallory se había quedado dormida. Podía oír su suave respiración y se volvió para contemplarla.

Estaba realmente preciosa, aunque sus marcadas ojeras demostraban que no había mentido al apelar a su cansancio, y le pareció tan vulnerable que se sintió culpable por haber intentado seducirla y por haberla molestado con el comentario sobre Ranner.

Se aproximó a la cama y la arropó. Ella se estiró

y ronroneó suavemente, intensificando el dolor que Nathan había sentido cuando su agente de prensa, Diane Vincent, le había dado el cable de Pat, después de su último concierto en Sidney.

La noche le pareció más fría que de costumbre. Se metió en la cama, pero manteniendo cierta distancia con su esposa, e hizo un esfuerzo por controlar la necesidad de hacerle el amor. Se apoyó en un brazo y estuvo mirándola durante un buen rato, pensando, intentando averiguar qué había pasado entre ellos.

La amaba apasionadamente desde el día en que la había visto por primera vez, casi siete años atrás. Hasta ese momento siempre se había enorgullecido de ser independiente y de no necesitar a nadie más, pero ahora, en la oscuridad de aquella habitación, sabía que la vida no tendría ningún sentido si llegaba a perderla.

Mallory volvió a estremecerse y él pensó que la deseaba con todo su ser. Sin embargo, había algo más fuerte que el deseo: el amor que sentía por ella.

Se tumbó entonces y estuvo contemplando el techo hasta que sintió el contacto de una de las manos de su esposa. Y un segundo después, oyó su voz.

—¿Nathan?

—¿Quién voy a ser si no? —preguntó él, divertido—. Anda, duerme…

Mallory se apretó contra él.

—No quiero dormir. Quiero hacer el amor.

—No, no…

Ella insistió.

—Sí…

—Déjalo ya, Mallory. No me lo pongas más difícil. Estoy intentando portarme bien, maldita sea…

Mallory hizo caso omiso y comenzó a acariciarlo.

—¿Portarte bien?

—Mallory…

Ella se incorporó levemente y comenzó a lamer sus masculinos pezones. Nathan gimió, pero en ese momento recordó que había estado en el hospital, pensó en sus terribles ojeras y le dio la espalda, casi enfadado, hasta que su esposa lo dejó en paz.

II

El teléfono estaba sonando cuando Mallory despertó a la mañana siguiente. Al oírlo, se tapó con la sábana y pensó dejarlo sonar; supuso que Nathan contestaría y que le ahorraría la molestia.

Sin embargo, nadie contestó y entonces se dio cuenta de que Nathan no estaba en la cama. Irritada y algo decepcionada, se destapó, se levantó y buscó su bata. Sin embargo, notó que hacía calor en el interior de la casa y prefirió dejar la prenda en la habitación cuando salió para responder en el aparato de la cocina.

—¿Dígame?

—Hola, ¿podrías ponerme con Nate?

Era Diane Vincent, la agente de Nathan. Mallory frunció el ceño al oír su voz, sobre todo porque lo había llamado Nate en lugar de Nathan y le parecía demasiado amistoso por su parte.

—¿Mallory? —insistió Diane al ver que no contestaba.

—Estaba aquí, pero ya no sé dónde está —respondió al fin.

—Bueno, si lo ves, dile que me llame. Estoy en casa de mi hermana, en Seattle. Él tiene el número de teléfono.

—De acuerdo, le daré tu mensaje —dijo con frialdad.

Diane suspiró con cierta irritación y Mallory adivinó sus pensamientos. Se estaba preguntando por qué un hombre tan activo y vital como Nathan se había casado con una mujer como ella.

—No se te olvide, te lo ruego. Es muy importante.

—Estoy segura…

Diane colgó y, justo entonces, Mallory oyó los ladridos de Cinnamon en el jardín. Se asomó a la ventana y vio que la perra y Nathan estaban jugando sobre la nieve, mientras los altos pinos se mecían suavemente, al fondo, con el viento.

La visión de los árboles la retrotrajo a un tiempo muy distinto, y casi podía oír la voz de su padre cuando decía:

—Uno de estos días voy a hacer que talen esos

árboles, Janet, por mucho que os disguste a ti y a Mallory. Si no, alguno terminará tronchándose en una tormenta y aplastará la casa.

Cuando su padre se ponía pesado con aquel asunto, Mallory y su madre sonreían; sabían de sobra que Paul O'Connor nunca talaría unos árboles tan bellos y centenarios.

Volvió al dormitorio y pensó que ya le diría a Nathan en otro momento que había llamado Diane. Después, se metió de nuevo en la cama y se quedó dormida.

Cuando despertó, el sol ya estaba alto. Pudo oír la voz de su marido y el sonido de la panceta que obviamente estaba friendo, así que sonrió, se levantó y corrió a la cocina.

Nathan, efectivamente, estaba cocinando. Se había puesto unos vaqueros y un jersey azul y estaba hablando por teléfono, con el auricular sujeto entre la cabeza y el hombro. Cinnamon le estaba molestando para que le diera un poco de panceta, así que no tuvo más remedio que ceder. Tomó un tenedor, pinchó una loncha y la dejó en el suelo.

—Ten cuidado, pequeña, eso está caliente…

Acto seguido, añadió a su interlocutor:

—Un comentario muy gracioso, Diane, pero no hablaba contigo sino con mi perra.

Saber que estaba hablando con Diane bastó para estropearle la mañana a Mallory. Enfadada, se dirigió a la habitación y se puso unos pantalones marrones y un jersey blanco, antes de volver a lo que parecía ser territorio enemigo.

Nathan estaba poniendo la mesa con delicadeza, casi como lo hacía la madre de la propia Mallory.

Al pensar en sus padres, recordó su trágica muerte y cerró los ojos. Nunca olvidaría el sonido del impacto, el terrible frío y el silencio del agua que se cerraba sobre su rostro.

—¿Mall? —preguntó Nathan, preocupado—. ¿Qué te ocurre?

Ella se obligó a abrir los ojos de nuevo y suspiró. Janet y Paul O'Connor habían desaparecido y no tenía sentido que se dejara llevar en aquel momento por la tristeza, así que forzó una sonrisa.

—El desayuno huele muy bien…

Nathan, que podía ser realmente perspicaz en ocasiones, arqueó una ceja y dijo:

—No lo dudo, pero sospecho que esta mañana nos acompañan dos fantasmas muy queridos…

Mallory asintió y dejó escapar algunas lágrimas. Sus padres habían fallecido en un accidente de tráfico, apenas unos meses antes de que se casara con Nathan.

La Guardia Costera había conseguido rescatarla a ella, pero no había llegado a tiempo de salvar a Paul y a Janet.

Nathan se acercó y le puso las manos sobre los hombros.

—¿Qué quería Diane? —preguntó ella para cambiar de conversación.

Nathan suspiró, se apartó de ella y se sentó en una silla. Mallory se había interesado por su conversación únicamente porque sabía que se deprimiría aún más si empezaban a hablar de sus padres, pero su esposo se lo tomó como una falta de confianza por su parte.

—Nada importante —respondió.

Ella tomó un plato entonces y se sirvió los huevos, la panceta y las tostadas que él había preparado.

—Es una mujer preciosa, ¿no te parece?

—Es una bruja —respondió él.

Mallory pensó que no podía estar más de acuerdo con su esposo, pero decidió cambiar de tema.

—Mi contrato con la productora de la telenovela está a punto de terminar —lo informó.

—Mmm…

—¿Y bien? ¿No vas a decir nada?

—¿Qué quieres que diga? —preguntó él, apartando la mirada.

Mallory sintió una punzada en el estómago. Estaba deseando dejar el trabajo, pero no lo dijo porque pensó que sería como reconocer que no era capaz de ser una mujer independiente.

—No, nada —respondió, derrotada—. Por lo visto, has estado de compras esta mañana...

Nathan rio.

—Alguien tenía que ir a comprar comida, porque el frigorífico y los armarios estaban completamente vacíos. A fin de cuentas, los seres humanos tenemos ciertas necesidades alimenticias y nutricionales, lo que me recuerda que...

No terminó la frase. Nathan se levantó, metió la mano en una bolsa que había dejado junto a la encimera, en el suelo, y sacó seis frascos llenos de pastillas que obviamente contenían distintos tipos de vitaminas.

—Empieza a tragar —ordenó.

—Pero...

Nathan se limitó a inclinarse sobre ella y a mirarla con cara de pocos amigos, como si su orden no admitiera discusión.

Obediente, su esposa se tomó las vitaminas, una a una. Después, ya no tenía hambre; pero a pesar de ello hizo un esfuerzo y terminó de comerse la panceta y los huevos. Sabía que él se habría molestado si no lo hubiera hecho.

Cuando terminaron de comer, fregaron juntos los platos y estuvieron charlando sobre cosas sin importancia. Pero cuando estaba guardando el último cubierto, ella se atrevió a formular la pregunta que la había estado atormentando toda la noche.

—Nathan, ¿por qué no me hiciste el amor anoche?

Nathan la miró y apretó los dientes.

—Es que estaba cansado. Supongo que por el viaje y por la diferencia horaria…

—Dime la verdad, Nathan. ¿Te estás acostando con otra persona?

Él se quedó asombrado y la miró como si la insinuación fuera, en sí misma, insultante.

—No, por supuesto que no. Y por si no lo habías notado, te encuentro tan atractiva como siempre. Aunque también creo que estás demasiado delgada.

—Entonces ¿qué ocurre? —preguntó ella, mientras se secaba las manos con un paño—. No hemos estado juntos desde hace seis semanas y…

Nathan le quitó el paño y la atrajo hacia sí. Los dos se excitaron de inmediato.

—No hace falta que me recuerdes el tiempo que hemos estado separados, preciosa —murmuró él con dulzura—. La última gira ha sido una verdadera tortura para mí.

Mallory lo deseaba tanto que susurró:

—Hazme el amor, Nathan, por favor…

Nathan se apartó un poco, aunque sin quitarle las manos de los hombros.

—No. Estás cansada y enferma… No sé qué te habrá dicho el médico, pero estoy seguro de que no te ha recomendado un maratón erótico.

Mallory se preguntó si realmente estaría preocupado por su salud o si, por el contrario, se negaba a hacer el amor con ella porque ya estaba satisfaciendo ese tipo de necesidades con otra mujer. Acababa de negar que tuviera una aventura con alguien, pero cabía la posibilidad de que solo lo hubiera dicho porque ella había estado hospitalizada.

Nathan no pareció darse cuenta de sus dudas, porque la besó en la frente como un hermano y declaró:

—He encendido la chimenea del salón. ¿Por qué no te tumbas un rato en el sofá o lees un poco?

A Mallory se le ocurrieron unas cuantas ideas sobre lo que podía hacer en el sofá, pero leer no se encontraba entre ellas. Alzó orgullosamente la barbilla y salió de la cocina sin decir una sola palabra más.

El ambiente del salón era muy agradable. Hacía calor y las vistas resultaban tan impresionantes como de costumbre, así que Mall se sintió mejor nada más entrar.

Al fondo se veía el huerto del que tanto se había enorgullecido su padre; cuando no estaba pescando o reparando el cobertizo, se pasaba las horas con sus frutales.

Había empezado a nevar otra vez y casi le apeteció salir a respirar un poco, pero estaba demasiado cansada y decidió sentarse junto a la ventana, sobre unos cojines.

Notó la presencia de Nathan segundos antes de que se acercara a ella y se quedara a su lado.

—Tengo cosas que hacer, preciosa, pero intentaré volver pronto.

Mallory se puso en tensión y ni siquiera se volvió para mirar a su esposo. Tenía una idea bastante exacta de los negocios que Nathan se traía entre manos, pero habría preferido morir antes que confesarlo. Si lo estaba perdiendo, lo perdería de forma digna.

A pesar de ello, se estremeció cuando él se inclinó sobre ella y la besó, tiernamente, en el cuello. Todas sus preocupaciones desaparecieron de repente y quiso seducirlo, pero Nathan se giró en redondo y salió de la habitación.

Ella cerró los ojos y no los volvió a abrir hasta que oyó que la puerta trasera se cerraba en la distancia. Después, lloró durante unos minutos. Y finalmente, se dirigió al cuarto de baño, abrió el grifo y se echó agua fría en la cara hasta que las lágrimas desaparecieron.

Mallory estaba en el porche de la parte posterior de la casa. Se había puesto unas botas y un viejo abrigo de su padre, que olía a pino, a sal y a tabaco. Cuando lo llevaba, casi llegaba a creer que podía darse la vuelta y encontrar a Paul allí mismo, sonriendo de oreja a oreja.

Nathan había llegado a la casa de la isla en su Porsche, pero el vehículo había desaparecido y Cinnamon tampoco estaba por ninguna parte.

Maldijo a la perra por lo que consideró una traición y comenzó a caminar hacia la zona arbolada del centro de la isla. El bosque estaba lleno de pinos, pero también se veían cedros y olmos, entre otras especies. Y, en el suelo, la nieve cubría los frondosos helechos.

Los helechos siempre le hacían pensar en las épocas anteriores a la era glacial. Aquella zona había sido una selva y no costaba mucho imaginar dinosaurios y varios volcanes escupiendo lava al fondo.

Siguió avanzando y, en determinado momento, se enganchó con la rama de un zarzal. A pesar del pinchazo, sonrió. De niña había pasado mil veces por aquella zona, seguida en ocasiones por su madre, cuando salían a recoger moras. La echaba mucho de menos, pero el recuerdo no la ayudó precisamente a sentirse mejor.

Al cabo de un buen rato, Mallory llegó al otro extremo de la isla y pudo ver la casa de Kate Sheridan. Sabía que debería haber llamado por teléfono para advertir de su llegada a la que había sido la mejor amiga de su madre, pero ya era demasiado tarde para eso. De todas formas, Kate

estaba en el jardín trasero y sonrió al verla aproximarse.

—¡Sabía que había una buena razón para dejar
la máquina de escribir y preparar café! —exclamó
la mujer, encantada.

Mallory se alegró mucho de verla, pero también se sintió culpable. Kate era una novelista famosa y sabía que siempre estaba muy ocupada.

—Si quieres puedo volver en otro momento…

—De eso, nada. No pienso permitir que te marches ahora. Pero eso sí: te advierto que pienso
sonsacarte todo sobre el personaje que interpretas
en esa telenovela…

—Mis labios están sellados.

Mallory se acercó a ella y Kate la abrazó.

—Mmm… Pareces cansada, Mallory.

Ella se limitó a asentir y le agradeció que no
insistiera con el tema.

Entraron en la casa, un lugar encantador aunque algo pequeño. Tenía una chimenea, los muebles eran tan sencillos y elegantes como la propia
Kate y una de las paredes del salón era una
enorme cristalera con vistas al mar. La escritora
trabajaba allí para disfrutar de las vistas, y de
noche, se podían ver todas las luces de Seattle al
fondo.

—Venga, siéntate un rato —ordenó Kate—. Por
Dios, no te había visto desde Navidad… Ya era
hora de que te tomaras unas vacaciones.

Kate tomó el abrigo de la joven y lo colgó en un perchero.

Mallory ni siquiera se molestó en puntualizar que no había pasado ni un mes desde Navidad. Estaba encantada de encontrarse en compañía de una amiga tan querida, y la observó con detenimiento mientras se alejaba para servir dos cafés en la pequeña cocina americana. Llevaba pantalones, una blusa blanca y un jersey sobre los hombros que subrayaba su aspecto deportivo.

—¿Cómo va el nuevo libro? —preguntó Mall.

Kate se sentó en su butaca y cruzó las piernas, pero no contestó a la pregunta.

—Sinceramente, Mallory, tienes mal aspecto. ¿Estás enferma?

Ella negó con la cabeza.

—No, estoy bien, Kate.

La elegante mujer tomó un poco de café sin dejar de mirarla.

—No lo creo. No solo estás demacrada sino que pareces angustiada. ¿Qué sucede?

De repente, los ojos de Mallory se llenaron de lágrimas y su voz se quebró.

—Todo, la verdad.

Kate arqueó una ceja.

—¿Se trata de Nathan?

—Sí, bueno, en parte… Oh, Kate, nuestro matrimonio es una farsa. Nathan siempre está de gira o grabando un disco o cualquier otra cosa por el estilo, y yo trabajo entre doce y catorce horas al día en esa estúpida telenovela que...

—¿Estúpida? —preguntó Kate.

La escritora prefirió no decir lo que pensaba sobre la serie.

—Me temo que tampoco me siento muy bien al respecto. Por lo visto, no soy precisamente una mujer liberada. Quería demostrarme que podía trabajar y ser tan famosa e importante como la que más, pero ya lo he conseguido y no se parece nada a lo que había pensado. Me disgusta. Y me siento tan mal...

Mallory intentó tomar su taza de café, pero le temblaban las manos.

—Sí, eso ya lo veo. ¿Y qué quieres realmente? ¿Qué te apetece?

Mallory apartó la mirada porque no se sentía con fuerzas de someterse al escrutinio de su amiga. Miró hacia el exterior y pensó que la playa tenía un aspecto muy extraño, cubierta de nieve.

—Quiero ser madre y esposa. Y tal vez, algún día, sacar del cajón mi título de profesora y dar clase.

—¡Oh, vamos...! ¿Quieres convertirte en una vulgar ama de casa? —preguntó Kate en tono de broma.

Mallory no dijo nada, pero Kate rio.

—Ciertamente no eres una mujer liberada,

Mall, pero por razones distintas a las que crees. La liberación es la libertad de hacer lo que se desea, no la de imponerse rígidas obligaciones, llevar necesariamente un maletín o blandir un martillo.

Mallory siguió sin hablar, aunque empezaba a sentirse mucho mejor. Sin duda alguna, Kate era la mujer más independiente que conocía. Y le estaba diciendo que desear estar con su esposo y tener hijos no era una idea descabellada.

—Sé lo que pensabas, Mall. Te creíste en la necesidad de concentrarte exclusivamente en tu trabajo porque tenías la impresión de que eso te hacía más libre, así que dejaste a un lado lo que verdaderamente te gusta y dedicaste todas tus energías a la televisión.

Mallory volvió a intentar tomar su café. Esa vez lo consiguió, pero ni aun así rompió el silencio.

—Mallory O'Connor, debes marchar al ritmo de tu propio tambor. Si no lo haces, tu vida no valdrá la pena.

Mall rio suavemente, aliviada. Le encantaba que se dirigiera a ella llamándola por su apellido y no por el de su esposo.

—Te adoro, Kate.

—Yo también te adoro a ti, aunque en ocasiones me gustaría darte una buena bofetada. Eres una gran actriz, pero no has nacido para eso.

Siempre he pensado que en el fondo solo querías tener hijos y disfrutar de ellos.

—¿Estás diciendo eso solamente porque es lo que quiero oír? —preguntó con desconfianza.

Kate rio.

—Me conoces bien y sabes que no hablo por hablar. Además, nos conocemos desde hace tiempo y no tendría sentido que a estas alturas nos engañáramos con mentiras o buenas palabras.

Mallory se quedó pensativa. Kate había acertado al suponer que deseaba dejar su trabajo y tener hijos, pero no sabía cómo reaccionaría Nathan. Nunca habían hablado sobre ese asunto y, por si fuera poco, la distancia entre ellos se había vuelto insoportable desde que ella había dejado de acompañarlo en sus giras.

Kate extendió un brazo y tocó a Mallory.

—No te preocupes, seguro que puedes solucionarlo. Habla con Nathan y cuéntale lo que te pasa. Sé que te quiere.

Después de aquello, las dos mujeres estuvieron charlando sobre cosas más o menos intranscendentes. Al cabo de un rato, la nieve empezó a caer con más intensidad y Mallory pensó que sería mejor que se marchara antes de que se convirtiera en una verdadera tormenta.

Ya había cruzado el bosque y estaba a punto de llegar a su casa cuando se sobresaltó. Junto al coche de Nathan, en el vado, pudo ver el vehículo de Diane Vincent.

Aquello la alarmó profundamente, pero sacó fuerzas de flaqueza y avanzó, resuelta, hacia el porche. Cinnamon corrió hacia ella, obviamente encantada de verla.

—Vaya, ¿ahora te alegras de verme? —preguntó al animal mientras lo acariciaba—. Eres una traidora…

Acababa de entrar en la casa y estaba colgando el abrigo en un perchero cuando Nathan apareció a su lado.

—¿Dónde te habías metido? —preguntó con seriedad.

—He salido a pasear —respondió.

—¿Con este tiempo?

Mallory apretó los labios, enfadada. Se sentía tan insegura que no pensó que pudiera estar preocupado por su estado; bien al contrario, supuso que se comportaba así porque lo había sorprendido en compañía de Diane Vincent, su agente.

—He ido a ver a Kate y su casa no está lejos, como sabes. Además, con mal tiempo o sin él, tengo la costumbre de ir a donde quiero y cuando quiero, y pienso seguir haciéndolo.

Nathan sonrió.

—No te enojes, Mallory, es que estaba preocupado, eso es todo. La próxima vez, déjame una nota cuando te marches…

Mallory pasó junto a su marido y se dirigió a la cocina. No le agradaba tener que enfrentarse a Diane Vincent, pero lo hizo de todos modos.

Diane estaba tan impresionante como siempre. Llevaba un traje azul y una camisa blanca, y su cabello rubio, largo y rizado, casi plateado, le caía sobre los hombros. Al verla, la mujer clavó sus ojos azul claro en Mallory, con cierto desdén.

—Hola, Mallory —dijo con suavidad.

Mallory hizo una inclinación de cabeza.

—Diane…

La presencia de la agente en la cocina no tenía nada de particular. La cocina era el corazón de las casas de aquella zona y era habitual que los invitados tomaran café en ellas.

Cuando Mallory alzó la cafetera y miró a Diane para ofrecerle una taza, esta negó con la cabeza.

—No, gracias…

Nathan entró en aquel momento y Mallory recordó lo que había dicho sobre la agente. No solo no la encontraba atractiva, según decía, sino que además le parecía una bruja.

Sonrió, sin poder evitarlo, y de repente desaparecieron todos sus miedos.

—¿Quieres café, Nathan?

—Sí, gracias…

—No deberías tomar café. No es bueno para ti —declaró Diane.

Nathan tomó la taza que le ofreció su esposa y bebió un sorbo mientras guiñaba un ojo a Mallory.

—Oh, venga, permíteme este vicio al menos. A fin de cuentas, ya me han prohibido mi vicio preferido, aunque sea temporalmente.

Mallory se ruborizó, pero no apartó la mirada. Nathan siguió observándola y clavó la vista en sus labios, gesto que la puso aún más nerviosa.

—¿Y cómo es que la famosa actriz no está rodando? —preguntó entonces Diane.

Por primera vez en muchas semanas, Mallory se sintió fuerte. Sin embargo, no sabía si la sensación se debía a su agradable encuentro y a su conversación con Kate o a la seductora mirada de Nathan.

—He decidido descansar unos días —respondió.

La animadversión que existía entre las dos mujeres era más que evidente, pero Nathan no dijo nada. Se limitó a juguetear con su taza de café y a observar la escena con interés.

—Por cierto, ¿qué has decidido sobre el especial de televisión del que te hablé, Nathan? —preguntó Diane—. Creo que volver a Australia sería fantástico. Además, pagan muy bien…

La mención de Australia bastó para que Mallory se derrumbara otra vez. Los ojos de su esposo brillaron de forma extraña y habría dado cualquier cosa por saber qué había provocado ese destello. Tal vez los bellos paisajes australianos. O tal vez, las cálidas noches de amor, entre besos y caricias, en compañía de la más que dispuesta Diane.

—No estaría mal, es cierto. La gente es encantadora —dijo él.

Mallory maldijo a su esposo por responder de ese modo y Diane rio con evidente malicia, de un modo tan elegante, musical y bello, que aumentó los celos de la actriz.

—Cuando te presentaste con aquel canguro, pensé que me iba a morir de risa…

Nathan sonrió, pero entonces miró a su mujer y el brillo de sus ojos se apagó de repente.

—¿Un canguro? —preguntó Mallory—. ¿Se puede saber qué diablos hacías con un canguro?

Nathan se encogió de hombros.

—Lo saqué del zoológico.

—Oh, sí, y luego estuvimos en una maravillosa fiesta de Navidad —explicó Diane, mirando a su enemiga con gesto triunfante—. Fue tan divertida que amaneció mucho antes de que concluyera…

Nathan frunció el ceño, claramente molesto, pero Mallory no sabía si su enojo se debía a la mención de sus vacaciones navideñas, ya terminadas, o al temor de que Diane revelara demasiado.

Fuera como fuera, se abstuvo de intervenir. A

fin de cuentas, la culpa de no haber estado con él en Navidad había sido enteramente suya; estaba rodando varios capítulos de la serie y no había podido viajar a Australia.

—No puedes ni imaginar cómo fue —continuó Diane, dispuesta a torturarla—. ¡Navidad con calor! Seguro que te habrías divertido si hubieras venido con nosotros. ¿Qué tal te fue aquí?

Mallory miró a Nathan. Su esposo la observaba con seriedad. Resultaba evidente que no la había perdonado por dejarlo solo.

—Muy bien, gracias.

—Bueno, no me extraña demasiado —comentó Diane—. Todo el mundo sabe que Brad Ranner da unas fiestas maravillosas. Además, leí en una revista que pasaste la Navidad en una romántica estación de esquí…

Mallory ya casi había olvidado los titulares que habían llenado las revistas del corazón durante Navidad. Los periodistas habían especulado sobre el supuesto fin de su matrimonio e incluso habían afirmado que mantenía una aventura con un cantante de western al que ni siquiera conocía.

Por supuesto, todo era mentira; pero eso no evitaba que se sintiera profundamente molesta. Además, no entendía por qué había gente que se interesaba por la prensa del corazón; si querían entretenerse, leer novelas era mucho más divertido.

–¿No dices nada? –preguntó Diane–. Venga, Mallory… No te comportes como si estuvieras con la prensa. Comprendo que prefieras callar ciertas cosas cuando hablas con ellos, pero no tienes por qué hacerlo con nosotros.

Mallory palideció y miró a Diane con gesto de desafío.

–Yo no hablé con ningún periodista de esos medios. Lo que publicaron es mentira. Y lo sabes de sobra.

Diane se sentó en una silla, aparentemente tranquila y relajada. Después, se encogió de hombros y comentó:

–Bueno, a veces tienen suerte y publican la verdad.

Nathan decidió intervenir.

–Cállate, Diane. Eso no es asunto tuyo.

Diane sonrió.

–Sí, supongo que tienes razón. Además, cometieron un error al fijarse en Mallory. Deberían haberte seguido a ti. Entonces sí que habrían publicado una buena historia…

Mallory se mordió el labio inferior y pudo notar la rabia de Nathan, que surgía con la fuerza de un volcán.

–Desde luego –observó Nathan, con frialdad–. Así habrían podido publicar la noticia de tu inminente despido.

Por primera vez, Diane retrocedió. Se ruborizó sin poder evitarlo y sus ojos se llenaron de lágrimas.

—Por Dios, solo estaba bromeando —dijo con tono inocente—. Lo siento, siento todo lo que he dicho… ¿Qué hiciste realmente en Navidad, Mallory?

—Estuve con Papá Noel. Con un motón de enanos y de renos —respondió Mall con acidez.

Nathan estalló en carcajadas, pero Diane se molestó.

—Podríamos llevarnos bien si hicieras un esfuerzo, ¿sabes? —comentó la agente, dolida.

—Lo dudo mucho. Pero supongo que ya has terminado lo que hayas venido a hacer, así que… ¿por qué no te marchas?

—Buena idea —dijo Nathan.

Diane protestó.

—¡Nathan!

Este sonrió y se llevó un dedo a los labios, como ordenándole que cerrara la boca.

—Ya basta, Diane, y te ruego que no inventes historias sobre las vacaciones de Navidad de Mallory. A fin de cuentas, los renos no están aquí y no podrían defenderse…

Diane miró a Mallory con verdadera ira y salió de la cocina sin decir nada más. Unos segundos después, oyeron que se alejaba a toda prisa en su coche.

—Gracias —susurró Mallory.

—De nada —respondió Nathan mientras se sentaba de nuevo.

—Es que esas historias sobre mis…

Nathan la interrumpió.

—Lo sé, Mall, lo sé. Olvídalo.

—No puedo olvidarlo, no puedo… Estuve aquí, en la isla. Pasé Nochebuena con Trish y Alex y al día siguiente fui a ver a Kate Sheridan. Yo…

—Olvídalo, Mallory, en serio.

Mall no hizo caso. Las insinuaciones de Diane le habían llegado al fondo del corazón.

—¿Qué hiciste tú en Navidad, Nathan?

Él apartó la mirada.

—Beber demasiado.

—¿Y no pusiste árbol de Navidad?

—No.

—Yo tampoco. Pero el de Trish era precioso…

Nathan la miró súbitamente. Mallory sabía que estaba pensando en las guirnaldas y otros objetos decorativos que solía comprar cuando estaba de viaje y en lo mucho que disfrutaba con los árboles de Navidad. Se divertía tanto que se sentía, otra vez, una niña.

—Pero si no pusiste árbol, ¿tampoco recibiste regalos? —preguntó él.

Nathan estaba bromeando. Sabía que Kate le había regalado una blusa de seda, que Trish y Alex le habían comprado unos libros y que Pat le había dado una cadena de oro. En cuanto a él, el paquete que le había enviado por correo todavía se encontraba en una de las habitaciones de invitados del ático de Seattle. Ni siquiera lo había abierto.

Mallory se llevó la taza de café a los labios y respondió:

—Oh, sí. Desde luego que sí.

III

Por fortuna para ella, Nathan no volvió a mencionar el asunto de la Navidad, la primera desde su boda que habían pasado separados.

En lugar de seguir con el tema, se limitó a decir:

—Ahora te toca cocinar a ti.

Mallory miró el pequeño reloj de pared. Ya era muy tarde.

—Sí, es verdad.

Durante los siguientes minutos, descubrió que su esposo había comprado de todo. Los armarios estaban completamente llenos de latas y comida, aunque al final se decantó por preparar unos emparedados y una sopa. No tenía demasiada hambre.

Nathan, mientras tanto, esperaba sentado a la mesa. Y cuando unos segundos más tarde sonó el teléfono, Mall tuvo la impresión de que se había sentido aliviado por la interrupción, como si fuera la excusa que necesitaba para no tener que hablar con ella.

–¿Dígame? Ah, hola, señora Jeffries… Sí, creo que Diane se quedará… En efecto, vendrá toda la banda y supongo que habrán llegado antes de la hora de cenar… Sí, por supuesto. Si necesita ayuda, contrate a las personas que considere necesarias.

Mallory puso la comida sobre la mesa mientras su esposo hablaba con la mujer que se encargaba de la limpieza y del cuidado general de su casa, una preciosa villa de estilo colonial español situada al otro lado de la isla.

–Maldita sea… –protestó ella.

No le hizo ninguna gracia lo que acababa de oír, porque significaba que no iban a estar solos.

–Calla –le dijo Nathan, antes de dirigirse de nuevo a Jeffries–. No, no importa, lo que encuentre en el frigorífico servirá…

–¿En serio? ¿No quieres langosta o algo así? –se burló Mallory.

–¡Cállate de una vez! –exclamó Nathan–. No, no hablaba con usted, señora Jeffries… Sí, supongo que sí…, siempre suelen venir con sus esposas.

—Dile que ponga sábanas de seda en todas las camas —dijo Mall.

Nathan miró a su esposa con cierto enojo, pero enseguida sonrió.

—Ah, señora Jeffries, una cosa más… Ponga sábanas de seda en todas las camas. Ah, y lleve unas cuantas toallas al jacuzzi.

Mallory comprendió que, lejos de enfadarse, su esposo se estaba divirtiendo con su pequeña pataleta. Sabía que se estaba comportando de forma infantil e injusta, pero no podía evitarlo.

Cuando él terminó de hablar con el ama de llaves, Mallory comentó:

—¿Toallas? ¿Para qué las quieres? Pensaba que Diane no necesitaba toallas… Yo diría que se seca automáticamente.

Nathan se echó a reír.

—Oh, vamos, Mallory. Te aseguro que no tengo intención alguna de organizar una orgía.

—¿Una orgía? Pensaba más bien en una aventura para dos.

Los ojos de Nathan se oscurecieron y el brillo de humor desapareció bajo una evidente impaciencia. Esa vez su comentario fue irónico, y ni siquiera hizo ademán de volver a sentarse para probar la comida que había preparado su esposa.

—Esto sí que es nuevo. No sabía que te importara en absoluto lo que pasa en Angel Cove.

Te recuerdo que muy raramente te dignas a aparecer por mi casa...

Mallory pensó que tenía razón. Tendía a evitar la magnífica casa de Angel Cove porque siempre estaba llena de gente y de ruido.

—Anda, siéntate y come un poco —dijo, avergonzada.

Sorprendentemente, Nathan se sentó. Pero miró la comida como si no le resultara demasiado apetecible.

—¿Es verdad que no pusiste árbol de Navidad? —preguntó él.

Mallory estuvo a punto de gemir, pero no lo hizo. A fin de cuentas sabía que aquella conversación volvería a salir más tarde o más temprano.

—No.

—¿En serio?

—En serio. A todos los efectos, para mí ha sido como si el año pasado no hubiera llegado la Navidad.

Nathan arqueó una ceja.

—¿Y qué hay de las cosas que te envié? ¿No recibiste mi regalo?

—Lo dejé en una de las habitaciones de invitados del ático, en un armario. ¿Y tú? ¿Recibiste tus regalos? Los envíe con tiempo suficiente...

Nathan negó con la cabeza e hizo caso omiso de la pregunta.

—Oh, por Dios… ¿En qué armario dejaste el regalo que te envié?

Mallory se encogió de hombros.

—No lo sé, en uno. Esa casa está llena de armarios.

—Mallory…

Ella frunció el ceño.

—Lo dejé en la habitación donde duerme Pat cuando va de visita.

Nathan la miró, pensativo, y permaneció un buen rato en silencio. Después, se levantó de la mesa y dijo:

—Sospecho que esta noche no te apetecerá venir a mi casa a ver a los chicos del grupo…

Mallory se limitó a asentir.

—No, no me apetece mucho, la verdad. Salúdalos de mi parte.

Cuando Nathan se marchó, Mallory se dirigió al salón y echó un vistazo a la librería en busca de algo que pudiera entretenerla, pero no encontró nada interesante.

Era consciente de que se había comportado como una niña obstinada y estúpida, y se dijo que cualquiera en sus cabales lo habría acompañado a la casa del otro lado de la isla.

Desesperada, dijo en voz alta:

—Ay, estoy tan deprimida…

No sabía qué hacer. Su mirada se fijó entonces en el aparato de video y decidió poner en práctica su remedio preferido para la depresión: las viejas películas de James Stewart.

Cinco minutos más tarde, se había sentado en el sofá y ya estaba disfrutando de las primeras escenas de *Qué bello es vivir*.

La nariz fría de Cinnamon la despertó. Mallory se sentó en el sofá, alarmada, y notó que la casa estaba helada y oscuras.

No necesitaba comprobar que Nathan no había regresado todavía. Podía sentir su ausencia.

Acarició al animal, se levantó, encendió una lámpara y rebobinó la cinta de vídeo. El reloj que estaba sobre la repisa de la chimenea marcaba las tres menos cinco de la madrugada.

Entonces recordó que Cinnamon no había comido todavía.

—Vaya, soy una torturadora de perros.

Decidida a corregir el error, se dirigió a la cocina y le puso comida y agua. No dejaba de preguntarse dónde se habría metido su esposo.

Mallory tomó su bolso y buscó las píldoras que le había dado el médico en el hospital. Cuando las localizó, sacó una, se la puso sobre la palma de una mano y la miró durante unos segundos antes de tomársela con un vaso de agua.

Era la única forma que se le ocurría de dormir unas cuantas horas seguidas sin preocuparse por nada más. Si Nathan estaba en la casa de Angel Cove componiendo música con Diane Vincent, no quería saberlo.

Mallory despertó a última hora de la mañana y enseguida notó que la casa estaba llena de extraños aromas y ruidos. Tardó unos momentos en identificar el olor y, cuando lo hizo, se sorprendió mucho. Era pavo. Alguien estaba preparando un pavo de Navidad. Y por si fuera poco, había puesto villancicos de fondo.

Asombrada, se levantó, se puso un viejo jersey de su esposo y se dirigió a la cocina. Por la ventana pudo ver que había empezado a nevar de nuevo, aunque no tanto como el día anterior.

—¿Nathan?

La mesa de la cocina estaba llena de cáscaras de huevos, restos de cebollas, migas de pan y montones de cacharros sucios.

—¡Nathan!

La música se calló de repente y Mallory fue al salón para investigar. Se quedó boquiabierta.

Nathan estaba en una de las esquinas del salón, junto a un enorme árbol de Navidad totalmente decorado. Al verla, hizo una reverencia y apretó un interruptor. De inmediato, las innumerables bombillas del árbol se encendieron al unísono.

–Feliz Navidad, preciosa…

Los ojos de Mallory se llenaron de lágrimas.

–Nathan McKendrick, eres un encanto… ¿A quién se le ocurre hacer algo así en mitad de enero?

Nathan sonrió.

–A todos los efectos, no estamos en enero. Hoy será Navidad para nosotros. Pero ¿es que no piensas abrir tus regalos?

Mallory notó que había varios paquetes en la base del árbol y enseguida supo lo que su esposo había estado haciendo durante la noche. Al parecer, había vuelto a juzgarlo de forma injusta.

–Has ido a Seattle solo para darme mis regalos…

Nathan se encogió de hombros.

–Bueno, era lo más lógico.

–¿Lógico?

Mallory no pudo evitarlo. Cruzó la habitación a toda prisa y se arrojó en los brazos de su particular Papá Noel.

El contacto de sus cuerpos encendió una chispa que todavía seguía encendida mucho tiempo después de que abriera los regalos, cuando ya se encontraban cómodamente sentados en la alfombra del salón.

–Pero yo no tengo regalos para ti… –dijo ella.

Nathan arqueó una ceja y sonrió con malicia.

–Bueno, eso no es del todo cierto. Se me ocurre un buen regalo y estoy deseando desenvolverlo.

Mallory se ruborizó, pero su corazón se llenó de deseo por él. Echó un vistazo a su alrededor y finalmente clavó la mirada en Nathan, que le pareció más atractivo que nunca con su camisa azul marino y sus pantalones grises de franela.

–Te amo –dijo ella.

Nathan era un hombre alto y musculoso, pero se movió con la velocidad de un felino y se arrodilló ante ella. Después, le acarició el cuello con un dedo y susurró, emocionado:

–Espero que lo hayas dicho en serio.

Mallory pasó los brazos alrededor del cuello de su esposo y respondió a su comentario de la mejor forma posible: besándolo.

No pasó mucho tiempo antes de que los dos terminaran tumbados sobre la alfombra, apretados el uno contra el otro, acariciándose. Nathan llevó una mano a uno de los senos de su esposa y ella gimió al sentir el contacto del pulgar en su pezón.

Acto seguido levantó el jersey de Mall, apenas lo suficiente para dejar expuesto su seno, y se dedicó a lamerlo y a morderlo muy despacio, con suma sensualidad, durante unos minutos que a ella le parecieron maravillosamente inacabables.

–Te gusta, ¿verdad? –preguntó él con voz ronca.

Ella se limitó a asentir, incapaz de hablar.

Nathan volvió a lamerla.

—Mmm…

Mallory entreabrió las piernas de forma inconsciente y metió las manos por debajo de la camisa de su esposo, que se estremeció al sentir el contacto y aumentó la intensidad de su atención.

—Sí —dijo ella, al fin—. Sí, me gusta…

Enseguida se quedó desnuda ante él. Nathan se quitó la camisa y ella le acarició el pecho. Después él la alzó, la dejó sobre el sofá y le apartó los muslos para empezar a acariciarle el sexo.

Ella gimió y se arqueó, dejándose llevar, mientras él introducía la cabeza entre sus piernas y la excitaba con la lengua.

Dominada por el placer y por el deseo, apenas pudo hacer otra cosa que acariciar el cabello de su esposo. Nathan la saboreaba con largos lametones que la volvían loca y la estremecían, y un par de minutos más tarde alcanzó un orgasmo tan intenso que gritó su nombre.

Después, estaba tan agotada que ni siquiera podía hablar.

—Te amo —dijo él.

Mallory lo miró a los ojos. No necesitaba hablar para que Nathan supiera interpretar el mensaje: deseaba sentirlo en el interior de su cuerpo, hacerle apasionadamente el amor.

Nathan lo comprendió enseguida y se apartó para bajarse los pantalones, pero ella se le adelantó e hizo algo más que eso: acercó la boca a su sexo duro y jugó con él durante un buen rato, hasta que él no pudo más y decidió actuar antes de que fuera demasiado tarde.

La penetró y comenzaron a moverse al unísono, con un ritmo tan antiguo como la propia vida, que fueron aumentando poco a poco hasta alcanzar lo que ambos deseaban.

Cuando por fin llegó la explosión, se aferraron el uno al otro con fuerza. Todavía estaban así, juntos e intentando recuperarse del esfuerzo, en el momento en que Cinnamon empezó a ladrar.

Por desgracia, tenía una buena razón para hacerlo. Un par de segundos después se abrió la puerta trasera de la casa y oyeron la voz de Eric Moore, el guitarra solista del grupo de Nathan.

—¿Nathan? ¿Mallory? ¿Dónde estáis? Vamos, salid de una vez, sé que estáis en alguna parte…

Nathan maldijo en voz baja y se vistió tan rápidamente que Mallory apenas había conseguido alcanzar su jersey cuando él ya había terminado.

—¡Eric, quédate donde estás y no entres! Y la próxima vez, haz el favor de llamar a la puerta antes…

Mallory se quedó en el salón, sentada en el sofá, con una intensa sensación de soledad y frustración. Podía oír la conversación que mantenían en la cocina los dos hombres, pero el hecho de que supiera perfectamente de qué estaban hablando no evitó que llegara a la conclusión de que, una vez más, la vida de Nathan se había interpuesto en su relación.

Aquello la molestó bastante. Por su parte, estaba dispuesta a renunciar a su trabajo en televisión con tal de intentar salvar su matrimonio, pero eso no serviría de nada si Nathan no hacía algo a su vez.

Se levantó del sofá, sintiéndose completamente desesperada. Suponía que podía competir con cualquier mujer por el amor de su esposo, pero no tenía ninguna oportunidad frente a los miles y miles de mujeres que adoraban al famoso cantante.

Pensó que sus relaciones sexuales seguían siendo tan apasionadas y satisfactorias como siempre. Sin embargo, sabía que una relación no se podía mantener únicamente a partir del sexo.

Nathan regresó unos minutos después y aunque resultaba evidente que quería tocarla, no lo hizo.

—Tengo que ir un momento a la casa de Angel Cove… Diane ha vuelto a hacer uno de sus numeritos. ¿Me acompañas?

Mallory ni siquiera lo miró. Se limitó a negar con la cabeza.

—Por favor, Mallory…

—No, no insistas. Ve y soluciónalo.

—Hablaremos cuando regrese —le aseguró—. Tenemos muchas cosas que hablar.

—Muy bien, aquí estaré. Ah, Nathan...

—¿Sí? ¿Qué quieres?

—Solo una cosa: decirte que te quiero.

Nathan se acercó entonces y la besó en la frente. Un segundo después, ya se había marchado.

Ella permaneció un buen rato sumida en la confusión, perdida en su frustración y su angustia, pero el olor a pavo quemado la devolvió a la realidad.

Sacó el pavo del horno y subió al dormitorio a vestirse. Después, volvió a bajar y estaba intentando salvar al menos una pequeña porción del incinerado animal cuando sonó el teléfono.

—¿Dígame?

Mall casi estaba segura de que sería alguna otra persona relacionada con el trabajo de su esposo, pero se equivocaba.

Era Pat.

—Hola, soy yo. Siento molestarte, pero...

—Sabes de sobra que tú no me molestas en absoluto. Es toda esa...

—Es toda esa gente que rodea a mi hermano, ya lo sé —la interrumpió.

—Sí, es verdad. Empezando por el grupo al completo y terminando por esa agente de prensa, Diane Vincent.

Pat suspiró.

—Oh, por favor, no me hables de esas cosas. Acabo de comer…

Inexplicablemente, Mallory se echó a llorar.

—¿Qué te ocurre, cariño? ¿Puedo hacer algo por ti? —se interesó Pat.

—No, nada, en serio.

Mallory se sentía completamente estúpida, pero no conseguía dejar de llorar.

—Quédate donde estás. Estaré allí enseguida.

Cuando terminaron de hablar, se sentó en una de las sillas de la cocina y hundió la cabeza entre las manos. El teléfono empezó a sonar, pero no se molestó en contestar.

Tardó quince minutos en recobrar la compostura. Luego se dirigió al cuarto de baño y llenó la bañera con agua caliente para intentar quitarse de encima todas las preguntas que la atormentaban.

Ya no estaba segura de nada. Incluso consideró la posibilidad de que el aparente desdén de Nathan hacia Diane Vincent fuera solo una estratagema para ocultarle la verdadera relación que mantenían.

Se metió en el agua caliente y observó las gotas que caían del viejo grifo. En el fondo, sabía que Diane no era el problema. Sencillamente, resultaba más fácil culparla a ella porque, al fin y al cabo, siempre la había disgustado.

Minutos más tarde se levantó, salió del baño, se envolvió en una toalla y caminó hasta el dormitorio principal. En cuanto abrió los cajones de la cómoda para sacar ropa limpia, se maldijo por no haberle pedido a Pat que pasara por el ático y recogiera unas cuantas cosas.

Al final se decantó por unos vaqueros y un jersey amarillo, que ya se había puesto cuando se acercó a la ventana y echó un vistazo al exterior. La nieve no había dejado de caer y ya había cubierto las huellas dejadas por los neumáticos del coche de Nathan.

Regresó al cuarto de baño, se limpió los dientes y se cepilló el cabello. A menos que tuviera que rodar alguna escena, no se ponía más maquillaje que un poco de carmín de cuando en cuando. Tenía unas pestañas larguísimas que no requerían rímel y en cuanto a sus mejillas, siempre tenían un ligero rubor provocado por los paseos por el campo.

Sin embargo, le bastó con echar un vistazo al espejo para caer en la cuenta de lo que tanto había preocupado a sus amigos y compañeros de trabajo últimamente. No podía negar que tenía un aspecto terrible. A las profundas ojeras se sumaba una palidez poco común en ella, de modo que se pellizcó las mejillas para disimularlo un poco.

Después, cerró la puerta que daba al salón. El

árbol de Navidad estaba allí y no quería compartirlo con nadie que no fuera su marido; ni siquiera con Pat, por mucho que apreciara a la hermana de Nathan.

Ya en la cocina, cortó un pedazo de pavo y se lo dio a la perra, que lo devoró enseguida. Ella no tenía hambre, así que se dedicó a limpiar todo lo que su esposo había ensuciado.

Estaba preparando café cuando oyó un coche. Habría dado cualquier cosa porque fuera el vehículo de Nathan, pero no se hizo ilusiones; sabía que la crisis de Diane no se habría resuelto tan pronto.

El visitante era, por supuesto, Pat. Y apenas tardó unos segundos en aparecer en la cocina cubierta de nieve.

—Dios mío, qué frío hace ahí fuera…

Mallory rio mientras se hacía cargo del abrigo de su cuñada y lo colgaba detrás de la puerta.

Las dos mujeres se sentaron a la mesa y estuvieron charlando un buen rato de cosas sin importancia. Pat se había recogido el cabello rubio y llevaba un traje oscuro y una camisa roja de seda que le daban un aspecto muy profesional y competente.

En determinado momento, sus ojos azules se clavaron en Mallory. Después dijo:

—Parecías bastante nerviosa cuando te he llamado hace un rato. ¿Te encuentras mejor ahora?

Mallory asintió. Estaba cansada de recibir tantas atenciones y sabía que Pat no podía hacer nada para ayudarla. Además, hablar de la vida de su marido con ella le parecía bastante inapropiado.

—Sí, estoy mejor. Siento haberte preocupado… Pero preferiría que siguiéramos hablando de otras cosas. De lo que quieras. Del tiempo, por ejemplo…

Pat la miró con desconfianza, pero no insistió. Siempre había sido enormemente perspicaz.

—Si no recuerdo mal, mi hermano y tú me asegurasteis que el clima en esta zona era bastante cálido. Ya lo veo, ya… ¿Os habéis dado cuenta de que lleva nevando toda una semana?

Mallory se encogió de hombros y sonrió.

—¿Qué puedo decir en nuestra defensa? Cada varios años, alguien recuerda que aquí no suele nevar y nos ahoga en nieve. En Seattle deben de estar asombrados…

Pat alzó la vista.

—¿Asombrados? Estamos asqueados. Cuando he llegado al transbordador casi me he sorprendido de seguir de una sola pieza. La gente no hace más que resbalar y chocar entre sí o caerse; tanto da que vayan andando o conduciendo.

—Vamos, Pat, sé que te gusta Seattle. No conseguirás engañarme.

Los ojos de la joven brillaron.

—Es cierto —confesó, entusiasmada—. Adoro el mar, las montañas, los árboles… Me gusta todo.

Mallory rio.

—No has mencionado los bizcochos recién hechos que venden en el mercado de Pike Place…

Pat negó con la cabeza.

—Los de dejado. Ya no como bizcochos, ni compro lotería, ni fumo.

—¿Y qué me dices de Roger Carstairs? ¿También a él lo has dejado?

Pat se iluminó como un árbol de Navidad cuando mencionó al joven y atractivo abogado que había conocido mientras adquiría cierta propiedad para la empresa de Nathan. Desde entonces, el nombre de Roger sonaba en su boca con bastante frecuencia.

—No, claro que no. No tengo la costumbre de librarme de tipos como él, Mallory…

—Vaya, vaya, Patty McKendrick. Yo diría que te has enamorado.

Mallory había dado en el blanco. Pat se ruborizó sin poder evitarlo y asintió.

—Sí, pero no se lo digas a Nathan. No quiero que haga uno de sus numeritos de hermano mayor y exija conocer las intenciones de Roger o algo por el estilo. Sería muy capaz.

Mallory rio. Nathan siempre había sido muy protector con su hermana, en parte porque sus padres, al igual que los de ella, ya habían fallecido.

—Te prometo que no le diré ni una palabra.

—Excelente. Pero ya que lo mencionas, ¿qué tal está Nate? La otra noche, cuando lo vi en el ático, parecía bastante preocupado.

Mallory puso una mano sobre un brazo de Pat, para tranquilizarla.

—Bah, está bien.

El problema de Pat era que se parecía demasiado a Nathan. Y al igual que este, notó que le estaba ocultando algo importante y declaró:

—Mall, sabes que te quiero mucho, pero tienes un aspecto lamentable. ¿Le has contado a Nathan que tienes intención de romper tu contrato con la productora de televisión?

Mallory apartó la mirada y se concentró en el exterior de la casa, como si súbitamente le interesara la nevada.

—No.

—¿Por qué no?

Cinnamon escogió aquel momento para acercarse y ponerle la cabeza sobre las piernas a Mallory. Probablemente se sentía abandonada porque Nathan se había marchado sin ella, así que la acarició.

—Porque no estoy segura de cómo se lo va a tomar.

—¿Qué quieres decir con eso? Sabes perfectamente que no está contento con las exigencias que te imponen en tu trabajo…

Mallory no dijo nada. Pat añadió:

—Sé que le ha dolido que dejaras de usar su apellido.

—Lo sé, lo sé.

Mallory no le había explicado a Nathan que durante las pruebas había decidido usar su apellido de soltera para que nadie supiera que era su esposa. Nunca había encontrado el momento adecuado para hacerlo.

—Puede que en el fondo tenga miedo de que no le importe —continuó—. Lleva una vida tan acelerada y tan llena de cosas que no estoy segura de poder seguir su ritmo.

—Habla con él, Mallory. Y asegúrate de que te escuche aunque tengas que insultar a su grupo o algo así.

Mallory pensó que tenía razón. Se sentía abandonada, al margen, olvidada, como si solo fuera un elemento intranscendente en su vida.

—Veo que se trata de eso —dijo Pat mientras se levantaba de su asiento—. Supongo que está en su casa, ¿verdad?

Mallory asintió algo ruborizada.

Pat recogió su abrigo y se lo puso.

—No voy a volver a Seattle con este tiempo, así que supongo que me quedaré allí a dormir. En cuanto a ti, te daré un buen consejo: llámalo por teléfono y dile que vuelva de inmediato.

Mallory estuvo a punto de echarse a reír.

Nathan no estaba acostumbrado a que le dieran órdenes, y su hermana lo sabía.

—Pero si está ocupado...

Pat apretó los labios, disgustada.

—Deja de comportarte de ese modo. Nathan es un hombre, un hombre normal y corriente, no un dios. Ya es hora de que destine parte de su tiempo y de sus energías a su matrimonio, y si no se lo dices tú, lo haré yo.

Mallory se mordió el labio inferior con inseguridad, pero ya había descolgado el auricular cuanto Pat se marchó de la casa.

Marcó el número de la villa con manos temblorosas y unos segundos después le contestaron.

—¿Sí?

—Hola, soy Mallory. ¿Podrías decirle a Nathan que se ponga?

—¿A Nathan? Ah, te refieres a Nate... Es que no está aquí en este momento.

—¿Que no está ahí? ¿Y dónde está?

—Bueno... Diane no se sentía muy bien, así que la ha llevado a Seattle.

Desesperada, Mallory apoyó la cabeza en la pared de la cocina.

—¿Qué quieres decir con eso de que Diane no se sentía muy bien?

—No lo sé, la verdad. Se comportó de manera muy extraña y luego perdió los estribos por completo.

—Pero debe haber una razón…

—Supongo que sí. En fin, le diré a Nate que te llame en cuanto regrese. ¿De acuerdo?

—No, es igual, no te molestes.

Mallory ni siquiera colgó el teléfono de la cocina. Lo dejó caer y se dirigió directamente al dormitorio para hacer el equipaje.

Veinte minutos más tarde se encontraba en el interior de su utilitario, con Cinnamon sentada cómodamente en el asiento trasero, mientras el transbordador surcaba las aguas en dirección a Seattle.

El enorme barco, que transportaba vehículos y pasajeros, siempre le había recordado a los viejos barcos del Mississippi, con sus múltiples cubiertas y sus docenas de ventanas. Casi siempre salía y se dirigía a la cubierta superior para disfrutar de las vistas y arrojarles rollitos de canela a las gaviotas, pero hacía demasiado frío.

Todavía estaba nevando, así que se dedicó a ver cómo se deshacían los copos al entrar en contacto con la superficie del mar. Al igual que el amor que sentían Nathan y ella misma, le parecían enormemente bellos y perennes. Sin embargo se deshacían en cuanto tocaban el agua.

Apoyó la cabeza en el volante del coche y no volvió a levantarla hasta que la sirena del barco anunció que estaban a punto de llegar a Seattle. Cuando el transbordador atracó, intentó superar su tristeza y recobrar la calma; conducir por la ciudad iba a exigir de toda su atención.

Pat estaba en lo cierto al comentar que el tráfico había empeorado mucho por culpa de la nieve: tardó media hora en llegar al edificio donde se encontraba el ático de su esposo y aparcar.

El portero, George Roberts, se acercó al verla.

—Señora O'Connor… Pensé que estaba en la isla…

Mallory le devolvió la sonrisa.

—¿Sabe si mi marido está en casa? —preguntó, intentando aparentar naturalidad.

George negó con la cabeza. Como su gorra estaba cubierta de nieve, varios copos cayeron al suelo.

—No, me temo que no.

Mallory giró la cabeza hacia atrás y miró hacia la bahía antes de entrar en el edificio.

Copos de nieve sobre las olas. Una excelente metáfora para definir su relación con Nathan.

IV

Mallory puso la correa a Cinnamon y le abrió la portezuela para que pudiera salir del coche. La perra se alegró inmediatamente de recobrar su libertad.

—¿Podría aparcar el coche? —preguntó al portero.

George Roberts asintió y sonrió.

—¿No lleva equipaje?

Mallory ya había empezado a andar hacia el amplio, elegante y bien iluminado vestíbulo del edificio.

—Sí, está en el maletero, pero no se moleste. Ya lo recogeré yo mañana por la mañana.

Aunque en Estados Unidos sea habitual que

los vecinos protesten por la presencia de animales domésticos en las casas, nadie hizo el menor comentario a Mallory, a pesar de que se cruzó con varias personas, tanto en los pasillos como en el ascensor.

Le gustaba pensar que sencillamente eran personas amables y comprensivas, pero sabía que no protestaban por miedo a Nathan. A fin de cuentas era el dueño del edificio.

Cuando llegó a la puerta del ático, buscó las llaves en el bolso y abrió. Acto seguido, encendió la luz de la entrada y se preguntó qué iba a hacer durante el resto de la noche. Todavía era muy pronto.

Cinnamon se apretó contra ella y Mallory pensó que el ático debía de ser una especie de cárcel para el animal, acostumbrado a corretear libremente por la isla. Resignada, llamó a uno de los dos ascensores que llevaban al ático y volvió a bajar.

El portero la miró con curiosidad cuando la vio salir con el setter, pero no dijo nada.

Mallory dio un largo paseo a la perra hasta que el frío se hizo tan intenso que no lo podía soportar y regresó a la casa. Después, le dio dos latas de comida, la dejó en la cocina y se dirigió al dormitorio principal.

Al contemplar la enorme cama de matrimonio, sus ojos se llenaron de lágrimas. No podía recordar cuántas veces había hecho el amor con su esposo en aquella cama, cuántas veces habían disfrutado de la preciosa vista que ofrecía el techo de cristal, que dejaba ver el cielo.

Intentó contener las lágrimas, se quitó la ropa y se metió bajo las frías sábanas de seda. La perra llegó poco después, suspiró y se tumbó a los pies.

Al verla, Mallory rio.

—Puede que tu vida sea aún peor que la mía —comentó—. En fin, lamento no poder darte caviar para comer, pero las cosas son así.

Naturalmente, no consiguió conciliar el sueño. Estaba demasiado preocupada y por otra parte sabía que se había portado mal al marcharse de la isla sin decir nada a nadie.

Había sido un error, pero no se sentía con fuerzas para soportar otra noche de espera, preguntándose dónde estaría y, sobre todo, con quién estaría su esposo. Lo malo del asunto era que incluso allí, en el ático de Seattle, estaba haciendo precisamente eso, esperando que la llamara y que le explicará por qué se había marchado con su agente.

Intentó justificar el error que había cometido y se dijo que Nathan no merecía otra cosa. Además, cabía la posibilidad de que él tardara varias horas en descubrir que se había marchado de la isla.

Luego hundió la cabeza en la almohada y

lloró hasta quedarse sin lágrimas. Después se quedó dormida.

Nathan miró el reloj del deportivo y frunció el ceño. Era muy tarde.

Diane lo observó con atención cuando él arrancó, sacó el coche del transbordador y comenzó a avanzar entre el denso tráfico de Seattle. Estaba muy pálida, pero Nathan no sentía ninguna lástima por ella; sabía fingir tan bien que estaba seguro de que habría sido una excelente actriz.

—Esto es como un mal sueño —susurró ella.

Nathan cambió de marcha e intentó justificarla pensando que la noche había sido bastante dura. Se había entristecido tanto por su decisión que había decidido llevarla a Tacoma, donde vivían sus padres, porque supuso que necesitaría estar con alguien que la quisiera. Lamentablemente, sus padres no estaban en la casa; y, para empeorar las cosas, después perdieron el transbordador a Seattle.

—Mira, Diane, siento que te hayas enterado por los chicos del grupo, pero…

Diane suspiró de forma calculada, para intentar que se sintiera culpable, y fingió un gesto de desesperación.

—Digas lo que digas, estamos despedidos. Qué importa que me lo dijeran ellos o tú.

Nathan no pudo decir nada al respecto. Se

concentró en la conducción, porque el asfalto estaba cubierto de nieve y de placas de hielo y las ruedas del deportivo no agarraban bien.

—Lo estás haciendo por Mallory, ¿verdad? —preguntó ella tras unos minutos de silencio.

Nathan no apartó la mirada de la calle.

—Mallory es lo más importante en mi vida.

—Por Dios, Nathan. Que abandones tu carrera por culpa de tu esposa es uno de los peores errores que puedes cometer.

—No sigas, Diane.

—Ni siquiera entiendo por qué lo haces. Si ella te quisiera de verdad…

—Basta, Diane, estoy muy cansado —declaró—. Tengo más dinero del que podría gastar en dos vidas y ya he hecho todo lo que podía hacer musicalmente hablando. Así que ahora voy a dedicarme a intentar salvar mi matrimonio.

—¡Tú no tienes un matrimonio! —exclamó ella—. Lo tuyo con Mallory es una especie de broma pesada.

Él apretó los puños en el volante, irritado, pero consiguió mantener la calma.

—Lo que tú opines sobre mi matrimonio no es algo que me importe demasiado —dijo.

Diane habló con cierto tono de histeria.

—Entonces supongo que todo ha terminado. Ya no darás conciertos, ni harás giras, ni saldrás por televisión.

—Creo que grabaré y que seguiré componiendo canciones, pero ya estoy harto de las seguidoras y de todas esas cosas.

—¿Y cómo piensas grabar discos si no tienes un grupo? —preguntó, alzando un poco la voz.

Nathan suspiró.

—Si los chicos están disponibles, grabaré con ellos.

Nathan miró de reojo a Diane y vio precisamente lo que no quería: un destello de esperanza en sus ojos. No podía entender por qué se empeñaba en seguir a su lado y no se buscaba otro trabajo; era una gran agente de prensa y no le habría costado nada. Además, el hecho de que se llevara mal con ella no significaba que no estuviera dispuesto a recomendarla por su evidente capacidad profesional.

—En ese caso, podría seguir siendo tu agente…

—No.

Nathan se desvió en la entrada del complejo residencial donde vivía la hermana de Diane. Como solía estar todo el tiempo en Los Ángeles, su agente no se había molestado en alquilar o comprar una casa en Seattle.

Cuando aparcó frente al edificio, se volvió hacia ella y dijo:

—Buenas noches, Diane. Y lo siento, sinceramente.

El labio inferior de Diane tembló ligeramente, pero se echó hacia atrás su impresionante pelo en un gesto de desafío que llenó el habitáculo con su perfume.

—Te aseguro que lo vas a sentir todavía más.

Nathan suspiró.

—¿Qué has querido decir con eso?

—Que voy a acabar contigo, Nathan —lo amenazó—. Voy a hundirte.

—Muy melodramático —observó él con ironía—. Si te comportas de ese modo, todo el mundo pensará que eres una especie de amante despechada.

Diane abrió la puerta del coche y salió a la calle, muy enfadada, pero aún tuvo tiempo de volverse y de dedicarle una mirada tan helada como el viento que soplaba:

—¿Cuánto tiempo crees que podría aguantar la boba de tu esposa si se la somete a un ataque desde la prensa, cariño?

Nathan apretó los dientes con fuerza. Estaba muy enojado y apenas podía contener la ira, pero consiguió hablar con cierta tranquilidad.

—Si haces daño a mi mujer, te arrepentirás durante el resto de vida.

Diane sonrió.

—Yo diría más bien que disfrutaré durante el resto de mi vida. Buenas noches.

Nathan la observó hasta que desapareció en el interior del edificio y se preguntó por qué había esperado tanto tiempo para despedirla.

Después miró de nuevo la hora y se maldijo por no haber llamado a Mallory antes de salir de la isla. Seguramente estaría preocupada por su ausencia.

Arrancó el vehículo, giró en la misma calle y se dirigió de nuevo a la bahía. Podía detenerse en alguna cabina telefónica y llamarla en aquel momento, pero no quería hacerlo porque cabía la posibilidad de que se hubiera quedado dormida, así que decidió volver a casa y retrasar la inevitable conversación hasta la mañana siguiente.

Diane Vincent abrió la puerta del piso de Claire, su hermana, y entró tan enfadada que no se molestó en encender una luz. Cuando llegó al dormitorio donde siempre se alojaba, tiró el bolso y el abrigo al suelo, tomó el teléfono y marcó un número.

—Ya sé que es muy tarde —dijo cuando por fin contestaron—. ¿Has conseguido encontrar a alguien?

Diane recibió una respuesta positiva y sonrió. Después, y sin siquiera despedirse, colgó.

Cinnamon despertó a Mallory a la mañana siguiente. Se puso a juguetear sobre la cama y apretó su frío hocico contra la cara de su dueña.

Mallory gruñó, se levantó y se dirigió al cuarto de baño. Con su jacuzzi, sus plantas, sus sillones y sus múltiples encimeras, era tan grande como el salón de la casa de la isla.

Tras una rápida ducha, se puso unos pantalones grises, botas y un jersey rojo. Después, le dio de comer a la perra y bajó para darle el paseo matinal.

El teléfono comenzó a sonar justo cuando estaban saliendo, pero no se molestó en responder. Media hora más tarde ya había regresado al apartamento, completamente helada, y se preparó una taza de té y un par de tostadas.

Después se dirigió al estudio, una espaciosa sala con dos mesas de cristal situadas una frente a la otra, y encendió la televisión. En ese preciso momento estaban pasando la telenovela en la que trabajaba y estuvo viendo el capítulo hasta que terminó.

La perra se acercó entonces y la miró con un gesto que reconoció de inmediato. Quería comer más.

–No insistas, porque ya has comido. Además, te advierto que a partir de ahora no podré darte nada especial. Tendrás que acostumbrarte a comer latas normales, como todos los perros.

Mallory salió del estudio y se dirigió al salón, tan espacioso como el resto de las salas del ático. Tenía una enorme chimenea y una gran alfombra de color gris. Los ventanales ocupaban toda una pared y tenían vistas a Seattle y al mar.

Estaba pensando en su esposo y en la casa de la isla cuando sonó el teléfono. Esa vez, contestó.

—¿Dígame?

—Hola, pequeña. ¿Cuánto tiempo llevas en Seattle?

Era Brad Ranner.

—Desde anoche. ¿Por qué lo preguntas?

—¿Es que no te has enterado? Intenté ponerme en contacto contigo, pero las líneas telefónicas de la isla estaban cortadas y el transbordador ha suspendido el servicio. He llamado al ático por si habías regresado antes de lo esperado.

Mallory se alarmó al saber que habían suspendido el servicio de transbordador. Era la primera vez que sucedía.

—Tranquilízate, no pasa nada. Lo importante es que estás aquí, en la civilización.

—Brad, en la isla tengo muchos amigos y creo que Nathan sigue allí. ¿Cómo no voy a preocuparme? Si alguien se pone enfermo o algo así…

—Descuida, la guardia costera se encargará de las urgencias. Ya lo sabes.

Mallory se sintió algo más animada. Además, los habitantes de la isla estaban acostumbrados a las inclemencias y sabían cuidar de sí mismos.

—¿Qué tal van las cosas en el rodaje? —preguntó, más calmada.

—Todo el mundo está encantado. Lo que me recuerda que tengo grandes noticias… Precisamente te he llamado por eso aunque, ahora que lo pienso, preferiría decírtelo en persona. ¿Qué te parece si me atrevo a conducir con este tiempo y me presento en tu casa?

Mallory cerró los ojos durante unos momentos.

—Brad, yo…

—Déjalo, hablaremos cuando llegue.

Dos minutos más tarde, Mallory estaba en el cuarto de baño maquillándose un poco. No quería recibir a Brad demacrada y con cara de haber pasado otra noche terrible.

Los cosméticos obraron el pequeño milagro que esperaba y le devolvieron la belleza, pero no pudieron nada por ocultar las profundas ojeras que rodeaban sus preciosos ojos verdes, así que se dejó el pelo suelto con la esperanza de que el efecto equilibrara lo demás.

De nuevo, se sintió culpable. Nathan siempre había preferido que se dejara el pelo suelto.

Se preguntó dónde estaría en aquel momento y por enésima vez lo imaginó en brazos de Diane. No quería pensar en ello, de modo que volvió a la habitación, se sentó en la cama y marcó el número de Angel Cove, pensando que tal vez hubieran arreglado las líneas telefónicas. Sin embargo, no tuvo suerte.

Frustrada, caminó hasta el salón y jugó un rato con Cinnamon. Necesitaba hablar con Nathan, oír su voz y disculparse por haberse marchado sin decir nada. El corte de las líneas telefónicas y del transbordador significaba que tal vez no pudiera hacerlo en muchos días.

Un par de minutos después, sucedió algo inesperado. Oyó que se abría la puerta de la casa y pensó que sería la mujer de la limpieza, pero no era esta, sino Nathan en persona.

Su marido no se había afeitado y tenía un aspecto levemente peligroso. Al verla, clavó sus ojos oscuros en ella y dijo:

—He tenido que alquilar un barco para venir. ¿Se puede saber qué estás haciendo en Seattle?

Mallory intentó contestar, pero no encontró una respuesta aceptable.

—Yo...

Nathan se quitó la chaqueta y se pasó una mano por el pelo.

—Maldita sea, Mallory, ¿qué diablos te pasa? Todo el mundo está preocupado por ti en la isla...

Mallory palideció.

—¿En serio? ¿Y cuándo has empezado a preocuparte tú?, ¿antes o después de la crisis de Diane?

Su esposo la miró con verdadero asombro y se sentó en un sofá.

—¿Quieres decir que te marchaste por eso?

¿Me estás diciendo que te fuiste sin decir nada por lo de Diane?

Mallory se sentía realmente avergonzada por lo que había hecho, pero no se disculpó.

—Sí. Llamé a tu casa de Angel Cove y uno de los chicos me dijo que la habías traído a Seattle, así que…

Nathan se levantó del sofá.

—Es igual, ahórrame los detalles. Estoy muy cansado y no tengo ganas de oír tus tonterías paranoicas sobre Diane.

El comentario la sacó de quicio.

—¡Te odio, te odio!

Nathan no hizo ningún caso. Se dirigió al dormitorio y entró en el cuarto de baño para ducharse. Ella lo siguió unos segundos más tarde y golpeó la puerta corredera de cristal con los puños. Podía verlo desnudo.

—¡Nathan!

Su esposo abrió de repente y la atrajo al interior de la bañera, aunque estaba vestida.

—Está bien —dijo bajo el agua—. Ya que quieres hablar, hablemos.

Mallory estaba empapada, muy irritada y naturalmente se le había estropeado el maquillaje, así que él la alejó del chorro de agua.

—Por tu mirada de furia, es evidente que todavía consigo despertar alguna emoción en ti —continuó él.

Ella no dijo nada. La cercanía de su cuerpo desnudo y la propia situación la habían excitado, pero se sintió aún más alterada cuando él se inclinó sobre ella y la besó apasionadamente.

—Mallory… Te deseo —dijo cuando se apartó.

Ella lo apartó con rabia, aunque también lo deseaba.

—No sigas, Nathan, no me toques. No me hables siquiera…

Él no hizo ningún caso. La tomó por los hombros y la obligó a mirarlo a los ojos.

—Escucha, Mallory… Me parece que ya es hora de que demos por terminado este jueguecito. Aunque tal vez no lo creas, no he pasado la noche en la cama de Diane Vincent.

Mallory arqueó una ceja y lo observó en silencio.

Él suspiró, derrotado.

—Cometí un error al no llamarte para decirte lo que había pasado y lo siento, créeme.

Mallory lo creyó. Después, miró su ropa empapada y se echó a reír sin poder evitarlo. A pesar de su enfado, era una situación absurda.

Entonces Nathan la besó otra vez.

La antigua pasión comenzó a arder en el esbelto cuerpo de Mallory, tal y como ardía en la poderosa anatomía de Nathan. Mientras le quitaba la ropa y las botas, y las tiraba fuera de la ducha, ella se estremeció.

Nathan contempló el cuerpo desnudo de su esposa durante unos segundos interminables, sin perder ni un solo detalle: sus firmes y suaves senos, su estrecha cintura, sus redondeadas caderas y sus muslos. Luego dejó escapar un gemido gutural que parecía provenir del principio de los tiempos y la tocó una vez más.

La besó en el cuello y la mordió en un lóbulo. Ella arqueó la espalda y gritó suavemente cuando su boca se cerró sobre un pezón, al tiempo que le acariciaba el otro seno, pero Nathan no se detuvo ahí; se puso de rodillas en el suelo de la bañera y comenzó a acariciarle el clítoris hasta que alcanzó un orgasmo tan fuerte que estuvo apunto de sufrir convulsiones.

Él cerró entonces el grifo de la ducha, tomó unas toallas y los secó a los dós antes de llevarla, en brazos, al dormitorio. Una vez allí, se tumbó con ella sobre la cama.

Los dos seguían desnudos y su piel todavía estaba caliente por la ducha. Nathan gimió cuando ella empezó a acariciarlo, aunque no tardó en recuperar el control de la situación y en apartarle los muslos, dispuesto a penetrarla.

Mallory lo estaba deseando, pero él malinterpretó su pequeño grito de placer y dijo:

—Si no te sientes bien…

—Estoy perfectamente. Sigue, por favor…

Nathan la penetró y volvió a salir, jugueteando.

Mall se aferró a él para atraerlo hacia su cuerpo y pronto comenzaron a moverse, de forma rítmica y continua, hasta que ambos alcanzaron el éxtasis y una comunión física, pero también espiritual, en su unión.

Por desgracia, el timbre de la puerta los sacó del paraíso y los devolvió a la tierra.

Nathan gimió, desesperado, y ella rio.

–Vaya, ya tenemos aquí a nuestro público.

Él se levantó, se puso un albornoz y gritó:

–¡Ya voy!

Si Brad Ranner cayó en la cuenta de lo que acababa de interrumpir, lo disimulaba francamente bien. No hizo ningún comentario cuando Nathan abrió la puerta en albornoz, ni tampoco se refirió a ello más tarde, aunque para entonces el matrimonio ya se había vestido. Sin embargo, resulto evidente que sus ojos azules habían notado el rubor de Mallory.

Brad era un hombre bajo y fornido, y los que no lo conocían, siempre lo tomaban por un joven ejecutivo de alguna gran empresa. Sin embargo, era un productor dinámico y emprendedor, muy reconocido en el gremio por su talento, su visión y su capacidad profesional.

–Mallory, tú y yo tenemos que hablar de negocios. De grandes negocios, para ser exactos – dijo al cabo de un rato.

Nathan miró a su esposa y comentó:

—Imagino que esta va a ser una conversación privada, así que nos veremos más tarde.

Mallory se sorprendió por la reacción de su esposo, que se marchó de inmediato. Por una parte, todavía estaba estremecida por los largos minutos de amor. Y por otra, quería que estuviera presente en la conversación con Brad; a fin de cuentas, se trataba de algo importante para ella, de algo relacionado con su trabajo.

Brad se dio cuenta. Los dos hombres nunca se habían llevado bien, aunque mantenían una relación lo más civilizada posible.

—Si me hubieras dicho que la superestrella estaba aquí, habría venido en otro momento.

Mallory no dijo nada al respecto. Brad se prestó voluntario a prepararle una copa y ella asintió.

Un par de minutos después estaban sentados en el sofá del salón. El productor había llenado dos copas de vino blanco y se habían quedado completamente a solas porque Cinnamon se había marchado con su dueño.

—¿Y bien? ¿De qué noticias se trata? —preguntó ella.

Brad sonrió.

—Del cable.

—¿Del cable? ¿De qué cable? —preguntó, frunciendo el ceño.

—De la televisión por cable. Una cadena está

muy interesada en comprar la serie, lo que significaría más dinero y más capítulos.

Mallory se puso en tensión.

—¿Lo has pensado bien, Brad? Te recuerdo que en este país es habitual que la gente aparezca desnuda en la televisión por cable. Seguro que quieren convertir la serie en otra cosa.

—Si yo estuviera en tu lugar, no me preocuparía por ese asunto —dijo mientras admiraba su anatomía—. Créeme: puedes competir con cualquier otra actriz.

Mallory se levantó de golpe y dejó caer un par de gotas de vino sobre la alfombra.

—Por Dios, Brad... No puedo creer que me estés pidiendo que salga desnuda en la serie.

—Cálmate un poco, Mall. Es verdad que en las series de la televisión por cable aparecen más desnudos, pero también conceden más libertad y los guiones pueden ser mejores. Es una oportunidad perfecta para ti. Una ocasión excelente para dar un paso adelante en tu carrera de actriz...

—No.

—¿Por qué no? —preguntó, intentando ser razonable—. Es arte, Mallory, nada más.

Mallory comenzó a caminar de un lado a otro, nerviosa.

—¿Arte? No digas tonterías, Brad. Además, Nathan se enfadaría...

—Oh, por favor, otra vez tu esposo. ¿Es que

siempre tiene que salir a colación? –preguntó, cansado.

Mallory se detuvo en seco y lo miró.

–Estamos hablando de mi cuerpo, Brad, así que no metamos a mi marido en este asunto. Soy yo quien no quiere aparecer desnuda en televisión.

Brad suspiró.

–Mientes, no es por eso. Tienes miedo de lo que Nathan pueda decir si se te ocurre hacer un desnudo.

El corazón de Mallory se aceleró.

–Maldita sea, Brad, no haría lo que me pides aunque estuviera soltera.

Brad se levantó del sofá, dejó la copa a un lado y se acercó a ella para tranquilizarla.

–Mallory, no sé si me has entendido bien. Estamos hablando de mucho dinero. De varios millones de dólares.

–Me da igual.

–¡Pues a mí no me da igual! Si tengo que sustituirte por otra actriz o cambiar el guion, el rodaje se retrasará.

–Pues que se retrase.

–Mallory…

–Ya te he dicho que no lo voy a hacer. De hecho, no tenía intención de renovar el contrato.

Brad maldijo en voz alta, tomó su abrigo y salió del ático sin decir una sola palabra más.

Nathan apareció poco después y, al notar el estado de su esposa, se acercó y preguntó con suavidad:

—¿Qué te ha dicho ese canalla?

Mallory se echó a llorar.

—Está bien, ya hablaremos más tarde —dijo mientras la besaba en la frente—. Pero te aseguro que si vuelvo a verlo, le partiré las piernas.

A pesar de su desesperación, Mallory soltó una risita.

—Corrígeme si me equivoco, pero antes de que apareciera ese cretino estábamos en mitad de una reunión muy interesante —continuó él.

Ella sonrió entre sollozos y enseguida se excitó con la cercanía del hombre que amaba.

—Es verdad.

Él rio.

—En ese caso, estaré contigo dentro de un momento. Vuelvo enseguida. Voy a asegurarme de que la puerta de la casa está bien cerrada... No me gustaría que nos volvieran a interrumpir.

Mallory estaba en la cama, contemplando el oscuro cielo nocturno a través del techo de cristal. La nieve se estaba derritiendo, convirtiéndose en agua, y Nathan se había quedado dormido a su lado.

Se volvió para mirarlo, llena de amor por él,

y le acarició suavemente la línea de su fuerte mandíbula, la barbilla y el cuello. Nathan se movió bajo las sábanas, pero no despertó.

Ella sonrió. Sabía que su marido estaba cansado y no quería molestarlo. Habría sido capaz de enfrentarse a cualquiera con tal de velar su sueño.

Lo besó con dulzura y dijo en voz baja:

—Te amo, Nathan McKendrick.

Después se apretó contra él y se quedó dormida.

La brillante luz del sol despertó a Mallory a la mañana siguiente. Como siempre, Cinnamon tampoco perdió la oportunidad de molestarla para que se levantara.

—Estate quieta o despertarás a Nathan. Sé que necesitas salir, así que te sacaré yo.

Se vistió rápidamente y lamentó no estar en la isla para que la perra pudiera corretear por el campo a su antojo. Se dijo que corregiría ese error de inmediato si el servicio de transbordadores ya se había restablecido.

Al salir a la calle, los múltiples sonidos de la gran ciudad asustaron un poco al setter. Mallory dio una vuelta con la perra y entró en una tienda para comprarle comida; tuvo que dejarla atada en la calle, pero el animal aguantó de forma estoica.

Al ver que Cinnamon estaba más tranquila, decidió no regresar directamente a la casa. Hacía un día espléndido, el primero en mucho tiempo, y prefirió caminar hasta la orilla del mar. Incluso se detuvo en Pike Street para comprar pasteles y queso cremoso.

Al llegar a la bahía, la sirena del transbordador indicó claramente que ninguna tormenta duraba toda la vida.

Mall suspiró.

—Hoy volveremos a casa —dijo a la perra—. Los tres.

Cinnamon movió el rabo, contenta, y justo entonces alguien tocó a Mallory en un brazo.

Mallory se volvió, sonriendo, porque imaginó que sería algún amigo o un admirador. Pero, lamentablemente para ella, se trataba de Diane Vincent en persona.

—Hola —dijo Diane, con voz maliciosa—. ¿Estás paseando al perro?

—Obviamente, sí.

Diane sonrió. Estaba tan bella como siempre. Aquel día se había puesto unos vaqueros, una chaqueta y una camisa amarilla, de seda.

—¿Te apetece que tomemos un café? Hace tiempo que no charlamos un rato las dos…

Mallory pensó que no había pasado tanto tiempo como le habría gustado.

—Ahora no puedo, Diane. Nathan se despertará en cualquier momento y supongo que tendrá hambre.

Diane echó la cabeza hacia atrás, para que el sol iluminara su precioso cabello.

—¿Está durmiendo? Bueno, no me extraña después de lo de anoche…

Mallory deseaba asesinarla.

—Si tienes algo que decir, ¿por qué no lo dices, Diane?

La agente se encogió de hombros, sonrió y la miró con renovada malicia.

—No, ahora no, ya hablaremos en otro momento. Saluda a Nathan de mi parte.

Diane se marchó y Mallory la observó mientras se alejaba. No había dicho nada ni había contestado a su pregunta, pero había conseguido que las dudas volvieran a corroerla.

V

Cinnamon tiró de la correa como si tuviera ganas de volver al ático y Mallory regresó a la realidad. Su buen humor matinal se había esfumado por el encuentro con Diane y, cuando llegó al edificio, descubrió que el vestíbulo estaba lleno de gente.

—¿Qué sucede, George? —preguntó al portero, que estaba observando a los periodistas.

—Venga conmigo, señora O'Connor, o la reconocerán —dijo el hombre en voz baja.

Antes de que pudiera darse cuenta, el hombre la llevó al interior de su oficina y la alejó de la prensa.

Mallory frunció el ceño y dejó en el suelo la bolsa con las cosas que había comprado.

—¿Dónde está Marge? ¿Qué ocurre?

—Por lo que sé, intentan hablar con su esposo. Marge ha subido al ático para avisarlo.

Mallory descolgó el auricular del teléfono y llamó de inmediato a la casa. Curiosamente, fue Marge quien contestó.

—¿Dígame? —preguntó con frialdad.

—Marge, soy Mallory, estoy abajo. ¿Podría ponerme con mi esposo, por favor?

—¿Está en mi oficina? —preguntó la mujer—. En ese caso, no salga de ahí…

La mujer, de mediana edad, la dejó al aparato y fue a llamar a Nathan, que apareció enseguida.

—Mallory, escúchame bien. Quiero que te quedes ahí hasta que baje a buscarte. ¿De acuerdo?

Mallory se estremeció.

—De acuerdo. Pero ¿qué pasa? Todo está lleno de periodistas y fotógrafos…

—Te lo explicaré dentro de unos minutos. Pero, por favor, quédate ahí y no salgas.

—Pero…

—Mallory, haz lo que te digo.

—Tienes que decirme qué está pasando…

—Prométeme que te quedarás ahí —insistió él.

Mallory suspiró, aún más frustrada y preocupada que antes.

—Está bien, maldita sea… Te lo prometo.

En ese preciso instante, un periodista consiguió acceder a la portería y contempló a Mallory con curiosidad, como si fuera un bicho raro o una pieza de museo.

—¿Sabía lo de esa mujer, señora McKendrick? –le preguntó–. ¿Su marido le ha contado que se estaba acostando con ella?

George decidió intervenir.

—No le haga caso, señora McKendrick. Solo es otro *paparazzi* mentiroso que seguramente publica en una de esas malditas revistas del corazón…

George echó al hombre de la oficina y le sirvió a ella un café. Diez minutos más tarde, apareció Nathan.

—¿Podría librarnos de esa gente? –preguntó Mallory al portero.

—Puedo intentarlo.

George salió entonces y Nathan miró a su esposa con evidente preocupación.

—¿Te encuentras bien?

Mallory se limitó a asentir, incapaz de hablar. Entonces Nathan le dio un periódico y ella leyó el titular. Al parecer, acababan de presentar una demanda de paternidad contra su esposo.

—Mallory, te aseguro que yo no…

—¿Quién es ella? –preguntó con frialdad.

Nathan se metió las manos en los bolsillos de los pantalones y respondió:

—No tengo la menor idea.

—¿Qué quieres decir con eso? Tienes que saberlo —dijo, enfadada—. Maldita sea, Nathan, será mejor que empieces a hablar…

—Lee el artículo si quieres. Cuando termines, sabrás tanto del asunto como yo mismo. Yo también me he enterado por la prensa.

Mallory abrió el periódico y se dispuso a leer el artículo. Junto al texto había una fotografía en la que aparecía Nathan con varias admiradoras. Estaba sonriendo y su brazo rodeaba la cintura de una joven particularmente voluptuosa.

En la columna se afirmaba que una chica de dieciocho años, que se llamaba Renee Parker y vivía en Eagle Falls, cerca de Seattle, había presentado una demanda de paternidad contra Nathan. Según la adolescente, se había acostado varias veces con ella y la había dejado embarazada.

Mallory no fue capaz de seguir leyendo.

—Termina de leer —dijo Nathan, profundamente insultado por la desconfianza de su esposa.

—No, no puedo.

—Pues deberías hacerlo, porque concluye de forma muy particular. El periodista dice que intentó ponerse en contacto conmigo para pedir mi opinión, pero que mi agente de prensa, Diane Vincent, dijo que no quería hacer declaraciones. ¿No te parece muy sospechoso?

El tumulto del vestíbulo del edificio empeoraba por momentos. Resultaba evidente que George no había conseguido librarse de los reporteros.

—Por Dios, Nathan, cómo has podido… Solo tiene dieciocho años.

Nathan la miró con asombro.

—Esto es increíble. ¿De verdad crees que me acosté con esa chica?

En ese instante, alguien llamó a la puerta.

Era Pat.

—¡Dejadme entrar!

Nathan abrió rápidamente y volvió a cerrar de inmediato.

—Nate, acabo de hablar con la prensa —comentó su hermana—. Han dicho que dejarán salir a Mallory sin molestarla si haces alguna declaración. Pero también han añadido que, si no quieres hablar, seguirán ahí hasta que vuelvan a elegir a Richard Nixon.

Nathan miró a Mallory con tristeza.

—Está bien, diles que hablaré con ellos. ¿Podrías acompañar a Mallory a la salida?

—Por supuesto.

Cinco minutos después, Mallory y la confundida Cinnamon se hallaban en el interior del Mustang amarillo de Pat, mientras se dirigían a su casa del lago Washington.

Pat estaba muy pálida, y aferraba el volante con tanta fuerza que los nudillos se le habían quedado blancos.

—Lo de ese periódico solo es un libelo —dijo.

—No lo creo, Pat. Esta vez no se trata de una

de esas revistas del corazón, sino de un diario supuestamente serio.

—A veces puedes llegar a ser verdaderamente ingenua. ¿Me estás diciendo que te lo has creído? —preguntó, sorprendida.

—No sé qué pensar.

Mallory fue totalmente sincera. En aquel momento no sabía si creer a su esposo o creer a la prensa. Estaba tan alterada por todo lo que había pasado que no conseguía pensar con claridad.

Estuvieron unos minutos en silencio hasta que Pat volvió a hablar.

—¿Prefieres que te lleve a la isla, Mall? Podría llevarte a tu casa o a casa de Trish o de Kate…

Mallory negó con la cabeza. La isla siempre había sido su santuario, pero sabía que en semejantes circunstancias no la ayudaría a tranquilizarse. Necesitaba pensar y necesitaba hacerlo en un lugar que no hubiera compartido con su marido.

—¿Podrías hacerme un favor?

—¿Cuál?

Mallory se volvió para acariciar a la perra.

—Llevar a Cinnamon a la isla. Trish cuidará de ella.

—Pero ¿estarás bien mientras tanto? Es posible que Nathan tarde un buen rato en librarse de la prensa…

—Necesito estar sola —explicó—. De hecho, te

agradecería que mantuvieras alejado a tu hermano durante unos días.

Pat suspiró y tomó la desviación que llevaba a su casa.

—Lo intentaré, Mallory, pero sabe dónde estás e imaginó que querrá hablar contigo enseguida.

Mallory asintió.

—Lo sé. Sin embargo, no quiero hablar con él ahora. Tengo que pensar en lo que está pasando.

Pat aparcó el vehículo y apagó el motor.

—No debes huir. Por mucho que te disguste la situación, evitar a Nathan no servirá de nada.

—Tres días —rogó ella—. Por favor, solo tres días...

Pat se encogió de hombros, aunque la miró como si no estuviera de acuerdo con lo que iba a hacer.

—Está bien, Mall, intentaré hacer lo que me pides. Pero no puedo asegurarte que no aparezca de repente.

Media hora más tarde, Mallory se había quedado a solas en el amplio y soleado piso de Pat, sin ni siquiera la compañía de la perra.

Estuvo varios minutos en el salón sin hacer otra cosa que contemplar las hermosas vistas del lago Washington; a pesar del mal tiempo de los días pasados, o tal vez precisamente por ello, las aguas azules estaban infestadas de veleros y motoras.

Se sorprendió mucho al notar que tenía lágrimas en las mejillas. Enfadada con su propia reacción, caminó hacia el teléfono y mantuvo una corta conversación con Trish, quien obviamente ya estaba al corriente de lo que había publicado la prensa. Por fortuna, Trish no hizo preguntas al respecto. Notó que Mallory no tenía ganas de hablar y se limitó a asegurarle que cuidaría de su perra.

Llevaba un rato sentada en el sofá cuando sonó el teléfono. No sabía si contestar o no, porque no quería hablar con Nathan ni con ningún periodista. Pero estaba en casa de Pat, así que supuso que sería para ella.

Respondió a la llamada con el tono de voz más amable que pudo, dadas las circunstancias, y estuvo a punto de colgar al reconocer la voz de su esposo.

—¿Te encuentras bien, cariño?

—Sí —mintió—. ¿Y tú?

—No me mientas, Mallory. Sé lo que estás pensando.

—Entonces también sabes que necesito estar sola. Dame un poco de tiempo y espacio.

—Mallory, yo no soy el padre del niño que espera esa chica.

Ella comenzó a llorar otra vez y se alegró de que él no pudiera verla en aquel estado. Necesitaba creerlo, desesperadamente, pero tenía miedo de descubrir que le había mentido.

—Nathan, ahora no quiero hablar. Estoy muy cansada y confundida.

Su esposo suspiró.

—Está bien, pero no olvides que te amo.

—De acuerdo, Nathan. Te llamaré dentro de unos días. Te lo prometo.

—¿Necesitas algo?

Mallory consideró la pregunta durante unos segundos. En aquellas circunstancias, le costaba pensar.

—Sí, mi coche. ¿Podrías pedirle a George que me lo traiga?

—Por supuesto —respondió él—. Mientras tanto, cuídate, cariño.

—Lo haré.

Mallory colgó el teléfono y veinte minutos más tarde sonó el timbre de la puerta. Era George, que acababa de cumplir la petición de Nathan.

El portero se limitó a darle las llaves, sin hacer ningún tipo de comentario. Mallory le dio las gracias y él se marchó en un taxi.

Como no tenía nada que hacer, se duchó y luego se tumbó en el sofá, donde seguía cuando Pat regresó a su casa. Tan atenta como siempre, se había pasado por el ático para recoger ropa y llevársela.

—¿Te ha llamado mi hermano? —preguntó sin más preámbulos.

Mallory asintió. No tenía ganas de hablar, y

menos aún teniendo en cuenta que Pat la miraba con un brillo de condena en los ojos, claramente convencida de la inocencia de Nathan.

En ese momento, Mallory se sintió culpable.

—Estaba bastante mal cuando lo dejé hace un rato, Mall —continuó.

—¿Qué quieres decir con eso de que estaba mal?

Pat se quitó el abrigo y lo tiró a un lado de forma ligeramente brusca. Después, se sentó en un sillón y miró a su cuñada.

—Estaba borracho. Maldita sea, Mallory... Estás culpando a Nathan por algo que no ha hecho —dijo con ojos llenos de lágrimas—. Pues bien, debo recordarte que es mi hermano y que lo quiero y que estoy harta de ver lo que estás haciendo con él.

Mallory se estremeció. No lo había visto borracho desde que lo conocía, y ni siquiera podía imaginar qué aspecto tendría, ni cómo se comportaría, en semejante estado.

—Pat, no estás siendo justa conmigo. No quiero hacerle ningún daño...

—Lo sé, lo sé, es que...

—No sigas, he captado la indirecta —la interrumpió—. ¿Es verdad que estaba borracho?

—Completamente.

—¿Estaba solo?

La pregunta de Mallory volvió a enojar a Pat.

—¿Qué pasa? ¿Ahora crees que está con Renee Parker? ¡Por supuesto que estaba solo!

—Pues no debería estarlo.

—Entonces ¿irás a verlo?

Mallory negó con la cabeza.

—No puedo, Pat, todavía no. Pero no debería estar solo, en serio. Alex Demming es su mejor amigo… Lo llamaré.

—Olvídalo —declaró Pat, claramente decepcionada con ella—. Le pediré a Roger que vaya.

Mallory bajó la mirada y contempló sus propias manos mientras se preguntaba si no estaría siendo profundamente injusta con su esposo al dudar de él y abandonarlo cuando más la necesitaba. En cualquier caso, hizo lo posible por no oír la conversación que Pat mantuvo por teléfono con su novio. Y cuando terminó de hablar con él, le dio las gracias por pedirle que fuera al ático de Nathan.

Aquella fue una noche muy larga. Mallory renunció pronto a la posibilidad de dormir y se levantó. Se sentía dividida entre el amor que profesaba a Nathan y su propio orgullo.

Pero por mucho que lo amara, no estaba dispuesta a volver a su lado si la había traicionado. Desde su punto de vista, eso significaría que habría traicionado su confianza; y sin confianza, no podía haber amor.

El sol apenas acababa de salir cuando salió de

la casa, con el periódico del día anterior bajo el brazo, y se puso al volante de su utilitario.

Echó otro vistazo al artículo, como para confirmar sus planes.

La chica se llamaba Renee Parker y vivía en Eagle Falls, una pequeña localidad situada a una hora de Seattle. Mallory conocía el lugar porque había estado allí en compañía de sus padres.

Y ahora iba a regresar.

Nathan rodó sobre la cama y gimió. Le dolía mucho la cabeza y tenía el estómago revuelto por el consumo excesivo de alcohol.

Roger Carstairs, el novio de Pat, apareció entonces en la puerta del dormitorio con un aspecto tan saludable que Nathan lo encontró repugnante. Se había puesto el delantal del ama de llaves y llevaba un bol lleno de algo indefinible.

—¿Te apetece desayunar? —preguntó con una sonrisa.

—¿Bebí mucho anoche?

—Digamos que si hubieras estado en una fiesta, te habrías bebido todas las existencias tú solo.

El teléfono de la mesita de noche sonó en aquel instante. Justo lo último que necesitaba con semejante jaqueca.

—¡Dígame! —gritó.

Era Pat, y parecía preocupada.

—¿Está Mallory contigo?

Nathan apretó los dientes con tanta fuerza que le dolió.

—No, pero espera un momento… Roger, ¿Mallory ha pasado por casa?

—No —respondió el otro.

—No, Roger me acaba de decir que no ha venido. ¿Es que no está en tu casa? ¿Has llamado a la isla?

—Sí, he llamado a Kate Sheridan y a Trish Demming, pero nadie la ha visto —respondió Kate.

Nathan intentó enfadarse con su esposa, pero solo consiguió asustarse. Antes de que saltara el asunto de la falsa paternidad, Mallory ya se estaba comportando de forma extraña, como si no pensara con claridad; y después de aquello, cualquiera sabía de lo que podía ser capaz.

—No lo entiendo. ¿No hablaste con ella? ¿No te dijo nada sobre lo que pensaba hacer?

—Nada en absoluto. Pero la ropa que le llevé ayer sigue aquí, así que supongo que no habrá ido muy lejos.

Nathan no se sintió precisamente animado por eso. Sabía que su esposa tenía montones de tarjetas de crédito y que podía comprarse toda la ropa que quisiera donde le viniera en gana.

Desesperado, saltó de la cama y ya se había puesto los vaqueros antes de decir:

—Maldita sea, si se le ha ocurrido abandonarme…

—Oh, vaya… Creo que ya sé dónde está —declaró Pat súbitamente.

—¿Cómo? ¿Dónde?

—En Eagle Falls.

—¿En Eagle Falls?

—Sí, en esa pequeña localidad donde vive tu supuesta amante, tonto. Seguro que ha ido allí.

Nathan no entendía nada.

—¿Para qué? ¿Por qué iba a hacer una cosa tan estúpida como esa? ¿Qué pretende conseguir?

—No lo sé, pero es posible que yo hubiera hecho lo mismo de encontrarme en su lugar. Nathan… Has sido sincero conmigo, ¿verdad? Dime que no va a descubrir una historia romántica y un montón de fotografías comprometedoras, por favor.

Nathan se estaba poniendo los calcetines, así que tuvo que apoyar el auricular entre la cabeza y el hombro.

—Haré como si no hubiera oído lo que acabas de decir. Es una idea tan imbécil que no merece una respuesta.

—Está bien, está bien… ¿Y qué hacemos ahora?

Nathan permaneció en silencio unos segundos antes de responder. Y cuando lo hizo, su humor había cambiado.

—Dios mío, se lo ha creído. Cree de verdad que soy el padre de ese niño...

—Nathan...

—Es increíble que me esté haciendo algo así. Después de tantos años, creo que debería conocerme mejor.

—Tranquilízate, hermano. ¿Cómo habrías reaccionado tú si la prensa hubiera publicado algo semejante sobre ella? No, no te molestes en contestar, yo te lo diré: con un ataque de celos.

Nathan dejó el teléfono sobre la mesita de noche, pero su hermana gritaba tan fuerte que podía oír sus maldiciones desde lejos.

Roger lo sustituyó en el auricular y él fue a darse una larga y relajante ducha.

Eagle Falls era más pequeña de lo que Mallory recordaba. De hecho, apenas tenía una gasolinera, una cafetería y un supermercado, además de una oficina de correos, un colegio y una iglesia.

En el periódico había leído que Renee Parker era camarera, así que se dirigió directamente a la cafetería.

Cuando entró, un compañero de trabajo la informó de que la joven vivía en una casa pintada de rosa que se encontraba cerca de la iglesia.

Además añadió que seguramente estaría allí porque era su día libre.

Mallory asintió y salió en busca de la chica.

Subió al coche, con los ojos llenos de lágrimas, y se preguntó qué podía decirle. Pero fuera lo que fuera, tenía que hablar con ella; creía que le bastaría una mirada para saber si estaba diciendo la verdad.

Cinco minutos más tarde, detuvo el vehículo frente a la modesta casa y caminó hacia la entrada con una confianza que, en realidad, no sentía. Enseguida vio que de la chimenea salía humo y que la puerta principal estaba abierta. En el interior, una joven estaba cantando una canción de Nathan.

Mallory se quedó helada. Ese detalle le acababa de confirmar una cosa: que su marido era inocente. Y ya estaba a punto de darse la vuelta y marcharse por donde había llegado cuando una adolescente muy bella apareció en el jardín.

—¿Eres tú, Ray?

Mallory miró a Renee Parker. Era muy bonita y su embarazo resultaba evidente, pero también era demasiado joven y de aspecto demasiado inocente como para despertar el interés de un hombre como Nathan. A él le gustaban otro tipo de mujeres. Y de tener que buscarse una amante, indudablemente preferiría a Diane Vincent.

Renee palideció al verla.

—¡Tracy Ballard! ¡Mamá! ¡Tracy Ballard está aquí afuera…! —exclamó, absolutamente maravillada.

Mallory estuvo a punto de reír al oír el nombre del personaje que interpretaba en la telenovela.

—En realidad no me llamo Tracy Ballard, sino Mallory O'Connor. Y soy la esposa de Nathan McKendrick.

Renee se llevó una mano al vientre abultado.

—Ah…

—Sí, ah. ¿Podríamos hablar un momento?

La chica la miró con los ojos muy abiertos.

—No pienso retirar nada de lo que he dicho.

Mallory avanzó hacia ella y la chica retrocedió, entró en la casa y cerró la mosquitera de la entrada para protegerse..

—El niño que llevo dentro es de tu marido —declaró—. ¡Y esa es toda la verdad!

—Ambas sabemos que estás mintiendo, Renee. ¿Quién te ha pagado para que presentaras la demanda?

—Nadie, no me ha pagado nadie. Nathan estaba enamorado de mí. Nathan…

—Sí, ya veo —la interrumpió—. ¿Sabes que piensa denunciarte por lo que has hecho? Te has metido en un buen lío. Sus abogados te llevarán a un juicio y tendrás que repetir tu declaración allí. Pero si lo haces, cometerás perjurio y acabarás en la cárcel.

—¿En la cárcel?

—En la cárcel —repitió, casi lamentando la suerte de la joven—. ¿Quién te ha metido en todo esto?

Renee negó con la cabeza.

—Nadie, nadie…

—Muy bien, como quieras. En ese caso, nos veremos en los tribunales. Adiós, Renee.

Mallory se dio la vuelta y comenzó a caminar hacia su coche. De hecho, ya había arrancado el vehículo cuando Renee se asomó a la ventanilla. Estaba pálida y evidentemente asustada.

—¿Puedes esperar un momento? ¿Podríamos hablar?

—Pensaba que no tenías nada que decir…

—Espera aquí un momento, por favor.

—Está bien, esperaré.

Mallory había mentido. Nathan no había comentado nada sobre la presentación de ninguna denuncia, pero esperaba que la joven se lo hubiera tragado.

Sin embargo, se llevó una buena sorpresa cuando Renee apareció otra vez. Esperaba una confesión completa y en lugar de eso le presentó una revista suya con una entrevista que le habían hecho tiempo atrás.

—¿Qué diablos es esto? —preguntó.

—¿Podrías dedicarme un autógrafo? No sé, tal vez podrías poner algo así como: «A Renee, con cariño».

Mallory no podía creer lo que estaba sucediendo. Ponía en peligro su matrimonio y se atrevía a pedirle un autógrafo.

—¿Esto es una broma?

—No, en absoluto. Es que no me pierdo ninguno de los capítulos…

Mallory suspiró y sacó un bolígrafo.

—Haré algo mejor, Renee. Escribiré mi número de teléfono en la parte de atrás. Y si decides contarme la verdad sobre tu hijo, llámame.

—¿Has abandonado a Nathan?

—Lo amo, Rene, y él me ama.

Renee dejó escapar entonces una sorprendente lágrima. Mallory escribió el número de teléfono y ya lo había dado todo por perdido cuando la chica dijo con voz entrecortada:

—No quería hacerlo. Pero me dieron tanto dinero que…

Mallory se quedó sin habla.

—Bueno, es posible que te llame pronto —continuó Renee.

—Está bien.

Renee miró la revista y sonrió de oreja a oreja.

—Oh, esto es maravilloso. Espera a que lo sepa mi madre…

Mallory estuvo a punto de ofrecerle una suma de dinero superior a la que le habían pagado, pero no lo hizo. Arrancó el coche y tomó el camino de vuelta, pero tuvo que detenerse en una gasolinera para ir al servicio porque no se encontraba bien.

De nuevo, consideró la posibilidad de ofrecerle dinero. Pero si lo hacía, corría el riesgo de empeorar aún más la situación; la gente podría decir que le había pagado precisamente para que ocultara la verdad.

Solo entonces comprendió la verdadera dimensión de lo que había hecho.

Había traicionado la confianza de su esposo, había creído las mentiras de un periódico y lo había dejado solo sin darle siquiera una oportunidad para explicarse.

Volvió a leer el artículo del diario y lo vio tan claro que hasta ella misma se sorprendió de su estupidez. Efectivamente, el periodista había comentado que Diane Vincent había dicho que Nathan no quería hacer declaraciones. Demasiado evidente.

—¡Maldita estúpida! Eres una maldita estúpida… —se dijo.

Entró de nuevo en el coche, arrancó y se dirigió a Seattle tan deprisa como pudo. En cuanto llegó al edificio del ático, dejó el vehículo en manos de George y corrió al ascensor.

Las manos le temblaban cuando abrió la puerta. Pero antes de hacerlo, ya sabía que Nathan no se encontraba allí.

Nathan se encontraba en su casa de Angel Cove, preguntándose dónde estaría Mallory y qué estaría pensando y haciendo en aquel momento.

Le preocupaba el recibimiento que podía haber encontrado en casa de Renee Parker. La situación podía haber resultado muy desagradable y hasta temía que hubiera sufrido un accidente de tráfico por el nerviosismo.

Entonces sonó el teléfono.

Era su hermana.

—Ya ha vuelto. Acabo de hablar con ella y creo que tú deberías hacer lo mismo.

—Ya sabe dónde encontrarme —dijo.

—Llámala tú.

—No puedo. Me pidió que le diera tiempo y eso es lo que voy a hacer. De hecho, creo que yo también necesito un poco de tiempo.

—¿Para qué?

—Para pensar.

—¿En qué?

—En si debo seguir casado con una persona que no confía en mí y que duda de mi palabra.

—No te enfades con ella, Nathan. Está enamorada de ti y es lógico que se preocupara. Lo único importante es si la amas.

Nathan suspiró.

—Por supuesto que sí.

—Entonces compórtate en consecuencia.

—Estoy demasiado enfadado.

—Pobrecito —se burló Pat—. Venga, reacciona de una vez. No te comportes de forma infantil.

Pat colgó y Nathan se quedó mirando el teléfono hasta que comenzó a reírse. Su hermana tenía razón. Se estaba regodeando en su propio dolor.

Diez minutos después, había subido al transbordador y se dirigía a Seattle...

Después de tomarse dos copas de vino y de dar un sinfín de vueltas por el ático de su esposo, Mallory tomó el teléfono y se atrevió a marcar el número de la casa de Angel Cove. Pero no contestó nadie, ni siquiera la señora Jeffries.

Mallory empezó a llorar y lo intentó con otro número, el de su propia casa en la isla. El resultado fue idéntico.

Ya estaba pensando que se moriría si no conseguía hablar con alguien cuando oyó que se abría la puerta principal y sintió pánico. Si era Nathan, no sabía qué podía decirle.

Asustada, caminó hacia el bar y se sirvió una

tercera copa. Cuando se volvió, su esposo estaba ante ella.

Nathan la miró con intensidad, se acercó y le quitó la copa.

—Hazle caso a un especialista en la materia, cariño. El alcohol no hará que te sientas mejor.

—La he visto, he estado allí y he hablado con ella —declaró Mallory, intentando mantener la calma—. He estado con Renee.

Nathan arqueó una ceja.

—¿Y qué? ¿Has descubierto que tiene dos cabezas o algo así?

—Solo es una niña, una adolescente… Y está asustada.

Nathan se limitó a mirarla con seriedad. Obviamente, no estaba dispuesto a facilitarle las cosas.

Mallory bajó la mirada.

—Lo siento, lo siento mucho —susurró.

—¿Lo sientes de verdad? —preguntó él con frialdad—. ¿Y qué pasó exactamente en Eagle River?

—No se llama Eagle River, sino Eagle Falls. Y no pasó mucho. Insistió en que el niño era tuyo, hasta que al final dijo que alguien le había pagado por mentir a la prensa.

—Una pequeña contradicción, ¿no te parece?

Mallory se secó las lágrimas con la mano.

—La propia Renee es una contradicción ambulante. ¿Puedes creer que me pidió un autógrafo después de hacerme una cosa así?

Nathan le puso las manos sobre los hombros y besó su cabello.

—¿Y se lo diste?

Mallory empezó a temblar violentamente y Nathan la abrazó con fuerza. Después, se sentó en una silla y la puso sobre sus rodillas como si fuera una niña.

Estuvieron así un buen rato, hasta que ella se tranquilizó.

—Por lo visto, tú y yo tenemos problemas —dijo él.

—Lo sé.

Mallory apoyó la cabeza en uno de los hombros de su esposo. Sabía que no se refería al asunto de Renee, sino a la distancia que había ido creciendo, poco a poco, entre ellos.

Y antes de que el sol se pusiera, decidieron separarse.

VI

Aunque el alboroto se había calmado, todavía había periodistas en la entrada del edificio cuando salieron aquella tarde hacia la isla. Nathan no estuvo precisamente comunicativo, puesto que nunca se había llevado bien con la prensa; pero ella reconoció a algunas personas entre los reporteros, a quienes consideraba amigos, y no tuvo más remedio que pronunciar unas palabras amables, aunque no quería hacer ninguna declaración sobre el asunto. A fin de cuentas eran cuestiones privadas.

Permanecieron en silencio durante todo el trayecto, incluso en el transbordador, y no volvieron a pronunciar una sola palabra hasta que llegaron a la casa.

Cuando todavía no habían salido del deportivo, Nathan dijo:

—Todavía te amo, ¿lo sabías?

—Y yo te amo a ti.

—Entonces ¿qué diablos estamos haciendo?

Mallory no sabía qué contestar. Salió del coche y él preguntó, sin moverse del sitio:

—¿Puedo pasar y quedarme un rato?

Ella asintió.

La siguiente media hora fue bastante tensa para los dos. Mallory guardó su ropa en el dormitorio mientras él se encargaba de encender un fuego en la chimenea del salón antes de empezar a desmontar el árbol de Navidad, todo un gesto simbólico en aquellas circunstancias.

Estaba tomando un café, sentada a la mesa de la cocina, cuando su marido apareció con los regalos que le había hecho cuando se había empeñado en celebrar Navidad en pleno enero. Se cruzó de brazos y los dejó sobre una de las encimeras.

—Es extraño que Diane no haya hecho nada por quitarte de encima a esos periodistas —dijo ella.

—No tiene nada de particular. La he despedido.

—Ah…

Mallory no dijo nada más. Sabía que debía estar contenta, pero no fue así en absoluto.

—¿No vas a ponerte a saltar de alegría? —preguntó él con amargura.

—Lo que hagas con tus colaboradores es cosa tuya —respondió ella con frialdad.

—Mallory… ¿cuánto tiempo vamos a seguir así?

—¿Así? ¿De qué modo?

—Lo sabes de sobra. Pero tal vez te interese saber que no he despedido a Diane por el asunto ese del periódico. La había despedido antes, y lo hice porque no la necesito.

—¿Qué quieres decir con eso de que no la necesitas? —preguntó con desconfianza.

—¡Maldita sea, Mallory! Hablar contigo es como intentar hablar con una pared. Cada día estás más paranoica. Eres incapaz de mantener una conversación sin empezar a hacer insinuaciones.

Mallory se quedó en silencio.

—Te estoy intentando decir que la he despedido porque ya no necesito una agente de prensa. Voy a retirarme.

Ella estuvo a punto de atragantarse con el café. Nada de lo que hubiera podido decir la habría sorprendido tanto.

—¿A retirarte? ¿Por qué no me lo habías dicho?

—Si no te hubieras alejado de mí, te lo habría contado antes.

—¿Y no te parece que eres demasiado joven para dejarlo?

—No. Además, no veo por qué debería seguir con el grupo. ¿Te parece que necesitamos el dinero?

Mallory habría soltado una carcajada de no haberse encontrado en una situación tan difícil.

—¿Y qué piensas hacer con tu tiempo?

—No lo sé. Pero te aseguro que no lo perderé con esa jovencita. Ni me acosté con ella ni soy el padre de su hijo.

Mallory ya sabía eso, la conversación con Renee había sido bastante explícita. Pero en el fondo, lo estaba utilizando como excusa para mantenerse alejada de él.

—Mallory…

—Bueno, si es verdad que alguien le dio dinero para que mintiera…

—¿Cómo que «si es verdad»? —preguntó él, asombrado—. ¡Ese niño no es mío!

—Está bien, está bien…

—Dios mío, todavía no me crees, ¿verdad? A pesar de haberla visto con tus propios ojos, de haber hablado con ella y de que te contara que le habían pagado, todavía no me crees.

—Hemos estado manteniendo las distancias durante demasiado tiempo, Nathan. Además, eres una superestrella y es normal que las mujeres se te ofrezcan constantemente.

—¿Quieres dejar eso de una vez? ¡Te amo a ti!

¿Es que no lo entiendes? Nunca te he traicionado con nadie.

Furiosa consigo misma, Mallory se levantó de la mesa y apartó el café.

—¡Basta ya, Nathan! Jamás confesarías que lo has hecho si piensas que estoy tan alterada que me voy a desmayar en cualquier instante.

—Esto es increíble, Mallory. ¿De verdad crees que eso me preocuparía si no fuera cierto que te amo?

Los ojos de ella se llenaron de lágrimas.

—No lo sé. Francamente no sé qué pensar.

Nathan estaba rabioso, pero una vez más se contuvo y no dijo nada. Después, se giró en redondo y salió de la casa dando un portazo.

Mall se sentó y se llevó las manos a la cabeza. Al parecer, su separación no había empezado precisamente con buen pie.

Incapaz de contenerse por más tiempo, Trish llamó a la puerta de la cocina a la mañana siguiente.

En cuanto las dos mujeres se vieron, comenzaron a llorar como dos tontas. Pero ninguna dijo nada hasta unos minutos más tarde, cuando salieron de la casa para dar un paseo por la isla.

—¿Qué ha sucedido, Mall?

Mallory se apoyó en una roca, junto a la orilla del mar.

—No estoy segura.

—¿Qué significa eso?

—¿Leíste la noticia del periódico?

—Sí, por supuesto que sí. Pero estoy segura de que sabes que es una vulgar patraña.

—Sí, lo cierto es que estoy completamente segura. De hecho, creo que lo supe en cuanto vi el artículo. Pero en lugar de decírselo a Nathan, me monté en el coche y me fui a Eagle Falls para hablar con esa chica.

Trish suspiró.

—Es posible que yo hubiera hecho lo mismo de haber estado en tu lugar. ¿Se enfadó mucho Nathan?

—Sí. Cree que ha sido una falta de confianza por mi parte.

—¿Y?

—Que parece que no podemos hablar de nada sin terminar peleándonos. Dios mío… Ni siquiera soy capaz de decirle que confío en él cuando quiero hacerlo. Es como si esa parte de mí estuviera muerta.

Trish se sentó junto a su amiga.

—¿Lo amas?

Mallory asintió.

—Pero quieres mantener las distancias —continuó su amiga—. ¿Sabes lo que realmente creo? Que de algún modo estás intentando llevar la vida que llevabas cuando tus padres murieron.

Mira el aspecto que tienes… Te has casado con un multimillonario y vistes como si siguieras siendo pobre.

—No digas tonterías.

—¿Tonterías? Hace seis años que te casaste con él y no has estado más que un par de veces en su casa de Angel Cove. De hecho, es posible que tampoco hubieras pisado el ático si no te hubieran contratado para esa telenovela en Seattle.

—Basta ya, no sigas.

—Tus padres han muerto, Mall. Han muerto y se han marchado para siempre. Tienes que asumirlo y seguir viviendo.

Mallory había empezado a temblar y tenía tan mal aspecto que su amiga la abrazó.

—¿Cómo eres capaz de decir ese tipo de cosas?

Trish se encogió de hombros.

—Mallory, crece de una vez. Estás enamorada de Nathan y lo sabes.

—Eso ya no importa. Hemos acordado separarnos durante una temporada. Necesitamos estar solos.

Trish la miró con asombro.

—¿Todavía no te has dado cuenta de que ya habéis estado demasiado tiempo solos? Ve con él, dile lo que sientes, cuéntale todo, hasta tus propias contradicciones…

Mallory no hizo ningún caso. Se negaba a entrar en razón, se negaba a admitir que el mundo había cambiado y que ya no vivía en la casita de sus padres.

Nathan estaba en el salón de la casa de Angel Cove, una famosa montaña de la zona, contemplando la preciosa vista de la isla. El día había amanecido soleado y se veían multitud de yates en el mar; al fondo, se alzaba la silueta majestuosa del monte Rainier, cubierto de nieve.

—¿Señor McKendrick?

Al oír la voz, se sobresaltó levemente. Siempre olvidaba que no vivía solo en la casa. La señora Jeffries estaba permanentemente allí y se había acercado para ofrecerle un café y unas pastas.

Cuando se volvió para mirarla, notó que estaba pálida. Resultaba evidente que ya se había enterado del escándalo.

—¿Qué sucede? —preguntó con frialdad.

—Hay un hombre en la puerta que pregunta por usted.

—¿Quién es?

—Creo que es alguien del tribunal donde han presentado la demanda.

—Está bien… —dijo, irritado—. Hágalo pasar.

La mujer dejó la bandeja con el café sobre una mesita y se dirigió a la puerta principal.

Segundos después, un hombre trajeado entró en la sala y preguntó:

—¿Nathan McKendrick?

—Sí, soy yo.

—He venido a traerle la citación de los juzgados.

Nathan recogió el sobre oficial y el visitante se marchó.

Después de despedirse de Trish, Mallory volvió sola a su casa. Cinnamon la estaba esperando en el camino.

En cuanto estuvo de vuelta, dio de comer a la perra e intentó tranquilizarse un poco, aunque no lo consiguió. Y para empeorar las cosas, el teléfono empezó a sonar.

—¿Sí? ¿Quién es?

—Hola —respondió Brad Ranner—. ¿Cómo van las cosas por la isla?

Mallory se sintió muy decepcionada. Había pensado que podía ser Nathan.

—Mal.

—Siento la escena que te monté en el ático el otro día. Sé que me comporté como un idiota. ¿Me perdonas?

Mallory suspiró.

—Brad, no he cambiado de idea. No quiero seguir con la telenovela.

—En vista de la última aventura de tu esposo, tu decisión me sorprende —declaró con total tranquilidad.

Mallory cerró los ojos con fuerza, pero eso no alivió el dolor que sentía.

—Me da igual lo que haga o deje de hacer Nathan. Sea como no sea, no pienso desnudarme en la serie.

—Bueno, tal vez podríamos hacer algo al respecto...

Ella se mordió el labio inferior e intentó pensar, pero no podía. Así que no dijo nada.

—¿Sigues ahí?

—Sí, sigo aquí. Escucha, Brad... Yo no soy realmente actriz. Eso de la serie fue una especie de juego para mí, pero ahora estoy muy cansada y me gustaría dejarlo.

—Ya veo que ese asunto de la supuesta paternidad de tu esposo te ha afectado de verdad.

—Sí. Y te agradecería que no volvieras a hacer ningún comentario al respecto, Brad.

El productor suspiró.

—Es verdad, me he excedido de nuevo. Lo siento.

—¿No te importaría que habláramos en otro momento?

—Por supuesto, como tú quieras. Pero, por favor, piensa bien lo de la renovación de tu contrato.

Mallory no estaba segura de casi nada en ese momento; sin embargo, lo estaba totalmente de no querer seguir con la serie. Odiaba tener que aprenderse los diálogos, permanecer bajo los intensos focos y ante las cámaras y verse obligada a levantarse antes del amanecer para estar en el rodaje a tiempo.

–No, Brad. Cumpliré mi parte, pero eso es todo.

–Está bien. En ese caso, quedas despedida –bromeó.

–Muchas gracias.

–Oh, vamos, Mallory…

Mallory colgó el teléfono sin pensárselo dos veces y se sintió muy aliviada. Estaba convencida de haber tomado la decisión más conveniente, la decisión que le devolvería su libertad.

Acababa de entrar en la cocina cuando se detuvo en seco. Echó un vistazo a su alrededor y vio que todo estaba tal y como lo había dejado su madre antes de morir. Solo entonces, comenzó a considerar la posibilidad de que Trish estuviera en lo cierto al afirmar que se estaba aferrando a dos personas que habían desaparecido para siempre.

Las lágrimas afloraron a sus ojos, pero esa vez consiguió contenerse, caminó hacia el teléfono y marcó un número.

La señora Jeffries contestó de forma muy poco amable, contrariamente a su costumbre. Mallory supo enseguida que habría estado hablando con muchos periodistas y que aquello habría acabado con su paciencia.

—Soy la señora McKendrick. ¿Podría ponerme con mi marido, por favor? —preguntó a la mujer.

El ama de llaves tardó en responder. Tal vez no estaba muy segura de si era realmente su esposa o una seguidora del cantante.

—Me ha dicho que no le pase ninguna llamada, señora McKendrick.

—Pero es que necesito hablar con él ahora mismo… Es urgente.

La señora Jeffries fue a llamar a Nathan, que tardó casi dos minutos en ponerse al teléfono.

Mallory ni siquiera sabía por dónde empezar. Así que sacó fuerzas de flaqueza y fue directamente al grano:

—¿Crees que podríamos empezar de nuevo, Nathan?

Su esposo se quedó en silencio durante unos segundos. Después, dijo:

—Estaré ahí enseguida.

—No, no hace falta, iré yo a tu casa.

—Pero Mallory…

—No me discutas. Hablaremos cuando llegue.

—Pero…

Mallory colgó el teléfono.

La villa de Angel Cove era extremadamente bonita. De planta colonial española, era un edi-

ficio enorme con tejados de teja roja, veinte habitaciones, una piscina y un enorme porche con
su propio jacuzzi. El jardín estaba lleno de enci-
nas y toda la propiedad se alzaba sobre la bahía
y sobre el muelle donde se encontraba anclado
el barco de Nathan, el Sky Dancer.

Mallory estaba tan entusiasmada con la belleza del lugar que se sobresaltó al oír la voz de
su esposo.

—Hola…

Ella alzó la mirada y lo vio. Por lo visto, la
había estado esperando en la entrada.

—Hola…

—Creo que sería capaz de matar un ternero
para celebrar tu llegada, pero no tengo ninguno
—bromeó.

Mallory sonrió, aunque se sentía muy insegura.

—Bueno, tampoco me importaría tomar una
copa de vino blanco y disfrutar un rato del jacuzzi.

Él rio.

—Trato hecho. Hemos desconectado los telé-
fonos y la señora Jeffries tiene orden de decirle
a las visitas que nos hemos perdido en las montañas Cascade.

Mallory tomó a su marido del brazo mientras
entraban en la magnífica casa.

—Esta vez, preferiría que no hiciéramos el

amor —se atrevió a decir ella—. Cada vez que intentamos hablar, acabamos haciendo el amor y luego no hablamos de nada.

Él alzó una mano como si se aprestara a pronunciar un juramento.

—Está bien, nada de sexo… Por ahora.

Cinco minutos más tarde, se habían metido en el jacuzzi de la suite de Nathan. Mallory estaba tomándose el vino prometido y se había puesto un bañador blanco y negro que había dejado en la casa durante el verano anterior.

—Hoy he recibido la citación del juzgado. Ya es algo oficial —comentó él.

—Lo siento mucho, Nathan.

Él suspiró.

—Mis abogados quieren que lleve el asunto a los tribunales.

—¿Y piensas hacerlo?

—Preferiría no verme obligado a ello. Además, la gente podría tomárselo como una admisión de culpabilidad.

—Nathan, ambos sabemos que no eres culpable. Tal vez fuera conveniente que presentaras una denuncia.

Nathan acarició a su mujer.

—¿Hablas en serio? ¿De verdad confías en mí?

Ella asintió.

—Sí. Me comporté como una histérica y lo siento, aunque no sé qué pensar… Trish ha dicho que me estoy aferrando a la vida que llevaba con mis padres y que, sin pretenderlo, estoy haciendo lo posible por destrozar nuestro matrimonio –le explicó.

Nathan no dijo nada. Obviamente esperaba que continuara con la explicación.

–No me había dado cuenta hasta ahora, pero creo que Trish tiene parte de razón –continuó ella–. Hasta mi casa sigue tal y como la dejaron mis padres antes de morir… Pero al menos he tomado una decisión sobre mi vida profesional. No voy a renovar el contrato.

Él arqueó una ceja.

–Vaya, eso sí que es nuevo… ¿Es que has recibido una oferta mejor o algo así?

–No, es que no me gusta actuar. Si me gustara, sería distinto.

–¿Y qué piensas hacer con tu tiempo? –dijo, repitiendo la pregunta que ella le había hecho en su encuentro anterior.

–En primer lugar, hacer lo que esté en mi mano para que nuestro matrimonio funcione. Nos hemos apartado el uno del otro y ya no compartimos nada, ya no nos comportamos como marido y mujer…

–Eso es cierto. Supongo que debí decirte antes que tenía intención de retirarme.

–Nathan, ¿qué ha pasado con nuestra relación? ¿Cuándo empezaron a cambiar las cosas?

–Los cambios son inevitables, Mallory. Por

mucho que me guste ser parte de ti, somos dos personas distintas y simplemente seguimos nuestros propios caminos.

—¿Y crees que se volverán a encontrar?

—Por supuesto que sí. Pero necesitamos tiempo, esfuerzo, comprensión y paciencia…

—En tal caso, es mejor que nuestros trabajos no se interpongan —dijo ella—. Pero hay una cosa que me inquieta. Yo estoy segura de que dejar la telenovela es lo mejor que puedo hacer, pero no lo estoy tanto de que sea bueno que dejes la música. Es tu vida…

Él se encogió de hombros.

—Solo voy a dejar el grupo y las giras, pero seguiré componiendo. Estoy cansado, Mallory… Quiero descansar todo lo que pueda y estar contigo. Y creo que son dos objetivos perfectamente compatibles, ¿no te parece?

Ella rio y él la abrazó.

—Eh, hemos quedado en que no haríamos el amor…

Él gimió.

—Nathan…

—Está bien, de acuerdo, pero ¿cuánto tiempo tendremos que mantener el celibato?

—Al menos, hasta que subamos al piso de arriba. La gente no hace el amor en los jacuzzi.

—¿Tú crees? —preguntó él, divertido—. Qué inocente eres a veces…

Nathan extendió un brazo entonces y comenzó a acariciarle los senos por encima del bañador.

—Por favor, basta ya…

A pesar de sus protestas, Mallory estaba encantada. Adoraba que la acariciara de aquel modo.

—Por favor, déjame tocarte. Déjame verte, acariciarte, abrazarte —declaró, excitado.

—Pero la señora Jeffries…

Nathan hizo caso omiso y tiró hacia abajo del bañador, dejando desnudos sus senos. Después, se inclinó sobre ella y comenzó a lamer sus pezones y a mordisquearlos hasta volverla completamente loca.

Ella se dejó llevar hasta el punto de quitarse del todo el bañador y de quitárselo también a él. Lo deseaba con todo su ser y no tardaron en salir del agua; entonces, él la llevó a una tumbona cercana, la sentó en ella y le separó las piernas antes de comenzar a acariciarla entre los muslos.

—Dime lo que quieres, Mallory…

Ella no tuvo que contestar. No era necesario porque su cuerpo ya estaba respondiendo en su nombre. Arqueó las caderas hacia delante y puso las manos en la cabeza de su esposo, para acariciarle el cabello.

—Mallory, dime lo que quieres —insistió él, mientras la lamía.

—Te quiero dentro de mí…

Nathan no se hizo de rogar. Encontraron una posición más adecuada y comenzaron a hacer el amor, convertidos en una sola persona, siguiendo el mismo ritmo, cada vez más deprisa hasta que alcanzaron el orgasmo.

Apenas llevaban unos minutos en silencio, abrazados, cuando alguien llamó a la puerta, tímidamente.

—¿Qué pasa? —gritó Nathan, molesto.

Mallory se apresuró a ponerse el bañador mojado.

—La comida está preparada… —se atrevió a decir la señora Jeffries desde el otro lado.

Mallory no pudo evitarlo y se echó a reír.

—Está bien, señora Jeffries… —respondió Nathan—. Por favor, sírvala en el dormitorio. Iremos enseguida.

Cuando el ama de llaves se alejó, Mallory dijo:

—¿En el dormitorio? Veo que tienes malas intenciones…

—No lo sabes tú bien —dijo él, arqueando una ceja.

—Oh, maldito seas, me prometiste que no haríamos el amor.

—Bueno, supongo que lo nuestro debe de ser una especie de ritual o algo así.

—¿De qué diablos estás hablando?

—De que siempre discutimos un poco antes de hacer el amor. O por lo menos, nos llevamos la contraria. Seguro que significa algo.

—¿Tú crees? —preguntó ella, sonriendo con malicia.

Nathan se volvió a poner el bañador y avanzó hacia ella.

—No lo sé, pero creo que a veces discutimos porque cuando hacemos el amor nos sentimos tan cerca el uno del otro que nos asustamos. En cuanto a lo de comer en el dormitorio… Es solo porque quiero estar allí contigo, nada más.

Mallory se estremeció. Lo que había dicho su esposo tenía mucho sentido. Los dos eran personas muy independientes, personas que apreciaban su libertad por encima de todo; y cuando hacían el amor se compenetraban hasta tal punto que en cierta forma perdían su identidad en la pasión.

No le sorprendió que Nathan se sintiera igual que ella. Pero todavía estaba algo nerviosa y la atracción que sentía por él la inquietaba demasiado, así que decidió cambiar de tema.

—Bueno, vamos a comer. Estoy realmente hambrienta…

Él rio.

—No te preocupes, podrás comer sin que nadie te moleste. Además, estoy particularmente interesado en que recobres tus fuerzas.

—¿Es que solo piensas en el sexo? —preguntó ella, ruborizada.

—No creas… Esto solo me ocurre cuando estoy contigo. Entonces se convierte en una compulsión.

A pesar de todo, Mallory no pudo evitar estallar en carcajadas. Y ni siquiera protestó cuando él empezó a contarle todo lo que pensaba hacer con ella en la cama del dormitorio.

Cuando Nathan salió, ella lo siguió.

VII

Comieron en la cama, sentados el uno frente al otro. Nathan solo llevaba unos vaqueros, y ella, un camisón que también había dejado en la casa.

A unos metros de distancia, un romántico fuego ardía en la pequeña chimenea de la habitación, y a través de las ventanas podían ver la nieve, cayendo. Mallory era tan feliz que suspiró.

—¿Y ahora, qué hacemos? —preguntó ella.

Nathan la miró con deseo.

—Te has puesto tan colorada como el camisón que llevas…

—¿Te gusta?

—Oh, sí, desde luego. Te queda tan bien que

te comería de buena gana —declaró, antes de acercarse para acariciarla entre los senos.

—¿Vas a estar todo el tiempo intentando seducirme?

Él rio, apartó la mano y se levantó de la cama. La luz del fuego dio un tono aún más bello al físico tan atractivo de Nathan, que se dirigió a uno de los armarios y comenzó a rebuscar como si intentara encontrar algo.

—Está bien, soy un hombre de palabra. No volveremos a hacer el amor hasta dentro de tres horas por lo menos.

—Oh, qué amable…

—Ya sabes que «caballero» es mi segundo nombre —bromeó.

—De eso, nada. Tu segundo nombre es Albert.

Nathan se volvió y Mallory supo lo que había estado buscando: un Monopoly.

—Cierto, pero si se lo cuentas a alguien alguna vez, soy capaz de asesinarte.

—Bah, no te creo —dijo mientras le quitaba el juego de las manos—. Pero te voy a dar una paliza de todos modos.

Nathan volvió a sentarse en la cama y abrió la caja.

—Es verdad, no me atrevería a hacerte daño bajo ningún concepto. Pero en lo relativo a la partida… me parece que la paliza te la voy a dar yo.

Mallory sonrió.

—Eso lo veremos.

Empezaron a jugar inmediatamente. Y antes de quince minutos, Mallory ya había conseguido hacerse con las principales calles del juego.

—Voy a dar una fiesta de ropa interior —anunció Trish, con voz animada—. Es esta tarde a las dos y te espero.

Mallory miró al otro lado de la cama y se preocupó al ver que Nathan no estaba allí, pero sonrió enseguida cuando lo oyó en la ducha.

—¿De ropa interior?

—Sí, creo que los ricos lo llamáis lencería. Ya sabes, esas cosas sedosas y bonitas que se llevan debajo de la ropa —bromeó.

Mallory rio.

—Ah, te refieres a eso… ¿Y no te parece que es un plazo demasiado corto para dar una fiesta? Te advierto que me estoy reconciliando con mi marido en este preciso instante.

Nathan salió en aquel momento del cuarto de baño, envuelto solo con una toalla.

—Bueno, la próxima vez te avisaré con dos semanas de antelación y una tarjeta. Pero de momento, estad aquí a las dos. Vamos a subastar un montón de ropa a mitad de precio, y además, la mayoría de los invitados solo va a venir porque cree que estarás presente.

Nathan se acercó a su esposa y comenzó a acariciarla a pesar de que estaba hablando por teléfono.

Ella gimió y Trish se dio cuenta.

—Eh, ¿qué está pasando ahí?

Mall se arqueó al sentir el contacto de sus dedos en un seno.

—Seguro que te encantaría que te lo contara, Trish…

—¡Bueno, me da igual! —exclamó, fingiendo enfado—. Pero quiero verte aquí a las dos en punto de la tarde.

—Está bien, si vais a subastar ropa a mitad de precio…

Entonces Nathan le quitó el auricular a Mallory y colgó sin miramientos.

Trish parecía algo ruborizada cuando abrió la puerta, pero sus ojos azules brillaron con malicia.

—¿Qué tal va la reconciliación? —susurró a su amiga—. Aunque después de lo que he oído antes, supongo que no hace falta preguntar…

Mallory rio.

—A pesar de tus interrupciones, ha ido bastante bien.

Trish la llevó al salón, que estaba lleno de caras familiares. Entre los invitados se encontraba

Kate Sheridan, con quien Mallory estuvo charlando un buen rato.

Se divirtió mucho en la fiesta de su amiga. Con la mala temporada que estaba pasando, participar en algo tan frívolo y superficial como una subasta de ropa interior, le pareció maravilloso.

—¿Te ha contado Trish lo de su nuevo negocio? —le preguntó Kate.

—¿Es que se va a dedicar a vender ropa? —bromeó ella.

Trish rio.

—No es eso, es que he aprobado los exámenes de Empresariales y voy a empezar a trabajar en el sector inmobiliario.

—Ni siquiera sabía que estuvieras estudiando, pero me alegro mucho —dijo Mallory, realmente contenta por su amiga.

—Ha sido duro, pero lo he conseguido. El lunes que viene empiezo a trabajar. Tendré que acompañar a un montón de turistas a varios sitios de la isla.

—¿Y piensas venderles alguna propiedad?

—No, de eso se encargan los vendedores. Yo me limitaré a las relaciones públicas y a las cuestiones legales.

—Excelente, porque aquí tienes a tu primera cliente.

—¿Y eso?

Mallory miró a Kate y a Trish, que la observaban con expectación, y dijo:

—Quiero vender mi casa.

—Ya era hora —dijo Kate—. Si yo estuviera casada con un hombre con Nathan, creo que viviría en uno de sus bolsillos.

Mallory rio.

—Por Dios, Kate, qué cosas tienes…

—Yo también me alegro —intervino Trish—. Pensaba que nunca dejarías de comportarte como una estúpida.

—Vaya, gracias…

—Es una idea excelente, en serio —insistió Kate—. Además, si es cierto que va a dejar la música, podéis aprovechar la ocasión para divertiros y viajar.

—Todavía no podemos. Además, aún tiene que dar el concierto de despedida en Seattle, el mes que viene. Y conociéndolo, seguro que se pone a ensayar en cualquier momento.

—Pues entonces, viajad después.

Mallory se encogió de hombros.

—Ya veremos. También tengo que terminar la telenovela… Quiero cumplir el contrato con Brad.

—¿Con Brad? Ese tipo es un canalla —declaró Kate—. Rompe ese contrato y ve a hablar con Alice Jackson al colegio. Están buscando profesores suplentes para que den clases cuando alguno de los fijos se pone enfermo.

—¿Que rompa el contrato? No puedo… no puedo hacer eso.

—¿Por qué no? —preguntó Trish—. Me dijiste que ya no querías actuar…

—Es cierto, pero existe una cosa que se llama lealtad. Además, una promesa es una promesa.

—Pero toda norma tiene su excepción —observó Kate—. Y por otra parte, sospecho que Brad está detrás de ese asunto de la demanda por paternidad contra tu esposo.

Mallory se quedó asombrada. Había pensado que la responsable era Diane y nunca se le habría ocurrido que su productor podía andar detrás de aquello.

—¿Por qué dices eso? —acertó a decir.

Kate y Trish intercambiaron una mirada de impaciencia.

—Mira que eres tonta en ocasiones. ¿Es que no te has dado cuenta de que Brad te come con la mirada? Sería capaz de hacer cualquier cosa con tal de librarse de Nathan.

Mallory sabía que su esposo sentía celos de Brad Ranner, pero tampoco había considerado la posibilidad de que estuvieran fundados.

—No lo creo. Estoy segura de que la responsable es Diane Vincent. Brad no haría algo así.

—¿Que no? —preguntó Kate—. Despierta de una vez, Mallory. Lo he visto con tu marido y parecen dos leones a punto de devorarse.

—No, no, no… Ha sido Diane. Es una venganza porque Nathan la ha despedido.

—¿Que la ha despedido? ¿Cuándo lo ha hecho? —preguntó Trish—. ¿Ayer? ¿La semana pasada? Lo digo porque una demanda por paternidad lleva su tiempo, Mallory.

—Tiene que haber sido ella…

Kate se encogió de hombros.

—Puede que lo hayan organizado entre los dos. Pero te aconsejo que tengas cuidado con Ranner, porque no es lo que parece.

Mallory se deprimió al pensar que podían tener razón y Trish se dio cuenta.

—Oh, creo que no debíamos haberte dicho nada…

—No te preocupes, estoy bien —mintió—. Pero no olvides lo de mi casa… Me gustaría venderla tan pronto como sea posible.

Entonces Kate se levantó de la silla y dijo:

—Bien, me marcho. ¿Quieres que te lleve a casa, Mallory? Te conozco y sé que habrás venido andando.

—Gracias, te lo agradezco.

Mallory se despidió de Trish y fue a buscar su chaqueta. Cuando salió al exterior, Kate ya estaba en su coche.

—¿Es verdad que quieres vender la casa? —le preguntó su amiga—. ¿Estabas hablando en serio?

Mallory asintió.

—Sí. Me he dado cuenta de que la he estado utilizando como escondite. Pero ya no es un hogar.

—No pienses mucho en eso. Pasaste muy buenos años en esa casa y es normal que le tengas cariño.

Mallory asintió, con la mirada perdida.

—Sospecho que estás pensando en lo que dirían tus padres sobre todo ese asunto de la paternidad, ¿verdad?

—A veces me sorprendes de verdad. Si alguna vez te cansas de escribir novelas, tal vez deberías dedicarte a adivinar los pensamientos… —dijo Mallory, entre risas.

—Seguro que ganaría más dinero. Pero volviendo al tema, supongo que prefieres ahorrarte mi perorata sobre que ya eres una mujer adulta y que tienes que empezar a vivir por tu cuenta…

—Sí, por favor, ahórramela.

Kate estaba concentrada en la carretera, cubierta de nieve, y no podía mirarla. Sin embargo, no dejó del todo el tema de conversación.

—Ni Trish ni yo hemos querido molestarte antes, Mallory. Sencillamente no queremos que te hagan daño.

—Descuida.

—Dime una cosa… ¿Has dudado alguna vez de tu marido desde que se publicó ese artículo en el periódico? Espero que no, porque Nathan merece tu confianza. Y Trish piensa lo mismo que yo.

—Me gustaría estar tan segura como vosotras, pero no lo sé… A veces creo que me ama, pero otras veces…

—¿Otras veces?

—Creo que no puede amar a una persona tan poco interesante como yo.

—Entonces la culpa es tuya. Para que alguien crea en ti, primero tienes que creer en ti misma.

La isla era bastante pequeña, así que no tardaron casi nada en llegar a Angel Cove. Durante el corto trayecto, Mallory pensó en las palabras de su amiga.

Paul y Janet O'Connor habían sido unos excelentes padres para ella. Le habían dado todo su cariño y una magnífica educación; además, siempre había sido una gran estudiante y no le había costado nada sacar adelante sus estudios y obtener su título de profesora.

Sin embargo, todo eso parecía pequeño y ridículo en comparación con la inmensa fama de su esposo.

—¿Quieres pasar y tomar algo? —preguntó Mallory.

—No, gracias. Me gustaría mucho, pero me espera el séptimo capítulo del libro que estoy escribiendo. Además, lo último que necesitáis Nathan y tú en este momento es compañía.

Mallory rio, se despidió de su amiga y caminó a la casa. Su marido estaba bajando por la escalera cuando entró.

—Hola —dijo, sonriendo—. ¿Dónde está tu ropa interior?

—¿Cómo?

—¿No se suponía que ibas a una especie de fiesta en casa de Trish?

—Ah, sí… Pero no subastaban ropa interior, sino lencería. Y no la tenían allí. La hemos encargado.

Nathan la tomó por los hombros y la besó.

—Te agradezco que me lo hayas aclarado, porque eso de la fiesta de ropa interior me había puesto nervioso.

Mallory rio.

—Eres incorregible… Siempre estás imaginando cosas extrañas.

—Bueno, olvidémonos de ese asunto ahora. He organizado una cena a la luz de las velas en el comedor y no tiene sentido que nos quedemos en el vestíbulo charlando de ropa.

Mallory se desabrochó el abrigo y Nathan se lo quitó.

—¿A la luz de las velas? ¿Y no tenemos que cenar en el dormitorio?

—¿En el dormitorio? ¿En el mismo sitio donde hace unas horas me pegaste una paliza al Monopoly? De eso nada….

Ella rio.

—¿Y quién ha hecho la comida? ¿La señora Jeffries?

—No. La señora Jeffries se ha marchado a Seattle a ver a su hermana, así que decidí entrar en la cocina y preparar algo que esté a la altura de tus sopas y tus emparedados —se burló.

Nathan no había mentido. Efectivamente, había puesto la mesa en el comedor y había encendido las velas de un candelabro. En cuanto a la comida, consistía simplemente en perritos calientes con patatas fritas y vino blanco.

Mallory se sentó, encantada. Era la primera vez que se encontraba a solas con él en aquella mesa. Generalmente siempre estaba llena de gente.

—Y bien, ¿qué te parece la comida? —preguntó él—. Está visto que no sabes apreciar los buenos manjares…

—¿De dónde has sacado estas patatas? Parecen anémicas…

Él arqueó una ceja.

—Es que las puse en el microondas. Son de bolsa.

—¿En el microondas? Luego estaban congeladas…

—Sí.

—Pues habrían salido mejor si las hubieras frito.

—Gracias por el consejo, oh excelsa cocinera...

Mallory rio y comenzó a comer. Las patatas estaban repugnantes y los perritos calientes se habían quedado fríos, pero no recordaba una cena más maravillosa en compañía de su esposo.

—Por cierto, he decidido vender mi casa.

—¿Y eso? —preguntó él, extrañado.

—Vivir allí no es sano. No hago otra cosa que rememorar mi infancia y mi vida con mis padres.

Nathan la acarició para animarla.

—Pero esa casa significa mucho para ti...

—Tengo que hacerlo, Nathan. Es lo mejor.

—En ese caso, hazlo. Además, ya sabes que todo lo que tengo es tuyo.

Los ojos de Mallory se llenaron de lágrimas.

—Sí, lo sé. Pero he pasado tan poco tiempo en esta casa que me siento como si solo fuera una invitada.

—Sé que nunca te ha gustado y que solo has venido para darme gusto —declaró él.

—No, no es verdad. En realidad, la adoro. Es tan espaciosa, tan alegre y elegante... Pero...

—Pero siempre está llena de gente —la interrumpió.

Mallory asintió.

—Bueno, eso va a cambiar. Recuerda que voy a retirarme...

—Creo que no deberías hacerlo. No dejes la música por mi culpa. No podría perdonármelo.

Nathan la miró con inmenso afecto.

—Te amo, Mallory, y te necesito. Nuestro matrimonio es más importante para mí que ninguna otra cosa, incluida la música.

—Pero no quieres dejarlo de verdad, ¿no es cierto?

—No estoy seguro —admitió—. Pero sé que estoy dispuesto a hacer lo que sea por salvar nuestra relación.

Mallory asintió con tristeza.

—Nathan, te ruego que no lo dejes por mí. Tiene que haber otra forma de hacer las cosas.

—Necesitamos estar más tiempo juntos, cariño. ¿O crees que eres la única que está cansada?

—En ese caso, tómate unas vacaciones. Déjalo unos meses, o tal vez un año…

Nathan tardó unos segundos en volver a hablar.

—¿Un año? Sí, tienes razón. Lo dejaré un año y luego volveremos a hablar sobre este asunto, señora McKendrick.

Mallory le ofreció una mano para sellar el pacto, pero él no se la estrechó: en lugar de eso, la tomó y la besó con enorme ternura.

—Mmm… Todo un año de cenas a la luz de las velas… Creo que no volveré a dar conciertos en mi vida.

—Pero te aburrirás...

Nathan comenzó a besarla en los brazos.

—Lo dudo mucho.

—Nathan...

—Te deseo, Mallory.

Mallory se estremeció al sentir sus manos en la cintura y se dejó llevar. Segundos después, él le bajaba la cremallera de los pantalones.

—Nathan, por favor... ¡Te recuerdo que estamos en el comedor!

Nathan se arrodilló ante ella, le bajó los pantalones y acarició sus muslos.

—Bueno, me parece un sitio más que apropiado.

Cuando despertó al día siguiente, había dejado de nevar.

Mallory estaba muy contenta y todavía se alegró más porque era una de las primeras veces que se despertaba antes que su marido, así que se dirigió al cuarto de baño y se metió en el enorme jacuzzi.

Estaba a punto de salir cuando vio una bata de seda colgada de la puerta y no pudo resistirse a la curiosidad.

Se acercó, repitiéndose mentalmente que no debía pensar mal, y frunció el ceño al tocar la prenda. No era una bata, como había pensado a primera vista, sino un camisón corto, de encaje, que por supuesto no le pertenecía.

De inmediato, comenzó a dar vueltas a las distintas posibilidades y ninguna resultaba precisamente tranquilizadora. Pero entonces se fijó en una etiqueta dorada que llevaba prendida y se sintió muy avergonzada.

—¡Nathan McKendrick!

Nathan apareció un minuto después, sonriendo de oreja a oreja.

—¡Esto no tiene ninguna gracia! Cuánto tiempo le habrá llevado a la pobre señora Jeffries bordar la frase en la etiqueta…

—No mucho. Solo dice: «Confía en mí, Mallory» —explicó él, como si fuera necesario.

—Pensé que era…

—Sí, ya sé que habrás pensado un montón de cosas y todas malas, querida esposa…

—Maldito seas…

Nathan se rio.

—Anda, vístete antes de que empiece a devorarte. Vamos a pasar el día en Seattle.

Mallory le arrojó el camisón a la cabeza.

—Pero ¿dónde está tu sentido del humor?

Ella intentó darle una patada. Sin embargo, falló y con el movimiento se le cayó la toalla con la que se había tapado. Quiso inclinarse a recogerla, pero él se le adelantó y la citó con ella como si fuera una muleta.

—Eh, toro…

Mall sonrió de nuevo e intentó pegarle otra patada. Esa vez acertó, pero su marido se acercó a ella y la abrazó con fuerza.

—Pensaba que íbamos a ir a Seattle…

Él rio con suavidad y la mordió en el cuello. Su aroma inundó totalmente los sentidos de Mallory.

—E iremos a Seattle. Pero más tarde.

Tomaron el transbordador a media mañana y resultó un viaje bastante íntimo porque casi no había gente. Mallory lo agradeció mucho. A ella no solían reconocerla cuando salía de casa, pero su marido no pasaba inadvertido ni aunque se disfrazara.

Por supuesto, algunas personas los miraron, pero nadie se acercó a ellos ni los incomodó.

—Debo estar perdiendo mi encanto —confesó Nathan.

Mallory se rio.

—No lo creo.

Señaló con un gesto a un par de quinceañeras. Se habían fijado en el cantante y estaban riéndose.

—Seguro que no están seguras de que seas tú. Y no se atreven a acercarse para pedirte un autógrafo por miedo a equivocarse…

—A veces daría lo que fuera por ser otra persona, créeme.

—¿En serio? ¿Por qué?

Nathan apartó la mirada y no respondió a la pregunta. Pero ella insistió.

—Nathan…

—¿Qué?

—¿Por qué te gustaría ser otra persona?

Su marido se sentó en una de los asientos de la cubierta.

—Porque la gente suele llevar una vida mucho más tranquila y pacífica que la mía. Se levantan por la mañana para ir a trabajar, vuelven a casa a tomar una cerveza, hacen el amor y hasta ven las noticias en la tele —respondió Nathan—. Algunos incluso tienen niños…

Mallory se rio, aunque sus ojos se habían llenado de lágrimas.

—¿Te gustaría tener niños, Nathan?

—Puede ser —dijo él tras unos segundos de silencio.

Mallory miró hacia el mar y pensó en la posibilidad de tener niños con él. Pero inevitablemente, el asunto le recordó a Renee Parker y se entristeció de inmediato.

—Bueno, si lo que te preocupa es la parte del sexo, no necesitas ser una persona normal y corriente para eso —bromeó ella—. Esta mañana te has portado muy bien…

Nathan se rio y ella se animó otra vez. Adoraba a su esposo y se alegraba de haber arreglado las cosas entre ellos, pero seguía notando cierta distancia.

Cuando bajaron del transbordador, montaron de nuevo en el coche y se dirigieron a un lugar que ambos adoraban, el mercado de Pike Place. Era un lugar muy interesante, lleno de tiendas y de pequeñas lonjas donde vendían el pescado de la bahía. En verano atraía a los turistas, pero en invierno había mucha menos gente.

Tras aparcar el vehículo, se internaron en el enorme edificio y dieron un largo paseo. Al cabo de un rato, Nathan se detuvo frente a un estudio de fotografía que al parecer estaba especializado en tratar las imágenes de tal forma que parecían fotografías antiguas. Además, tenían trajes de época para quienes quisieran retratarse con ellos.

Nathan le dio un pequeño codazo, a modo de guiño cómplice, y la miró con ojos brillantes.

—¿Te apetece? —preguntó.

Mallory lo tomó del brazo.

—Por supuesto que sí, señor McKendrick.

Durante los siguientes minutos, no dejaron de reír y reír. Se probaron varios trajes antes de decidirse y, al final, posaron ante el fotógrafo con un aspecto muy peculiar: él se disfrazó de sheriff y ella de bailarina del lejano Oeste. Nathan llevaba una imitación de Colt en una mano e incluso se había puesto un bigote postizo; en cuanto a ella, eligió un vestido precioso, se recogió el pelo y se puso una boa y unas cuantas plumas que le daban un aspecto francamente atrevido.

Todo resultó tan divertido que les costó mirar con seriedad a la cámara.

VIII

Aunque el día había sido tranquilo y agradable, Mallory todavía no se encontraba bien. Se cambió de ropa, sintiéndose extrañamente deprimida, y se acomodó en una de las sillas del amplio vestíbulo; las fotografías no estarían listas hasta veinte minutos más tarde.

Nathan la miró con simpatía.

—¿Cansada? —preguntó.

Ella asintió con la cabeza.

—Bastante, pero estaré bien enseguida.

Nathan se acercó y le acarició una mejilla con un gesto tierno.

—Voy a buscar café —dijo—. Mientras tanto, descansa.

El café era uno de los vicios favoritos de Mallory, hasta el punto de que Nathan solía decir que por sus venas no circulaba sangre sino cafeína.

—Está bien, pero no olvides el edulcorante…

Él soltó una carcajada, se dio media vuelta y se perdió entre la gente.

Mallory suspiró, apoyó la cabeza entre las manos y observó con interés a un chico rubio que salía de una de una tienda cercana, sonriendo y con una bolsa de colores al hombro. El niño se volvió para mirar a alguien que se encontraba a su espalda y exclamó:

—¡Vamos a tomar un helado!

—De ninguna manera, Jamie —contestó una voz conocida—. Estamos en invierno y tengo frío así que tomaremos una taza de chocolate caliente.

Mallory se quedó boquiabierta cuando vio que se trataba de Diane Vincent. De inmediato, apartó la mirada con la esperanza de que la agente no se percatara de su presencia, pero no tuvo suerte.

—Hola, Mallory —dijo Diane.

Ella se obligó a levantar la vista y esbozar una sonrisa, convencida de que sería mejor actuara con naturalidad.

—Diane… —la saludó.

—Es increíble que siempre nos crucemos, ¿no te parece? —comentó Diane mirando a Jamie de reojo—. ¿Nathan está contigo?

—Sí.

Como el pequeño se había alejado un momento para mirar el escaparate de una tienda cercana, Mallory decidió que no tenía por qué seguir fingiendo y respondió de forma brusca y airada:

—¿Por qué lo preguntas, Diane? ¿Es que quieres verlo?

La otra hizo una mueca de disgusto pero se recompuso enseguida. Estaba muy elegante con sus pantalones, su jersey de cuello alto y su chaqueta de paño.

Diane no respondió nada y Mallory se recostó en el respaldo de la silla y trató de mostrarse relajada, aunque estaba furiosa. Miró al niño, que todavía estaba mirando el escaparate de la tienda, y se preguntó qué relación tendría con Diane. Esta le explicó quién era, aunque con cierto desdén.

—Es mi sobrino. Por cierto, ¿cuándo vuelves a las telenovelas?

Mallory la miró con detenimiento y se encogió de hombros.

—No tengo prisa —declaró—. Ahora mismo, estoy más preocupada por mi matrimonio que por los contratos.

Los ojos azules de Diane brillaron con malicia.

—Una preocupación con fundamento, ciertamente.

Mallory tragó saliva e hizo un esfuerzo para mantener la compostura, aunque se maldijo por haberle dado a Diane la excusa perfecta para opinar sobre la situación.

—Ya que hablamos de preocupaciones serias, ¿ya has encontrado empleo? —le preguntó.

Después de unos largos y tensos segundos de silencio, Diane sonrió, inclinó la cabeza hacia un lado y respondió:

—Yo tampoco tengo prisa. Nathan ha sido muy atento y generoso conmigo, de modo que aún me queda bastante dinero. Además, tengo muchas cosas que hacer.

Mallory arqueó una ceja y pensó que su actuación en aquel momento merecía un premio; se mostraba notablemente tranquila aunque estaba ansiosa por liarse a puñetazos con su adversaria.

—Siento curiosidad, Diane. ¿A qué te refieres con eso de que tienes mucho que hacer?

—Voy a escribir un libro con la ayuda de un amigo.

—¡Qué interesante!

—Es sobre mi aventura con Nathan.

Mallory sonrió lentamente.

—Ah, una novela de ficción... —ironizó Mallory—. Creía que sería una autobiografía.

Diane se ruborizó. Las mejillas sonrosadas realzaban la belleza de sus ojos azules.

—Eres muy buena engañándote, Mallory —comentó—. Supongo que estarás haciendo lo mismo con el escándalo de la demanda de paternidad, ¿o me equivoco?

—Esa demanda es una farsa, Diane, y las dos lo sabemos.

La agente se encogió de hombros y miró a su sobrino de reojo.

—Puede ser, a fin de cuentas no es más que una niña. Pero yo no, Mallory, y he pasado más noches con Nathan que tú. ¿Qué creías que hacíamos en todas esas habitaciones de hotel?, ¿aprender las canciones?

—Resérvate los detalles para tu libro, Diane.

—¿Qué libro? —preguntó una tercera voz.

Mallory levantó la vista y vio que Nathan se había detenido justo detrás de Diane, con una taza de café en cada mano.

Diane se volvió para mirarlo con una desfachatez que le pareció admirable a la propia Mallory. Acto seguido, en un gesto íntimo y torpe a la vez, apoyó una mano sobre el pecho de Nathan, sonrió y dijo:

—Se lo estoy contando todo, cariño. No te molesta, ¿verdad?

Nathan la miró con cara de pocos amigos y Mallory tuvo la impresión, durante un momento, de que estaba deseando arrojarle el café a la cara.

—Por supuesto que no —contestó él, final-mente—. Pero asegúrate de no olvidar a ninguno de los botones y tramoyistas con los que has estado. Aunque podrías tardar meses…

Diane se puso colorada.

—Cerdo… —murmuró en voz baja.

Nathan levantó una de las tazas y brindó con insolencia.

—A tu salud —dijo con ironía.

Vencida, aunque Mallory sospechó que solo temporalmente, Diane se dio media vuelta, tomó a su sobrino del brazo y se marchó tan deprisa como pudo.

Segundos después, Nathan se sentaba a su lado y le daba una de las tazas de café.

—¿Te encuentras bien? —preguntó.

Ella asintió, aunque sin poder mirarlo a la cara.

—A veces creo que esa mujer me persigue. Busca cualquier excusa para sacarme de quicio.

—Tendría que haberme librado de ella hace tiempo.

Justo entonces, el dependiente de la tienda de fotografías se asomó para indicarles que el encargo estaba listo. Recogieron las copias, subieron al Porsche y pasaron un buen rato en silencio, hasta que Nathan dijo:

—Perdóname, Mallory.

Ella miró de reojo a su marido.

—¿Qué te perdone? ¿Por qué?

Nathan estaba concentrado en la conducción del vehículo y no podía mirarla, pero ella pudo adivinar la expresión de sus ojos.

—Por Diane —explicó él—, por la demanda de paternidad. Por todo esto.

Ella suspiró y se cruzó de brazos.

—¿Hay algo de lo que tengas que arrepentirte en relación con Diane? —preguntó con voz trémula.

—No es nada de lo que estás pensando. Jamás le he puesto un dedo encima, Mallory.

Ella cerró los ojos y recostó la cabeza en el respaldo del asiento. No podía dejar de pensar en cómo lo había tocado minutos antes. Además, sabía que Diane tenía parte de razón al afirmar que había compartido más noches con Nathan que ella y le resultaba imposible no preguntarse si su marido había sido capaz de resistir los constantes coqueteos de una mujer tan asombrosamente bella como Diane.

Cuando pensaba en ello, le dolía el corazón. Y aunque intentaba no preocuparse, no lo conseguía.

—¿Mallory? —murmuró Nathan.

Ella abrió los ojos y se enderezó. Acababan de entrar en el aparcamiento del edificio. Nathan estacionó el vehículo con una rápida maniobra pero dejó el motor encendido.

Mallory lo observó con atención, aunque no dijo nada.

—Creo que necesitas descansar un poco —comentó él—. Sube, te veré más tarde. Aprovecharé la ocasión para resolver algunos asuntos mientras duermes.

—¿Qué asuntos?

La pregunta de Mallory estaba cargada de una suspicacia que ella misma habría preferido no revelar.

Nathan tensó las manos sobre el volante durante algunos segundos y luego las relajó. Cuando la miró a la cara, sus ojos brillaban.

—Creo que debería sobornar a todas mis antiguas amantes, no sea que se les ocurra escribir un libro. Ahora mismo, tengo en mente a una anciana y a un par de borrachas que podrían crearme problemas.

—¡Muy gracioso! —exclamó ella.

—Si estás tan preocupada por lo que hago o dejo de hacer, ¿por qué no contratas a un detective para que me vigile?

—¡Porque entonces ya no podría seguir engañándome a mí misma!

Antes de que Nathan pudiera contraatacar, el portero se acercó y abrió la portezuela de Mallory para ayudarla a salir del coche. Segundos después, cuando George y ella ya se habían alejado, él pisó el acelerador y se marchó a toda velocidad, haciendo chirriar los neumáticos contra el asfalto.

George tragó saliva e hizo un esfuerzo por disimular que había notado que la pareja había estado discutiendo. Acompañó a Mallory a la puerta de su piso y no se marchó hasta comprobar que esta entraba y cerraba con llave.

Una vez a solas, ella dejó aflorar las lágrimas que había estado conteniendo por dignidad. Se maldijo por haber caído en la trampa de Diane y haber permitido que las insinuaciones de esta le arruinaran el día por completo.

Con la cara humedecida por el llanto, Mallory se quitó el abrigo y lo arrojó al perchero que estaba junto a la puerta, sin mirar siquiera dónde caía. Se detuvo a echar un vistazo al montón de cartas que había sobre la mesa del vestíbulo y, a pesar de que tenía los ojos llorosos, pudo ver que la mayoría estaban dirigidas a Nathan. Sin embargo, había una postal para ella, remitida desde Eagle Falls. Mallory se secó las lágrimas, respiró hondo y leyó el texto, escrito a mano y con notable esmero. Decía así:

He tratado de llamarte pero no he podido dar contigo. Mi novio ha conseguido un trabajo en Alaska, en un barco pesquero. ¿Podrías proporcionarme un pase para ir a ver el rodaje de la serie?

La postal estaba firmada por Renee y junto

al nombre había apuntado un número de teléfono. Mallory fue hasta el teléfono del salón y marcó casi sin pensar. Al cabo de unos segundos, contestó una mujer.

—¿Podría hablar con Renee, por favor? —preguntó Mallory.

—¿Quién es? —le respondieron con acritud.

—Soy Mallory McKendrick. Por favor, es importante que hable con ella.

La actriz notó la irritación con que la mujer gritaba al otro lado de la línea.

—¡Renee! Es la esposa del cantante…

Mallory cerró los ojos y pensó que prefería que la llamara de ese modo antes que Tracy.

—¡Tracy! —exclamó Renee un momento después.

—Renee, me llamo Mallory.

—Sea como sea, te he estado buscando.

—¿Qué querías, Renee? —preguntó, molesta—. Además de ver cómo se hace el programa, claro…

—Nada más. Solo quiero un pase.

—¿Y qué te ha hecho pensar que te haría un favor semejante? —dijo con calma.

A pesar de todo, Mallory no había perdido el orgullo.

—¡Es que nunca he ido a un estudio de televisión! —replicó Renee.

Para entonces, ella ya había perdido la paciencia y los buenos modales que la caracterizaban.

—Pues óyeme bien, jovencita maleducada. Mi marido es un buen hombre, un hombre decente al que has herido con tus mentiras. Además, me importa un bledo que hayas estado o no en la grabación de un programa. No me llames ni me escribas más, salvo que sea para decir la verdad.

Inesperadamente, Renee comenzó a llorar. Pero Mallory no era partidaria de la clemencia, así que cortó la comunicación de golpe. El histrionismo de su gesto fue recompensado por un aplauso que sonó a su espalda.

Se volvió de inmediato y se sonrojó al ver a Nathan en la entrada de la sala, mirándola con atención.

—Gracias —dijo él con una sonrisa.

—¡Maldición! —gritó, histérica—. ¿Por qué tienes que ser tan guapo, tan famoso, tan...?

Nathan se acercó lentamente, como si ella fuese un cachorro asustado. Y sin decir una palabra, la abrazó y le acarició la cabeza. Después de unos segundos, Mallory ya no pudo seguir conteniendo la angustia y comenzó a maldecir entre lágrimas y sollozos.

En aquel momento, sonó el teléfono. El timbre la sorprendió tanto que comenzó a temblar en los brazos de su marido.

—Ya contesto yo —dijo él.

Antes de atender, Nathan ayudó a su esposa

a sentarse en una silla. Solo entonces, levantó el auricular.

–¿Dígame?

Mallory no podía oír de qué se trataba pero supo que no era nada bueno en cuanto le vio fruncir el ceño.

–¿Cómo diablos has conseguido mi número? –preguntó él.

Mientras esperaba que le respondieran, se volvió hacia su mujer y la miró con detenimiento.

–¿Ella te lo ha dado? –prosiguió–. De acuerdo, en ese caso, habla... Gracias, Renee.

Mallory se puso pálida al notar la rabia contenida en los ojos de su marido. Colgó el teléfono con brusquedad y se dirigió a la puerta sin mirar atrás.

–¡Nathan! –exclamó mientras se ponía de pie de un salto–. ¿Adónde vas? ¿Qué sucede?

Él se detuvo, pero no se volvió a mirarla.

–Brad Ranner –dijo, con la mandíbula tensa–. Brad Ranner pagó a Renee para que me acusara de ser el padre de su hijo.

Mallory sintió que le flaqueaban las rodillas.

–Dios mío –murmuró, impactada–. ¿Por qué?

–Es lo que voy a averiguar –respondió él.

Un segundo después, salió del piso sin decir adónde iba.

Tras meditarlo un poco, Mallory llamó por teléfono. Habló con una recepcionista y luego con un secretario, hasta que por fin consiguió dar con Brad. El hombre sonaba agobiado y la atendió con tosquedad e impaciencia.

—Soy Mallory —dijo ella.

Brad se quedó en silencio durante algunos segundos, como si estuviera sorprendido. Mallory podía imaginarlo frotándose los ojos con dos dedos, un gesto que repetía cada vez que algo lo fastidiaba. Al final, suspiró:

—Ah, eres tú, mi «prima donna»…

—Déjate de tonterías. Esto es importante, Brad.

—Estoy seguro de que sí. Pero dime, ¿has entrado en razón o me has llamado para montarme un nuevo escándalo?

—Mi querido examigo —replicó Mallory con calma—, si te he llamado es porque no me has dejado alternativa. Nathan acaba de enterarse de por qué dijo Renee Parker que él es el padre de su hijo.

Brad soltó una palabrota pero se recompuso rápidamente.

—Maravilloso —comentó entre dientes.

—¿Cómo has podido hacer algo así, Brad?

Él suspiró.

—Es una historia larga y complicada, Mallory.

—Seguro que sí.

—Tenía buenos motivos para hacer lo que hice.

–Claro, y supongo que todos ellos sujetos a impuestos y muy útiles a la hora de pagar facturas –afirmó ella–. Creías que si mi matrimonio se rompía, tendrías más posibilidades de retenerme en la serie, ¿no es cierto? Pues bien, puedes quedarte con tu estúpida telenovela, Brad Ranner, y puedes...

–Mallory, por favor...

Ella respiró hondo y dijo:

–Lo siento, Brad, pero ya no hay tiempo para lamentaciones. Si Nathan consigue burlar la seguridad del estudio, tendrán que contratar a un doble para que te sustituya en el trabajo.

–Estás llamando desde la isla, ¿verdad?

–Eso quisieras. Llamo desde Seattle.

Brad maldijo de nuevo y colgó el teléfono.

Mientras apoyaba el auricular sobre el aparato, Mallory analizó la situación. Supuso que Nathan se pondría furioso al enterarse de que le había advertido a Brad, pero estaba convencida de que había hecho lo correcto. En cuanto se tranquilizase, Nat la comprendería. Pero hasta entonces, nadie podía saber qué pasaría.

Resignada, se volvió para ir a la cocina; pero una nueva llamada la obligó a detenerse. Observó el teléfono durante unos segundos y luego atendió con tono cortante.

–¿Sí?

–Ahí estás, criatura escurridiza –le dijo Trish–.

¿Se puede saber qué haces en la ciudad? Se suponía que hoy resolveríamos la venta de tu casa.

Mallory suspiró aliviada.

—Ocúpate tú, Trish —contestó—. Confío en tu criterio.

—Mall, ¿estás bien? Suenas extraña.

Ella llevó el teléfono hasta el bar, se sentó y comenzó a prepararse una copa.

—Estoy perfectamente bien —aseguró—. Kate y tú teníais razón: Brad Ranner pagó a Renee para que acusara a Nathan.

—¡Válgame Dios! —exclamó Trish—. ¿Nathan lo sabe?

—¿Que si lo sabe? Ahora mismo se dirige al estudio de grabación.

—Imagino que estará ansioso por partirle la cara a Ranner —afirmó su amiga.

—Espero que no lo haga.

—¿Por qué?

—Porque quiero ser yo quien lo destroce.

—Bueno, Mall, por lo menos te has quitado un peso de encima. Ahora no tendrás que regresar y cumplir con el contrato. Nadie podría culparte por no hacerlo, no después de...

—Espera un momento. Un contrato es un contrato. He dado mi palabra, Trish.

—¿Cómo?

Mallory bebió un trago, hizo una mueca de asco y dejó la copa a un lado.

—Que pienso respetar el contrato —insistió.

—¡A Nathan le dará un ataque!

—No, Trish. Esto es un asunto de trabajo, lo demás son cuestiones privadas y...

—Es hora de que comprendas que no siempre se pueden separar las dos cosas, Mallory —la reprendió su amiga—. Nathan va a odiar a ese tipo toda su vida y, a decir verdad, no lo culpo. ¿Y tú quieres trabajar con ese desgraciado?

—Es probable que al principio le moleste, pero...

—Mallory, se pondrá furioso.

—En ese caso, tendrá que superarlo. Cuando me comprometo con algo, cumplo.

Trish hizo una mueca de disgusto y cortó la comunicación sin despedirse.

Mallory se encogió de hombros, colgó el teléfono y se dirigió al cuarto de baño. Necesitaba una ducha caliente y una buena siesta para reponerse; si el teléfono volvía a sonar, sencillamente no contestaría.

Cuando se despertó, estaba oscuro y tenía hambre. Con un largo suspiro, salió de la cama, se puso una bata de seda y caminó por el pasillo a oscuras.

La luz de la cocina estaba encendida. Mallory se detuvo un momento detrás de la puerta, respiró hondo y trató de armarse de coraje. Cuando entró, encontró a Nathan sentado a la mesa, de espaldas a ella; por la manera en que se le marcaban los músculos debajo de la tela de la camisa, se notaba que estaba tenso.

—Lo previniste —dijo Nat, sin darse vuelta.

—Sí.

—¿Por qué?

Mallory se quedó junto a la puerta; aún no se atrevía a acercarse a su marido.

—Tenía que hacerlo, Nathan —declaró.

Él suspiró profundamente y, por fin, se volvió para mirarla. Estaba pálido y tenía un brillo extraño en los ojos.

—De acuerdo, sé que debías hacerlo. Juro que lo habría molido a golpes.

Ella entró en la cocina y dejó que la puerta se cerrara.

—Me muero de hambre —dijo mientras avanzaba hacia el frigorífico—. ¿Y tú? ¿Has comido algo?

Nathan soltó una carcajada, pero sonó tan cansado y afligido que a Mallory se le partió el corazón.

Mientras preparaba un plato con queso y manzanas, él comentó:

—En este momento, tengo más dudas que certezas, preciosa. Sin embargo, sé que no podría comer nada.

Mallory se llevó un trozo de queso a la boca, tomó una manzana y dejó el plato sobre la encimera. Después, se sentó frente a Nathan y mordió la fruta con ansiedad.

—¿Cuándo empiezas con los ensayos para el concierto de Seattle? —preguntó.

Él entrecerró los ojos y respondió:

—Pronto. Quería pasar un temporada contigo antes de empezar, pero entre Diane, Renee y ahora Brad, mis planes se han complicado un poco.

—Lo sé —reflexionó ella, sin apartar la vista de la manzana—. Quizá sea mejor que de momento te concentres en el recital. Al fin y al cabo, aún me quedan unos cuantos capítulos por grabar y...

Nathan la interrumpió abruptamente.

—¿Cómo? —exclamó—. ¿Qué acabas de decir?

—He dicho que deberías concentrarte en tu concierto. Quiero decir, ocuparte de elegir las canciones, ensayarlas...

—Te he entendido muy bien esa parte. Quiero que me repitas lo que has dicho después.

A Mallory se le hizo un nudo en el estómago. Sabía a qué se refería Nathan, pero aun así, abrió bien los ojos y lo miró con deliberada inocencia.

—¿Te refieres a lo de grabar los capítulos? —preguntó.

—Exactamente.

—Debo hacerlo, Nathan. Tengo un contrato.

—Recíndelo.

—¡No! Di mi palabra de que aparecería en un determinado número de capítulos y eso es lo que voy a hacer.

Él intentó mantener la calma. Se puso de pie lentamente y dijo:

—No lo puedo creer. Después de lo que ese desgraciado nos ha hecho…, ¿de verdad quieres volver a trabajar con él?

Mallory se mordió el labio. Todo parecía indicar que Trish tenía razón y que las cosas iban a ser más difíciles de lo que había pensado.

—No lo estoy haciendo por él, Nathan —afirmó, con calma—. Lo estoy haciendo por mí. No quiero recordar esta novela como algo inconcluso. A pesar de todo, este trabajo me ha dado grandes satisfacciones y no quisiera…

—¿Y qué hay de tu matrimonio, Mallory? ¿Cómo quisieras recordarlo?

Ella se levantó de un salto, indignada por el veneno que escondían las palabras de su marido.

—¿Me estás amenazando, Nathan McKendrick? —lo desafió.

De repente, el rostro gentil y familiar de Nathan se transformó en una cara extraña y llena de odio.

—Maldita seas, Mallory —contestó—, ¿no crees que ya hemos tenido demasiado con todo esto? Mis abogados pueden ocuparse de rescindir tu contrato.

—¡No te atrevas a llamarlos!

–¿Por qué eres tan testaruda? Has tenido un papel fundamental en esa serie, pero no se va a terminar porque tu personaje desaparezca. ¿Por qué no puedes cortar por lo sano y marcharte de una vez?

–Nathan, es una cuestión de honor. No has roto un contrato en tu vida, ¿por qué esperas que yo lo haga?

Los ojos de Nathan brillaron con rabia.

–Esto es distinto –aseguró.

–¿Por qué? ¿Por qué es mi carrera la que está involucrada y no la tuya?

Nathan estaba tan enfadado que ni siquiera toleraba mirarla a la cara. Se dio vuelta y, en un claro intento por recobrar la calma, respiró hondo y contó hasta diez en voz baja.

–Si la serie es tan importante para ti, Mallory –dijo–, ¿por qué la has abandonado?

–¡Porque no quería desnudarme frente a varios millones de personas, por eso!

Había respondido impulsivamente, pero al ver el modo en que él tensaba los hombros, comprendió que sus palabras solo habían contribuido a incrementar la furia de su esposo y se lamentó por haberlas pronunciado.

Nathan se volvió y la miró con detenimiento.

–¿Qué?

Ella bajó la vista. Evidentemente, las cosas habían llegado a un punto sin retorno.

—La serie se está emitiendo por cable ahora —explicó—. Eso significa que tienen mucha más libertad y que incluirán algunos desnudos.

—¿Brad quiere que te desnudes en las escenas románticas?

—Quédate tranquilo, Nathan. He dicho que no y no pienso retractarme. Cumpliré el contrato y dejaré el programa.

—Pero, ¿por qué? —balbuceó, aturdido.

—Nathan, por favor…

—Llama a Ranner ahora mismo y dile que no piensas volver.

—No.

Nathan parecía un volcán a punto de estallar. Miró a su esposa con gesto amenazante, se dio vuelta y cruzó la puerta sin decir una palabra más.

Mallory corrió tras él.

—¡Nathan, espera! —gritó—. ¿Adónde vas?

Ella alcanzó a divisar una sombra que atravesaba la oscuridad del salón a toda prisa.

—¡A la calle! —respondió él.

Un segundo después, salió del piso dando un portazo.

Mallory no podía concentrarse en la lectura del periódico, así que se dio por vencida, lo dejó a un lado y bostezó. Había pasado la noche en vela, dominada por la tristeza y por la rabia.

Nathan había regresado de madrugada, pero no había ido a dormir a su dormitorio: se había encerrado en una de las habitaciones de invitados. Mallory había intentado no imaginar dónde habría estado; el pensamiento bastaba para enfurecerla y angustiarla a la vez.

En ese momento, la puerta de la cocina se abrió y Nathan entró con gesto hosco y sin afeitar. Iba descalzo y solo llevaba unos vaqueros viejos.

—Buenos días —dijo Mallory.

Mientras él abría el frigorífico, ella no pudo evitar admirar, con fascinación, la preciosa musculatura de aquella espalda desnuda. Pero Nathan se limitó a fruncir el ceño y luego se volvió para seguir investigando el contenido del frigorífico. Al final, sacó un cartón de leche y lo dejó en la encimera.

Mallory se entretuvo viendo cómo era capaz de sacar todos los platos y vasos de una alacena con tal de no preguntarle dónde estaba lo que buscaba. Cuando encontró el bol y la caja de cereales que quería, abrió un armario contiguo e inició una nueva búsqueda terca y desesperada.

—En el cajón, junto al lavavajillas... —le indicó ella.

Él le dirigió una mueca desdeñosa, abrió el cajón y sacó una cuchara. Después, puso el bol en la mesa y se le derramó un poco de leche en el suelo, pero no le dio importancia.

—La estrella de rock en casa —comentó Mallory mientras lo observaba comer con voracidad—. Si una de esas revistas especializadas te viera ahora, serías el hazmerreír de tus colegas.

Nathan gruñó algo incomprensible.

Sin embargo, Mallory no se amedrentó y siguió con las bromas.

—Espero que la leche no esté agria —dijo—. La asistenta solo compra cuando le apetece tomar café con leche.

Él levantó la vista para mirar el envase, pero enseguida volvió a hundir la cuchara en el bol.

Mallory habría seguido tomándole el pelo de buena gana, pero en ese momento sonó el teléfono y decidió contestar desde el aparato de la cocina.

—¿Dígame?

—Hola —le respondió Pat—. ¿Nathan está en casa?

—Sí.

Mallory miró a su marido por el rabillo del ojo y sonrió al verle abrir el cartón de leche y olfatear el contenido con preocupación.

—Y debo decir que es la primera persona que conozco que no confía en su propio sentido del gusto —añadió Mallory.

—Me abstengo de preguntar a qué se debe tu comentario, Mall —bromeó Pat—. De todas formas, no me pases con él. He llamado para hablar contigo. Quería que supieras que ha pasado casi toda la noche en el sofá de mi casa.

—Ah —contestó Mallory, con parquedad—. Me preguntaba dónde habría estado.

—Ya me lo imaginaba. Además, quería decirte otra cosa: Nathan está loco por ti, pero también está muy molesto y tiene tan mal genio que es probable que trate de hacerte creer que pasó la noche en una orgía.

Mallory miró a su esposo, sonrió con picardía y decidió tomarle el pelo un poco más.

—Por supuesto, señor Hefner —dijo a Pat, como si hablara con otra persona—. ¡Me encanta esa idea de posar para un calendario! ¿Qué si puedo? Desde luego que sí. Me desnudaré ahora mismo…

Al otro lado de la línea, Pat reía a carcajadas. Nathan se levantó de la silla de golpe, miró a su mujer durante un segundo y luego volvió a sentarse, compungido.

—Que te diviertas, McKendrick —dijo Pat a modo de despedida.

Mallory colgó el teléfono, enderezó los hombros y soltó una risita nerviosa.

—¿Dónde has pasado anoche? —preguntó, mirándolo con frialdad.

Él apartó el bol de cereales y forzó una mueca de culpabilidad.

—Creo que preferirías no saberlo.

Ella fue hasta la cafetera y se sirvió una taza. Con un dramático movimiento de cabeza, murmuró:

—Al parecer, mi destino es compartirte con otras mujeres.

A Nathan se le escapó una carcajada. Era un sonido cálido, íntimo y grato de oír.

—Esto ha llegado demasiado lejos —comentó—. He pasado la noche tumbado en el sofá de Pat y tú, pérfida mujer, lo sabías y has intentado embaucarme con tus tretas de chica de calendario.

—Me muero por ser la chica de octubre —declaró Mall mientras regresaba a la mesa—. Siempre he querido posar desnuda, abrazada a un espantapájaros y rodeada de calabazas.

—Pervertida —bromeó él—. No vas a rescindir el contrato con Brad, ¿verdad?

Ella suspiró y pensó que se avecinaba una nueva discusión.

—No —afirmó cruzándose de brazos.

Contrariamente a lo que había imaginado, Nathan sonrió y movió la cabeza con una alegría desconcertante.

—¿Cómo puedo interpretar mi papel de marido autoritario si nunca te das por vencida? —preguntó con ironía.

—No es cuestión de terquedad, Nathan. Es una cuestión de palabra.

—Creo que malgastas tu palabra con personas como Brad Ranner, pero no voy a pelearme contigo. Lo cual no significa que no quiera pelearme con él.

Ella se encogió de hombros.

—Mi querido vengador anónimo, con Brad puedes hacer lo que te de la gana. Eso sí, procura que no te metan en la cárcel.

Nathan miró la cafetera y dijo:

—Anoche, antes de llamar a mi hermana, fui a casa de Ranner.

—¿Y?

—Según la persona que me abrió, está en México de vacaciones.

Mallory rio.

—¡Se está escondiendo!

—Pues si es listo, sabrá que le conviene quedarse en su escondite.

—¿Por qué fuiste a casa de Pat en lugar de ir a la isla o a cualquier otra parte?

Él sonrió.

—Supongo que lo hice porque sabía que ella me haría entrar en razón. Dicho lo cual, ¿desde cuándo ha dejado de ser mi hermana y se ha convertido en la tuya? Me llamó idiota.

—Una palabra que te sienta a la perfección, cariño…

—Muy graciosa —protestó él—. Quítate la bata.

Mallory arqueó una ceja y se cubrió el escote con una mano.

—¿Cómo dices? —dijo, con falso pudor.

—Quiero ver si eres una auténtica chica de calendario.

Ella se puso de pie, simuló estar escandalizada con la propuesta y amagó con marcharse indignada. Antes de que pudiera dar un paso, Nathan la tomó del brazo y, sin levantarse de la silla, la atrajo hasta sí.

Mallory forcejeó, aunque sin mucho empeño, pero él la dominó con facilidad y la sentó sobre su regazo. Después, con un gruñido animal, le abrió la bata.

Ella jadeó complacida cuando su marido le aferró las muñecas por la espalda con una mano, dejándole los pechos al descubierto y deliciosamente vulnerables al contacto de su torso desnudo y musculoso.

Se estremeció al verle inclinar la cabeza y comenzar a lamerle los pezones con la punta de la lengua.

—Mmm..., qué rico —dijo él, con aliento entrecortado.

Mallory ronroneó de placer.

—¿Podría posar? —murmuró.

Antes de responder, Nathan se movió hacia el otro seno y siguió con sus húmedos juegos.

—Definitivamente, sí —contestó—. Pero no para un calendario.

Ella apenas podía controlar los temblores que le provocaban las caricias.

—¿Por qué no? —susurró.

Él rio y le abrió un poco más la bata. A pesar de que seguía teniéndola cautiva, agradeció la ardiente aprobación de su mujer. Con la mano que tenía libre, le acarició el abdomen.

—Porque estropearían tu imagen con los pliegues de la hoja. Tendrían que poner un ganchito aquí —dijo y le dio un suave pellizco—. Y otro aquí.

—Y no podemos permitir que hagan eso...

—Bajo ningún concepto —afirmó Nathan, con pasión.

Acto seguido, Mallory arqueó la espalda, echó la cabeza hacia atrás y se ofreció a él.

Lenta y sensualmente, se fue llenando la boca con los senos de su esposa. Los besó y mordisqueó hasta arrancarle un alarido de placer. Ella estaba desesperada por satisfacerlo, por verlo deleitarse ante la dulce tortura de sus juegos, pero Nathan no tenía prisa. Quería darse un festín con ella hasta que le implorara que se detuviera; entonces la liberaría y, en cuanto estuviera de pie, la asaltaría de nuevo.

Mientras él la saboreaba, Mallory temblaba y sentía que bordeaba la locura. Sin dejar de gemir, se apretó contra él y comenzó a acariciarle la cabeza. Una y otra vez, Nathan la empujó hacia el abismo del orgasmo, solo para atraerla de vuelta y gozar del íntimo dolor del placer absoluto.

—¿Qué es lo que deseas, Mallory? —la desafió con voz ronca.

Ella alcanzó a balbucear una respuesta. Acto seguido, Nathan se bajó al suelo y la llevó con él, pero ni siquiera entonces cedió a los ruegos de su esposa. Le indicó que se arrodillase con las piernas separadas, se deslizó por debajo y volvió a lamerla, pero esa vez, el calor de la boca de Nathan estaba concentrado en el sexo de Mall.

Ella estaba fascinada por el abrumador erotismo de la escena. Sentía que se le aflojaban las piernas, que su cuerpo se estremecía con las llamaradas de placer que provenían de su centro y que sus gemidos retumbaban en toda la cocina.

Trató de apartarse pero él la retuvo, cautivado por el gozo de su amante.

—No, Nathan —susurró—, otra vez no... por favor...

Él la liberó despacio, pero impuso una condición:

—Solo te dejaré jugar conmigo cuando obtenga tu máximo placer. Lo necesito...

—Nathan...

Pero él no la dejó hablar y volvió a besarla, morderla y saborearla. El deseo crecía con tanta brutalidad en el interior de Mallory que, por mucho que suplicara que la dejara escapar, lo cierto era que no hacía el menor intento por apartarse de aquella boca apasionada. Con un gruñido, se inclinó hacia adelante para vengarse de la única manera posible.

Nathan se movió frenéticamente debajo de ella, rendido al desafío de su amante. Ella le retribuyó los juegos con la misma tortuosa intensidad hasta que, juntos, alcanzaron el éxtasis. Comenzaron a gemir acompasadamente, hasta unir sus voces en un único y último quejido de satisfacción.

Permanecieron recostados en el suelo durante varios minutos, como si la batalla que acababan de librar los hubiera agotado por completo.

Nathan fue el primero en incorporarse. Se sentó y comenzó a acariciar a su mujer, que seguía tendida en el suelo, tratando de recobrar el aliento.

—¿Has conseguido lo que querías? —preguntó ella.

Él soltó una estruendosa carcajada y contestó:

—Sí, pero te equivocas si crees que he tenido suficiente. Podría hacerte el amor hasta el día en que me jubile y aun así no me bastaría. Quiero más de ti, mucho más.

Mallory sonrió con picardía.

—Eres insaciable —dijo, complacida y entre risas.

Nathan dejó de acariciarla y apoyó una mano en el suelo.

—Y tú eres lo más bello que he visto en mi

vida —afirmó—. Y a menos que un hado inter-
venga en tu defensa, pienso llevarte al dormitorio y disfrutar un poco más contigo.

—¿Otra vez?

Él rio de nuevo.

—Princesa, ríndete...

Entonces se incorporó y alzó a su mujer en
brazos.

—Te amo tanto...

La besó. Ella se apretó contra él y se entregó
al calor de sus brazos.

—Escúchame bien, príncipe valiente: yo también te amo, pero estoy algo cansada de ser siempre la compañera sumisa. Por una vez, me
gustaría ser la guía.

—En ese caso, estaré encantado de seguirte…

Unos minutos después, en la tranquila como-
didad del dormitorio, Nathan le demostró hasta
qué punto era fuerte: tan fuerte como para no
tener miedo de ser vulnerable; tanto como para
dejarse dominar.

IX

Los días siguientes fueron trascendentales para los McKendrick. Renee Parker retiró la demanda de paternidad y la casa de Mallory se puso oficialmente a la venta. Además, los ensayos para el concierto de Seattle comenzaron en serio. Nathan estaba con un espíritu renovado y la casa de Angel Cove se había llenado de música y risas.

Decidida a dejar de ser un pozo de lágrimas, Mallory acompañaba a su marido, pero además había llamado al director del colegio local para ofrecerle sus servicios como profesora suplente, había leído varios libros que tenía pendientes y se había divertido visitando a Trish y a Kate.

Pasadas dos semanas, estaba completamente recuperada.

El médico le había dicho que se encontraba bien, pero seguía sintiendo una pequeña molestia en la boca del estómago. Todavía le quedaba casi un mes de contrato con Brad y, fiel a su palabra, estaba dispuesta a cumplirlo aunque padeciera cada una de las escenas que le quedaban por grabar.

Cuando Mallory regresó de Seattle y de la visita al médico, se encontró con Brad Ranner en el vestíbulo de su casa. Bronceado y probablemente advertido de que Nathan estaba ocupado con sus ensayos, llevaba un guion bajo el brazo.

—La escena de la muerte, ¿verdad? —preguntó ella, mirando el libreto.

Brad sonrió.

—Nada tan previsible, querida —alardeó—. Tracy Ballard va a ser arrestada por robo y en la prisión reconocerá su error. Al final, se la verá subiendo a un avión rumbo a África para sumarse a una organización de misioneros y expiar de ese modo sus pecados.

—Definitivamente, nadie podrá decir que es un argumento previsible —observó Mallory sin poder contener la risa—. Por cierto, ¿cómo habéis justificado la ausencia de Tracy hasta ahora?

Brad se adelantó y entró en la sala con estudiada naturalidad. Una vez allí, dejó el guion sobre la mesita de café y se sentó en el sofá.

–Ha sido secuestrada por un exmarido desquiciado y está encerrada en el ático de una vieja iglesia.

Asombrada y divertida, la actriz movió la cabeza y se acercó a la encimera, donde la señora Jeffries acababa de colocar una cafetera llena.

–¿Quieres café, Brad?

Él echó un vistazo inquieto a su alrededor y asintió.

–Sin azúcar, gracias. ¿Nathan está en casa?

Mallory tomó un par de tazas y las llenó con café humeante y recién hecho.

–No. Ahora está en el estudio –aclaró sin levantar la vista–, ensayando para el concierto de Seattle.

–Bien –suspiró él, aliviado–. Mallory, yo...

Ella lo detuvo con una mirada fría.

–Creo que sería mejor que actuáramos como si no hubiera pasado nada, ¿no te parece?

Ranner estaba rojo de vergüenza.

–No estoy de acuerdo, Mallory. Hay algo que deberías saber.

Ella suspiró y se sentó en la silla favorita de Nathan, con los ojos atentos a su café.

–Nada de lo que puedas decir va a cambiar las cosas, Brad.

–Te equivocas. La demanda de paternidad fue

idea de Diane, no mía. La verdad es que estoy harto de ser siempre el malo de la película.

—No me sorprende. Tanto Nathan como yo sospechábamos de Diane —afirmó ella con hastío—. Sin embargo, eso no justifica lo que has hecho. Además de jugar un papel en esa farsa, has permitido que la mentira siguiera adelante hasta asegurarte de que firmaría el contrato sin atender a las condiciones que imponía el canal.

Brad contestó con delicadeza.

—Es cierto. Sé que me he comportado como un canalla, pero...

—No puedes insistir con que te sientes culpable y pretender que el mundo te perdone. ¿Por qué lo has hecho, Brad?

Él se concentró en la taza; no podía mirarla a la cara.

—Porque te amo, Mallory. Te amo desde el día en que te vi entrar al estudio a probarte para el papel de Tracy Ballard. Pensaba que eras soltera, hasta que tu representante me informó de que no —reveló, y volvió a mirarla, con las mejillas coloradas—. Cuando me enteré de que eras la esposa de Nathan McKendrick, me quise morir. Con el paso del tiempo, descubrí que no eras feliz con él, entonces...

—¿Entonces quisiste arruinar mi matrimonio?

Brad la miró, avergonzado.

—Algo así. Mallory, lo siento tanto... Te aseguro que cuando comprendí la situación ya estaba tan metido en ella que...

Durante unos segundos ella pensó que si no estaba siendo sincero, Ranner había desperdiciado una brillante carrera como actor quedándose detrás de cámara. En cualquier caso, sabía que no tenía sentido seguir discutiendo con él cuando faltaba tan poco para finalizar el contrato que los unía.

—Olvídalo —dijo, con desprecio.

Acto seguido, tomó el guion y lo hojeó con interés.

A partir de ese momento, la conversación se centro en el personaje de Tracy Ballard. Aunque Mallory debía trabajar un mes más según su contrato, Brad lo había arreglado todo para que pudiera cumplir con los compromisos pactados en apenas diez días. Era un gesto noble de su parte y ella se lo agradeció.

Cuando terminaron de discutir el guion, lo acompañó hasta el coche y charlaron amistosamente.

Aun así, ella no esperaba que la besara tan fraternalmente en la mejilla antes de subir a su vehículo.

—Cuídate de Diane, por favor —le aconsejó Brad—. Me he portado muy mal con vosotros y lo reconozco. Ella, en cambio, está tan ávida de venganza que es capaz de cualquier cosa.

Mallory se cruzó de brazos y negó con la cabeza.

—No te preocupes, Diane tendrá que renunciar a sus provocaciones. Las cosas han cambiado mucho en este tiempo.

—No estés tan segura. He oído que estaba planeando hacer una oferta para comprar la casa que has puesto en venta.

Ella se quedó mirándolo boquiabierta. No sabía que decir. Esperaba que Trish no cometería el error de venderle la casa a Diane Vincent. De todas maneras, la llamaría para advertirle y asegurarse de que no lo hiciera.

Brad arqueó una ceja.

—No te engañes, preciosa. Aunque no pueda comprar tu casa, podría encontrar otra o alquilar alguna.

Mallory asintió apenada. En esa época del año, la isla estaba llena de casas vacías. Resopló molesta y cambió de tema.

—¿Qué pasará con las exigencias del nuevo canal, Brad? ¿Has podido resolverlo?

—Todavía no —respondió él, negando con la cabeza—. No eres tan fácil de reemplazar. Y, por lo demás, Seattle no es el mejor lugar para encontrar una buena actriz.

—No debería ser tan difícil; a fin de cuentas, Tracy es un personaje secundario.

Ranner se encogió de hombros.

—Tal vez el problema sea que estoy esperando encontrar a otra Mallory.

Ella miró hacia otra parte, incómoda y ansiosa por llamar a Trish.

—Disculpa, Brad —se excusó—, pero me tengo que ir.

—No te preocupes. Nos veremos el lunes. Y gracias...

Mallory arqueó una ceja.

—¿Por qué?

—Por no arrojarme ese contrato a la cara —contestó él.

Después encendió el motor, le lanzó un beso y se alejó por la carretera.

Mallory lo saludo con la mano y corrió hacia la casa para llamar a Trish.

Marcó el número y esperó que la atendiera dando golpecitos con el pie en las baldosas del suelo.

—¡Buenos días! —exclamó su amiga, finalmente.

—¡No le vendas mi casa a Diane Vincent! —exclamó Mallory.

Trish empezó a reír.

—No te preocupes —la tranquilizó—. Diane ha preguntado por la casa pero le he dicho que pedíamos un millón de dólares porque ahora eres una actriz famosa y tus bienes se cotizan más alto. Además, tengo una buena oferta de una pareja de Seattle. Él es piloto de líneas aéreas y ella pintora o escultora, no recuerdo bien.

—Acéptala.

—¿No quieres saber cuánto han ofrecido? —dijo Trish, sorprendida.

—No me importa. Véndeles la casa.

—Verás… existen algunos problemas. En primer lugar, quieren cortar los árboles que están en la entrada. Temen que se caigan sobre la casa con alguna tormenta fuerte…

Mallory suspiró. Le encantaban esos árboles y cada vez que Nathan decía que tenían que talarlos, se negaba rotundamente.

—Está bien, los árboles se quitan si es lo que quieren —aceptó a regañadientes—. ¿Puedo pedirte que te ocupes de eso o prefieres que lo haga yo?

—Yo me encargo y tú pagas la factura. Cambiando de tema, ¿por qué no vienes a comer conmigo?

—¿La mujer más adinerada del país tiene tiempo para comer con una vecina? —bromeó Mall.

Trish soltó una carcajada y afirmó:

—La potentada en cuestión está vestida con un albornoz desteñido y limpiando el frigorífico. Es un horror. No me importa que a la comida le salgan hongos, pero me saca de quicio que los champiñones insistan en aprender a hablar en alemán.

Mallory sonrió divertida.

—¿Y pretendes que vaya a comer a una cocina llena de armas bacteriológicas? Ven tú a mi casa. Tengo ensalada de atún como para alimentar a un batallón.

—Te conozco y sé que necesitas salir un rato de ese lugar —dijo Trish—. La banda está allí, ¿no es cierto?

—Los músicos, las esposas, las novias, un par de amigas, tres o cuatro amantes ocasionales y creo que me estoy olvidando de alguien. Tal vez sea mejor que quedemos en el Bayview, así podremos charlar tranquilas y sin miedo a intoxicarnos.

—Por fin has tenido una buena idea, McKendrick. Nos veremos allí dentro de media hora.

Cuando Mallory llegó al restaurante, Trish estaba esperándola. Tenía puesto un vestido azul de lino que le quedaba precioso.

—Me alegra ver que te has quitado el albornoz —observó mientras se sentaba.

Su amiga sonrió e hizo un gesto lleno de glamour.

—Dime si mi vestido no es genial. Gracias a ti y a la pareja de Seattle, puedo darme estos lujos.

Mallory colgó el bolso en el respaldo de la silla y apoyó los codos sobre la mesa.

—Es obvio que disfrutas dedicándote a la venta de propiedades —acotó—. ¿Tienes otros clientes?

Trish estaba exultante.

—Sí, tengo varios. Es más, creo que he vendido la vieja granja de Blackberry Lane, la del supuesto fantasma, ¿recuerdas? Se la he mostrado a un médico de Renton y le ha encantado.

En aquel momento llegó un camarero a tomarles nota. Retomaron la conversación en cuanto se marchó.

—Espero que le cobres más por el fantasma —bromeó Mallory—. Al menos para mí, es uno de los alicientes de la casa.

A pesar de las risas, Trish no podía ocultar que algo la preocupaba.

—Mall...

—¿Qué?

—Después de hablar contigo, me llamó Herber desde la oficina. Me dijo..., quería...

Mallory estaba anonadada por la vacilación de su amiga.

—¿Él qué, Trish? Habla de una vez.

—Quería saber dónde estaban las llaves de los nuevos apartamentos de la bahía. Sus palabras exactas fueron: «una rubia espectacular de Seattle quiere alquilar un piso con dos habitaciones y vistas a...».

La actriz frunció el ceño.

—Eso no significa que se trate de Diane, Trish —aseguró con irritación—. No es la única rubia espectacular que hay en Seattle.

—Sospecho que era ella. Herb me ha dicho que conducía un descapotable rojo.

Mallory cerró los ojos un momento. Si Diane alquilaba uno de aquellos pisos, viviría justo en la zona de la casa de Nathan. De hecho, sería la vecina más próxima a los McKendrick.

—¡Maldición!

Trish estaba claramente apenada.

—Podría pedirle a Herb que no le alquile el piso —reflexionó—, pero eso sería pedirle que renuncie a una comisión interesante, y tiene una familia a la que mantener.

—No, es su trabajo y no me parece justo. Además, es posible que Diane no se quede por mucho tiempo...

Cuando abrió los ojos, comprobó que Trish tenía serias dudas al respecto. Y ella también.

—Esa imbécil... —declaró la vendedora—. Me pregunto qué es lo que se propone.

Mallory sabía muy bien lo que buscaba Diane Vincent, pero como no quería angustiar a Trish con sus sospechas, prefirió cambiar de tema. Mientras disfrutaban de la comida, las dos mujeres se dedicaron a debatir acerca de la existencia del fantasma de Blackberry Lane.

Al regresar a la casa de Angel Cove, Mallory descubrió que el ensayo no había terminado.

Tomó el guion que Brad le había dado más temprano y, aprovechando la temperatura agradable, se quedó estudiándolo en el jardín, sentada sobre un tronco y de cara a la bahía. De pronto, sintió que no estaba sola y levantó la cabeza para ver de quién se trataba.

Nathan estaba de pie ante ella, de espaldas al mar, y tan guapo como siempre a pesar de los vaqueros rotos y la chaqueta vieja y deslucida.

–Hola –dijo él.

Mallory suspiró y, aunque era lo último que deseaba hacer, no pudo evitar mirar de reojo hacia los apartamentos vecinos. Había un camión de mudanzas en la entrada de uno de los pisos y la rubia cabellera de Diane brillaba al sol mientras supervisaba la descarga del vehículo.

–Hola –respondió ella, distraída.

Su marido le siguió la mirada y, un momento después, Mallory vio cómo le temblaba la mandíbula de indignación. Nathan maldijo en voz baja y avanzó hacia donde estaba Diane, pero su mujer se puso de pie y lo tomó de un brazo.

–No, Nathan, no vayas. No podemos hacer nada al respecto.

Él se detuvo y se volvió para dirigir una mirada amenazante a su mujer.

–Esa desgraciada… –gruñó.

–Nathan, tenemos que hacer como si no existiera. ¿No te das cuenta?, si le montas un escándalo, estarás haciendo exactamente lo que quiere.

Irritado, el cantante tensó la espalda y respiró con agitación.

—Maldita sea, sabía que tendría que haber comprado esa propiedad cuando la pusieron a la venta.

Mallory sonrió sin mucha convicción.

—No puedes comprar el mundo entero, cariño. Y si esos pisos no hubieran estado libres, ella habría encontrado otra forma de acosarnos.

Nathan resopló con fuerza y le tocó la punta de la nariz.

—¿Sabes una cosa? No solo eres preciosa: también eres inteligente.

Ella hizo una reverencia a modo de broma y dejó el guion sobre el césped. Al ver que Nathan miraba los papeles, supo que la esperaba una nueva discusión.

—Has estado con Brad —dijo él con acritud.

Mallory suspiró y asintió con la cabeza.

—Son solo diez días de trabajo, Nathan.

Él tragó saliva y levantó la vista al cielo.

—¿Y cuándo empiezas?

—El lunes. No te preocupes, por favor. Estaba arrepentido, se ha disculpado…

Nathan la miró y sonrió sarcásticamente.

—Imagino que estaba muy apenado y que, por supuesto, lo has perdonado.

—Cariño, comprende que debo trabajar con ese hombre y que no puedo hacerlo en medio de una guerra.

—No tienes por qué trabajar con él si no quieres. Por Dios, Mallory, ¿no te parece que entre Ranner y Diane ya tenemos demasiados problemas? ¿Por qué insistes en seguir adelante con esto?

—Ya hemos hablado del tema, Nathan. He dado mi palabra, ¿recuerdas?

Él murmuró algo y luego se dio media vuelta. Mientras contemplaba las montañas, declaró:

—Te necesito aquí.

—No es verdad y tú lo sabes. El lunes tengo que estar en Seattle y no es algo que esté sometido a discusión.

Nathan suspiró y enderezó la espalda con un gesto exagerado.

—Mallory, en ocasiones siento que soy el único que se compromete con nuestra relación —confesó—. He suspendido conciertos, actuaciones televisivas y homenajes a otros músicos para estar contigo. ¿Tanto te cuesta renunciar a diez días de trabajo?

Ella se estremeció ante el tono desesperado de aquellas palabras. Sin embargo, no iba a ceder con tanta facilidad. Se inclinó para recoger el guion y dijo con frialdad:

—De acuerdo. Suspende tu concierto en Seattle y yo renunciaré de inmediato.

Él se volvió para mirarla a la cara.

—Ese concierto ya ha sido promocionado, Mallory. Se han vendido todas las entradas y, además, tengo un contrato firmado.

Ella sonrió con malicia.

—Contrato, la palabra mágica. Juro que no alcanzo a comprender por qué tus contratos son más inquebrantables que los míos.

—¡Maldita seas, Mallory McKendrick! —protestó Nathan.

Acto seguido y sin decir una palabra más, el cantante se volvió y se alejó hacia la cabaña de madera que había junto a la casa.

A pesar de que se moría de ganas de correr tras su marido para prometerle que haría lo que fuera con tal de hacerlo feliz, Mallory estaba decidida a ser profesional hasta el final. Con gran esfuerzo, se sentó otra vez sobre el tronco, abrió el guion y volvió a concentrarse en sus parlamentos.

El cobertizo estaba a oscuras, pero Nathan no tenía fuerzas para encender la luz. Aunque habían pasado horas desde su última discusión con Mallory, seguía pensando en ello. La vieja estructura de madera donde el anterior dueño de la casa almacenaba los aparejos de pesca era el único lugar de la isla en el que podía tener algunos minutos de intimidad.

A pesar de los años que llevaba en desuso, el lugar seguía oliendo a pescado y algas marinas. No se oía ningún ruido más allá del motor de alguna motora y el rítmico movimiento del agua bajo el suelo de madera. Nathan aprovechó la intimidad para maldecir a sus anchas y, al cabo de un rato, se sintió mejor.

Después, se sentó en el piso, se rodeó las rodillas con los brazos y suspiró. Justo cuando comenzaba a creer que las cosas entre Mallory y él realmente encajaban, que habían conseguido tener una buena comunicación, de nuevo todo se iba al infierno.

Se preguntaba por qué había tenido que increparla de ese modo si sabía que ella detestaba que le dijeran lo que debía hacer y, a fin de cuentas, solo se trataba de diez días de trabajo.

La respuesta no era fácil de asumir. Nathan sabía muy bien a qué se debían sus escenas, aunque no se atrevía a reconocer que el único problema era que estaba terriblemente celoso de Brad Ranner.

En ese preciso momento, la puerta del cobertizo se abrió y se filtró luz desde el exterior. Nathan maldijo en voz baja sin darse cuenta que de ese modo revelaba su presencia. Un segundo más tarde, el haz de luz de una linterna lo iluminó por completo.

—Déjame solo —gruñó mientras se cubría los ojos con una mano.

La intrusa no se dio por aludida y se acercó a él. Un segundo después, Diane Vincent se arrodillaba a su lado y comenzaba a acariciarle la cabeza.

—Estás hecho un desastre, corazón.

Nathan le apartó la mano.

—Sal de aquí, bruja.

Ella hizo caso omiso y volvió a las caricias como si nada. Acto seguido, apagó la linterna y se sentó en el sucio suelo de madera.

—Yo podría hacer que todo vaya mejor —dijo Diane con tono cariñoso.

En medio de la oscuridad, el exótico perfume de aquella mujer cobraba una intensidad arrebatadora.

En un momento de locura, Nathan sintió que la deseaba. Se volvió hacia ella, cerró los ojos y la besó con desesperación, tratando de no pensar en quién era y todo lo que representaba.

El nombre de Mallory resonó en su cabeza como una alarma. Apartó a Diane de forma brusca y se puso de pie.

—Otra vez el numerito del marido fiel —dijo ella, con desprecio—. Ay, Nat, eres un imbécil.

Nathan quería salir del cobertizo pero, por algún extraño motivo, no conseguía mover los músculos de las piernas.

—Cállate —le ordenó—. Cállate y vete al infierno.

Diane nunca había sido fácil de intimidar.

—¿De verdad crees que tu adorada mujercita reserva sus encantos solo para ti? —lo desafió.

Él cerró los ojos y sintió un nudo en la boca del estómago. Trató de hablar, pero no pudo.

En un segundo, Diane estaba de nuevo junto a él, con los muslos apretados contra sus piernas y acariciándole el pecho con ambas manos. Nathan la empujó hacia atrás en un gesto desesperado por librarse de ella.

En aquel momento, alguien encendió la luz y el brillo lo cegó durante una fracción de segundo. Cuando recuperó la visión, maldijo por enésima vez.

Mallory estaba en la puerta, con una taza de café en la mano, la cara pálida y los ojos llenos de tristeza. Se fijó en la sonrisa triunfal de Diane, murmuró algo incomprensible y se marchó.

Nathan salió tras ella, gritando su nombre, pero Mallory ya había comenzado a correr.

Estaba oscuro y las sogas y amarraderos hacían del muelle un lugar peligroso para correr, por lo que Mallory disminuyó la velocidad aunque deseaba alejarse tan pronto como fuera posible. Mientras trepaba por una ladera cercana, supo que Nathan conseguiría alcanzarla. Podía sentir su proximidad.

Al llegar al jardín de la casa, Nathan la atrapó y la aferró por los hombros. Después, intentó obligarla a que lo mirara para hacerla entrar en razón.

—Mallory —dijo con vehemencia.

Ella alzó la cabeza y lo miró, consciente de que no podría escapar. La luz de la luna dibujaba sombras en el rostro de Nathan.

—Te odio. Maldito mentiroso, charlatán...

Mallory podía sentir la pena de su marido tanto como la suya. Sin embargo, sentía que a pesar de esa cercanía, entre ellos había un abismo cada vez más pronunciado.

—Basta ya...

Ella estaba sollozando, intentando olvidar lo que había visto en el cobertizo. Pero no dejaba de pensar en Diane y su marido, solos en la oscuridad.

Nathan bajó un poco las manos y le suplicó:

—Mallory, escúchame, por favor.

Ella estaba ciega de rabia y, de haber podido, le habría golpeado y le habría gritado que la dejara en paz. Sin embargo, se sentía como una estatua de yeso, incapaz de moverse y de pronunciar palabra, por lo que apenas pudo soltar un tímido quejido.

—Mallory, por favor. Yo no... No es...

Por fin, ella tuvo fuerzas para hablar.

—No lo digas, Nathan. No repitas otra vez que no es lo que parece. Es exactamente lo que parece, y los dos lo sabemos.

Su marido resopló con fuerza.

—Cualquier cosa que diga ahora te sonará a frase hecha, ¿verdad? —dijo con resignación—. Mall, no iba a hacer el amor con Diane.

Ella se estremeció al recordar la expresión que había en los ojos de Diane y trató de quitarse las manos de Nathan de encima.

—La has besado —afirmó.

Él no le permitió zafarse sino que, bien al contrario, la apretó contra su pecho.

—No vas a ir a ninguna parte hasta que no hayamos aclarado este tema. Soy capaz de arrastrar a Diane hasta aquí para que oigas la verdad.

—¡Os he visto, Nathan!

Él la sacudió con fuerza.

—¡Mallory, por favor, todo esto es un error!

—No insistas. A menos que te estés refiriendo a nuestro matrimonio, claro. En ese caso estaría absolutamente de acuerdo contigo.

—¿Cómo?

—Quiero el divorcio, Nathan.

Él la soltó tan de repente que Mallory estuvo a punto de perder el equilibrio y caer sobre el césped húmedo.

—¡De ninguna manera! —replicó.

Ella se dio vuelta y cruzó el jardín; estaba demasiado afligida para seguir discutiendo. Nathan la alcanzó con facilidad y, casi en la puerta, ella lo encaró de nuevo.

—¿Por qué te resistes, Nathan? De esta manera, ya no tendrías que mentir ni ocultarte en cobertizos desvencijados.

Él se quedó mirándola en silencio. La brisa nocturna parecía vibrar con la rabia y la frustración del músico.

Mallory cruzó el vestíbulo a toda prisa y fue hasta el garaje. Por una vez, su mala costumbre de dejar las llaves del coche puestas adquiría sentido. Arrancó y se marchó sin más demora, consciente que Nathan podría seguirla si no se apuraba.

Unos minutos más tarde, aparcó junto a la casa en la que había vivido casi toda su vida; una casa que pronto se convertiría en el feliz hogar de una pareja de desconocidos.

Entró, cerró la puerta con llave y se sentó en la cocina a oscuras. Entonces por fin se permitió liberar el llanto contenido. Sollozó sin parar hasta quedar exhausta. Sin embargo, aún le quedaba una larga noche en vela.

A pesar de que se había dado un buen baño caliente y había tomado una píldora para dormir, no podía conciliar el sueño. Trató de leer pero no conseguía pasar de la primera línea. La música estaba fuera de discusión; no quería encender la radio por temor a oír alguna de las nuevas canciones de Nathan y el equipo de música estaba en la otra punta de la casa.

Rememoró una y otra vez la escena en el cobertizo, y la agonía que le provocaba ese recuerdo era más intensa de lo que podía soportar.

Una tímida voz interior le suplicaba que fuera razonable y que reflexionara acerca de lo sucedido, pero Mallory no podía ni quería escucharla. Sentía que ya se había engañado lo suficiente como para seguir actuando como si nada pasara.

Cuando por fin amaneció, guardó un poco de ropa y llamó a Trish para avisarle que dejaba Cinnamon a su cargo.

—¿Qué ocurre, Mall? —preguntó su amiga.

Por mucho que ella tratara de ocultarlo, Trish la conocía demasiado como para no notar que algo andaba mal.

Mallory suspiró.

—Si te lo cuento, me pondré a llorar. Creo que es mejor que te llame desde la ciudad, mañana o pasado.

—Mall...

—Por favor, Trish. No puedo.

—De acuerdo, ¿pero qué hago con la casa? ¿Sigue en venta o qué?

—Está en venta. Si la pareja interesada quiere comprarla, haré que alguien venga a buscar mis cosas.

—No te preocupes por eso. Llegado el caso, yo me ocuparé de la mudanza —dijo Trish—. Ahora bien, ¿estás segura de que quieres venderla? Cariño, tal vez deberías pensarlo un poco más.

—Estoy segura, Trish. De verdad.

—¿Me llamarás mañana o pasado?

—Lo prometo.

—Cuídate.

Mallory no pudo decir nada más. Confió en que su amiga lo comprendería y colgó el teléfono sin despedirse. Acto seguido, salió de la casa y condujo hasta el embarcadero.

Diane tenía la cara cubierta de lágrimas, se le había corrido el maquillaje y tenía los nudillos blancos de tanto presionarlos contra el borde del sofá de su nuevo apartamento.

Nathan estaba recostado contra la chimenea viéndola llorar. No se sentía culpable ni le preocupaba comportarse como un grosero. Le había gritado a Diane y, lejos de querer consolarla, estaba desesperado por salir de allí.

—Iré a buscarla, Nathan. Le explicaré...

Él no hizo ningún esfuerzo por ocultar el odio que sentía en aquel instante. El tono suplicante de Diane le crispaba los nervios.

—Probablemente, ya sea demasiado tarde —afirmó mientras caminaba hacia la puerta.

Ella lo tomó del brazo pero él la apartó con relativa facilidad.

—Lo siento —dijo Diane.

Nathan abrió la puerta y replicó sarcásticamente.

—Gracias. Recordaré tus disculpas cuando salga del despacho de un juez con la sentencia de divorcio.

Diane gimió y levantó la barbilla con un histriónico gesto victimista.

—Insúltame si eso te hace sentir mejor, Nat, pero la culpa no es solo mía y lo sabes. Tu matrimonio era un caos mucho antes de que nos encontráramos en el cobertizo.

Él soltó una carcajada cargada de cinismo.

—¿Antes de que «nos encontráramos»? —exclamó—. ¡Me seguiste!

Ella lo miró con el rostro desencajado.

—Es cierto, te seguí. Pero ya eres mayorcito, McKendrick, y nadie te obligó a besarme.

Nathan la observó con detenimiento mientras se preguntaba si la escena que estaba montando era real u otra de sus burdas actuaciones. Al final, llegó a la conclusión de que no le importaba si le estaba mintiendo o no. Sin más, se dio media vuelta y se marchó dando un portazo.

Iba caminando con la cabeza gacha y tan deprisa que al llegar al jardín de su casa casi se choca con Jeff Kingston, su batería.

Jeff era el único miembro de la banda que estaba con Nathan desde el principio. Quizá por eso, existía una empatía especial entre ellos.

—Eh, Nat, espera un momento. ¿Qué está pasando?

Nathan se detuvo, se recostó contra un árbol y respiró hondo. Con los ojos fijos en el mar, apenas visible tras la cortina de nieve, le contó a Jeff lo que había sucedido en el cobertizo la noche anterior. A pesar de todo, el tono de su voz era firme y sus palabras claras y concisas.

Cuando terminó, Jeff rezongó:

—No me parece que un beso justifique que te divorcies, Nat.

Él asintió distraído.

—¿Has llamado a Mallory? —preguntó el batería.

Nathan movió la cabeza en sentido negativo.

—La conozco bien y sé que no querría hablar conmigo —explicó.

—En ese caso, ve a verla.

McKendrick le dio la espalda a Jeff y acarició la corteza del árbol.

—No tiene sentido —se lamentó—. La he perdido para siempre.

—Tiene que existir una forma de...

De repente, Nathan se volvió para mirar a su amigo.

—¿Qué podría decirle, Jeff? ¿Que Diane me

persigue desde hace seis años y que anoche estaba tan molesto y alterado que no pude evitar besarla?

—¿Esa es la verdad?

—Sí.

—Entonces, dile eso. Mallory es una mujer sensata, Nathan, y te ama con locura. Lo entenderá, créeme.

—Lo dudo. Ha tenido que aguantar demasiado. Primero la demanda de paternidad y ahora esto...

El batería resopló con fuerza.

—De acuerdo, entonces deja que se marche. Ranner y otros diez millones de hombres apreciarán ese gesto —comentó con ironía—. Tú sabrás lo que haces, pero ten por seguro que te arrepentirás más pronto que tarde.

—¿Qué quieres decir?

Jeff se encogió de hombros.

—Digo que si no la quieres, te hagas a un lado —respondió—. No le costará encontrar a alguien que ocupe tu lugar.

—Eh, creí que eras mi amigo —protestó Nathan—. No me hables así, por favor… Sabes muy bien que no puedo soportar la idea de que otro la toque.

Su amigo esbozó una sonrisa.

—¿Y entonces por qué no lucháis por vuestro matrimonio? —preguntó.

—Creía que lo estábamos haciendo —explicó

el cantante, desanimado–. Pero por lo visto estaba equivocado.

–Mira, Nat, tanto yo como el resto de la banda notamos vuestros problemas mucho antes de la gira por Australia. La mitad del tiempo, Mallory parece una niña perdido y tú siempre estás demasiado ocupado en tus asuntos como para notarlo.

–Estamos a punto de dar un concierto, Jeff. ¿Es tan ilógico que quiera que salga bien? ¿No te das cuenta de que de eso también depende tu trabajo? ¿O es que acaso no te importa?

–Claro que me importa, pero creo que a ti te importa más este concierto que tu matrimonio –comentó–. Admítelo de una vez: no quieres renunciar a la gira.

Nathan suspiró, se metió las manos en los bolsillos del vaquero y comenzó a caminar hacia la casa. Podía sentir cómo la nieve caía sobre su cabeza, pero no le importaba.

–Tienes razón, no quiero suspender la gira –declaró–. Sin embargo, tampoco quiero perder a Mallory.

–¿Y qué harías si supieras que la has perdido definitivamente?

–Daría más conciertos. Y tendré que hacerlo, Jeff, porque me temo que esta vez la he perdido.

–No lo sé. Si yo estuviera en tu lugar, supongo que trataría de olvidar todo esto hasta que el concierto haya pasado y Mallory haya terminado su trabajo en la telenovela –reflexionó Jeff–. Y después, mi querido y viejo amigo, me llevaría a mi mujer de vacaciones y haría lo necesario para salvar mi matrimonio.

–Ojalá fuera tan sencillo –dijo Nathan, vencido–. En mi vida hay dos mujeres, Mallory y la música, y me temo que tendré que elegir con cuál me quedo.

El domingo fue un día horrible para Mallory. No había atendido ni el teléfono ni la puerta porque instintivamente sabía que no era Nathan quien la buscaba. Había hecho numerosos intentos por estudiar el guion que le había dado Brad, pero los parlamentos de su personaje le parecían un sinsentido. De seguir con ese ritmo, se vería obligada a improvisar todas las escenas.

A la hora de cenar, hizo una rápida inspección de los armarios de la cocina y no le sorprendió descubrir que estaban vacíos. En el frigorífico solo quedaba el cartón de leche que había usado Nathan para desayunar. Mallory se puso a llorar al recordar lo cerca que se había sentido de él aquella mañana, el modo en que había gemido entre sus brazos.

Apenada, sacó la leche y la tiró en el cesto de la basura. A pesar de la angustia, estaba hambrienta pero no se sentía en condiciones ni de bajar al mercado ni de ir a comer a un restaurante.

Después de deliberar un rato, decidió llamar a su restaurante chino favorito y encargar que le llevaran la cena a domicilio. Mientras esperaba que llegara el pedido, pensó que si se duchaba y se envolvía en un albornoz abrigado, tal vez se sentiría mejor y hasta sería capaz de memorizar algunas escenas.

En cuanto salió de la ducha, llamaron a la puerta.

—La cena —dijo en voz alta.

Se puso el albornoz, cruzó el pasillo y abrió con una sonrisa.

—No deberías hacer eso —dijo Pat con el ceño fruncido—. No debes abrir sin preguntar quién es. Podría ser un violador o un vendedor de seguros. Nunca se sabe...

—¿Un vendedor de seguros? Eso sería terrible —bromeó Mallory mientras miraba la comida china que llevaba su cuñada—. ¿Desde cuándo te ocupas del reparto de Chow May?

—Desde que me topé con el repartidor en el ascensor. Dime una cosa, ¿por qué diablos no contestabas a mis llamadas?

—Porque quería estar sola.

Mallory trató de ayudarla con las bolsas de comida, pero Pat se lo impidió y, sin esperar invitación, entró en el piso.

—No tan rápido, mujer hambrienta. Pienso cobrarme la propina en especie, así que invítame a cenar.

Mallory suspiró y siguió a su cuñada, que caminaba muy resuelta por el pasillo que conducía a la sala. Una vez allí, Pat puso la comida sobre la mesa y se volvió para mirarla.

—¿Qué pretendes, Mall, aterrorizar a tus amigos y familiares? —protestó—. He estado aquí dos veces, he telefoneado otras tantas y Trish y Kate no han hecho más que llamarme para saber si tenía noticias tuyas.

Con la terquedad que la caracterizaba, Mallory se cruzó de brazos y dijo:

—No conseguirás que me sienta culpable.

—No pretendo que te sientas culpable —replicó Pat, con ironía—. No debes sentirte mal ni porque yo haya pensado que te habías tirado por la ventana ni porque Trish creyera que podías haberte cortado las venas...

—¿Y qué ha imaginado Kate?

—Que habías metido la cabeza en el horno —respondió la cuñada con una simpática mueca—. Nathan y tú os habéis separado de nuevo, ¿verdad?

—Definitivamente.

Los ojos azules de Pat brillaron con rabia.

—No me lo creo —declaró—. Sois unos idiotas y estoy harta de tantas idas y venidas, así que os agradecería que no me involucréis más en vuestros asuntos.

Mallory frunció el ceño y acto seguido se marchó a la cocina a buscar platos y cubiertos.

Durante la comida, prácticamente no se dirigieron la palabra. Pero a pesar de ello, Mallory se alegró de estar con su cuñada.

X

La mañana del lunes fue un completo desastre.

Mallory llegó media hora tarde al estudio de grabación, con los párpados hinchados y tan ojerosa que ni el mejor maquillador del mundo habría podido ayudarla a disimular que había estado llorando toda la noche.

Para empeorar las cosas, el set estaba lleno de seguidores de la telenovela, fotógrafos y periodistas de revistas del corazón. Además, los diálogos de Mallory sonaban forzados y poco naturales y ni siquiera fue capaz de recordar cuándo tenía que hablar.

Al cabo de un buen rato, Brad ordenó al cámara que dejara de grabar y anunció que todos podían tomarse quince minutos de descanso. Acto seguido, agarró a Mallory del brazo y la llevó a un lugar más alejado, atravesando el laberinto de cámaras, focos y cables eléctricos.

–Maldita sea, Mallory... ¿Esta es tu forma de vengarte? –preguntó, enojado–. Porque si estás intentando sabotear la producción, es evidente que lo estás consiguiendo.

Ella solo quería hacer bien su trabajo, cumplir su contrato y no volver a saber nada de la televisión; la falta de concentración no era intencionada, pero sus ojos se llenaron de lágrimas y no encontró las fuerzas necesarias para responder a la acusación del director.

Brad se preocupó al verla tan angustiada y cambió el tono virulento por uno más tranquilo y amable. Suspiró, le acarició las mejillas y preguntó:

–¿Qué sucede, cariño? ¿Qué ocurre?

Mallory tenía un nudo en la garganta que le impedía hablar. De todas maneras, era demasiado orgullosa como para explicarle el motivo de su tristeza. Se limitó a tragar saliva y a mover la cabeza con gesto de impotencia.

Sin embargo, Brad solo tuvo que mirarla a los ojos para imaginar qué era lo que la inquietaba.

–Se trata de Nathan, ¿verdad?

Mallory no quería llorar, pero no pudo evitarlo. Se puso a sollozar y Brad la abrazó de forma fraternal mientras le susurraba palabras reconfortantes.

Pero de repente se puso tenso.

—Dios mío…

Mallory se estremeció y no necesitó volverse para saber que Nathan se encontraba en el plató, que avanzaba hacia ella y que, seguramente, tendría un brillo asesino en la mirada.

Era tal la tensión de la escena que todo el estudio se sumió en el más profundo de los silencios. Cuando Mallory se volvió para mirar a Nathan, no se fijó en la cara de su marido sino en la ansiedad con la que periodistas y fotógrafos se afanaban por registrar la situación.

—Llama a seguridad —dijo Brad a su asistente.

Nathan soltó una carcajada escalofriante y brutal.

—No será necesario —afirmó—. Me portaré bien.

Mallory no tenía miedo; no por ella, al menos. Miró en dirección a Nathan, pero las sombras ocultaban sus facciones, tal y como había sucedido la última vez que habían discutido en la isla. Sin embargo, no necesitaba ver sus rasgos: el desprecio que había en su voz era más que evidente.

—¿Qué quieres? —preguntó ella después de un largo e incómodo silencio.

Nathan se encogió de hombros.

—Estar un par de minutos a solas con mi mujer —respondió—. Si es que tiene tiempo para hablar conmigo.

El orgullo impulsó a Mallory a echar los hombros hacia atrás y alzar la barbilla.

—De acuerdo —dijo, distante—. Podemos hablar en mi camerino.

Brad carraspeó para llamarle la atención.

—Mallory, no creo que sea...

Ella lo interrumpió con delicadeza.

—No te preocupes, Brad.

Nathan le ofreció un brazo en una engolada parodia de buenos modales y Mallory se aferró a él, siguiéndole el juego. Después se alejaron hacia el camerino que compartía con otras dos actrices. Y el corto paseo se le hizo interminable.

Tras cerrar la puerta, Mallory se volvió para mirar a Nathan y descubrió que estaba pálido. Tenía el pelo revuelto y se había cruzado de brazos y apoyado contra una pared, con los ojos ensombrecidos por la tristeza.

Mallory lo miró con un desprecio que no sentía. En realidad, el atractivo tan masculino de su marido, los músculos fuertes que ocultaban sus vaqueros y el modo en que se le adivinaban los hombros bajo el jersey, tenían un efecto perturbador y atentaban contra su decisión de no volver a dejarse seducir por él.

Nathan, mientras tanto, admiró la bata de seda rosa que ella se había puesto para la última escena.

—¿No vas a felicitarme por mi buen comportamiento? —preguntó él—. Ni siquiera he hecho comentarios sobre tu vestimenta.

Mallory mantuvo la calma.

—Imagino que no habrás venido solo para hacer una demostración de tus buenos modales...

Nathan cambió su mueca de tensión por un gesto distendido y cariñoso.

—Te amo, Mallory.

Por desgracia, ella no lo creyó.

—No lo hagas...

—¿Qué quieres que no haga? ¿Qué te ame o que te hable de amor? —preguntó Nathan.

Ella se mordió el labio inferior y apartó la mirada. No quería hablar con él ni prestarle atención en aquel momento.

—Es verdad y lo sabes. Te quiero desde el día en que nos conocimos —insistió Nat con firmeza—. Mallory, el incidente en el cobertizo fue un malentendido. Algo inocente, como el abrazo que te estaba dando Brad.

—¿Inocente? —murmuró ella—. La besaste, Nathan. ¡Tú mismo lo has admitido! Y aunque no lo hubieras hecho...

—Deberías saber —la interrumpió— que lo que

tú supones un beso apasionado se redujo a un leve roce de labios.

Hizo una pausa, respiró hondo y se llevó las manos a la cabeza.

—Necesitaba a alguien —continuó—, eso es todo. Necesitaba a alguien y Diane estaba ahí.

Mallory hacía esfuerzos para odiarlo pero el intenso amor que sentía por él le impedía pensar con frialdad. No obstante, era demasiado orgullosa como para ceder rápidamente.

—En ese caso prefiero no imaginar lo que habría pasado si no os hubiera interrumpido —replicó.

Nathan suspiró y volvió a cruzarse de brazos en un evidente gesto de impaciencia.

—Aunque te niegues a aceptarlo, sabes perfectamente que no habría pasado nada, Mallory. Cuando comprendí lo que estaba haciendo, y lo que arriesgaba, me aparté de ella.

Mallory sintió que su férrea determinación de dejarlo comenzaba a flaquear. De hecho, ya no estaba tan segura de que su marido fuera un mentiroso. Aun así, la imagen de aquella noche en la isla la seguía torturando.

—Os he visto juntos, Nathan, y sé que, de no haber entrado en ese preciso momento, habrías tenido una aventura con Diane.

—Escucha a tu corazón, Mallory —dijo desesperado—. Olvida toda la basura que te han metido en la cabeza y atiende a tus sentimientos. Maldita sea, ¡sabes que estoy diciendo la verdad!

Ella se dio vuelta bruscamente y empezó a ordenar el maquillaje y las cremas que había en el tocador del camerino. Quería creerlo, pero estaba muy dolida y no podía seguir con aquella conversación sin ponerse a llorar.

—Vete, por favor —suplicó con tono tranquilo—. Sal de aquí ahora mismo.

Él permaneció inmóvil y en silencio. Mallory alzó la vista y se horrorizó al descubrir que la estaba mirando en el espejo y que podía leer las emociones que expresaba su rostro acongojado.

Con un movimiento ágil, él cruzó la pequeña habitación, la obligó a mirarlo y la arrinconó contra el tocador. Después, gruñó sensualmente y la besó.

Mall forcejeó un poco, pero el cuerpo le pedía a gritos que olvidara su orgullo y se rindiera sin condiciones. Abrió la boca y unió su lengua a la de su marido en un frenético y acalorado beso. Él le abrió la bata de seda, introdujo las manos en el escote del camisón de encaje que llevaba debajo y, sin dejar de besarla, comenzó a acariciarle los senos.

Una tormenta de pasión sacudió el atribulado corazón de Mallory. Jadeando, apartó los labios y hundió la cabeza en el suave y perfumado jersey de Nathan.

Él le levantó la barbilla y la miró con dulzura. La conciencia de que tocar el cuerpo de su mujer lo estremecía tanto o más que sus instrumentos musicales le encendió la mirada. Era una sensación salvaje que lo arrebataba y, a la vez, lo unía a ella más que a ninguna otra persona.

La desesperación se apoderó de cada una de las células de Mallory; el centro de su feminidad ardía por unirse a Nathan. El deseo había desdibujado todos sus miedos y lo único que le importaba era atender a la viril necesidad con la que su marido se apretaba contra ella.

De pronto, los temores regresaron a su mente y, de algún modo, reunió la fuerzas necesarias para resistirse.

—No —suplicó, con voz trémula—. No, Nathan.

Él se encogió de hombros, inclinó la cabeza y se apartó. Después fue hasta la puerta y dijo:

—Como quieras. Ya sabes dónde encontrarme.

La rabia que sintió Mallory en aquel momento fue comparable a la pasión que había experimentado segundos atrás. Agarró un frasco de crema del tocador y se lo arrojó a Nathan a la cabeza. Por suerte, falló y el frasco se estrelló contra la puerta. Sin inmutarse, él hizo girar el pomo y miró a su esposa con una expresión divertida y atormentada a la vez. Después, le recordó el número de su teléfono con tono monocorde y se marchó.

Mallory permaneció de pie, con los puños apretados y temblando de impotencia.

–¡Te odio, Nathan McKendrick! –gritó–. ¡Te odio con toda mi alma!

Justo entonces, un fotógrafo apareció en el pasillo y captó la escena con su cámara. Cegada por el flash y por la furia, Mallory gritó de nuevo y le arrojó un cepillo al intruso.

Si Brad Ranner no hubiera intervenido en ese instante, habría sido capaz de cualquier cosa.

Con una compostura y un aplomo admirables, Brad se las ingenió para que en el estudio solo se quedaran actores y técnicos, y le pidió a dos actrices mayores que se ocuparan de llamar a Mallory para terminar la grabación.

A pesar del ataque de histeria que había protagonizado, estaba dispuesta a seguir trabajando. En cierta forma, la rabia la sostenía.

Después de eso, no solo recordó todos y cada uno de sus diálogos, sino que además hizo la mejor actuación de su carrera.

Horas más tarde, en la soledad de su piso, se quitó la ropa y entró en la ducha. Se frotó la piel con movimientos feroces, como si una esponja bastara para lavar su pena. Mientras tanto, se repetía mentalmente que no debía pensar en Nathan McKendrick aunque, por mucho que lo intentara, la imagen de su marido la asaltaba sin cesar.

Unos minutos más tarde no pudo más; se

puso a llorar desconsoladamente y dio varios puñetazos a la pared de la ducha.

El agua caliente la ayudó a tranquilizarse.
Salió de la ducha, se secó con una toalla y se
puso el albornoz y unas pantuflas. Cuando terminó de peinarse, entró en el salón y paseó de
un lado a otro, nerviosa. Sin pensarlo, caminó
hasta el bar y se sirvió una copa de whisky.

El alcohol la ayudó a relajar la tensión de los
hombros y el cuello. Pero el whisky no podía
hacer nada con el dolor en la boca del estómago,
ni con la desolación de su corazón.

Entonces llamaron a la puerta.

Mallory se sobresaltó y dejó la copa a un lado,
pero hizo caso omiso de los incesantes timbres
hasta que dejaron de sonar. Luego, buscó el
guion con las escenas que debía grabar al día siguiente y comenzó a estudiar sus partes. En
cuanto acabó de memorizarlas, se acostó en la
cama y se sumió en un profundo y reparador
sueño.

A la mañana siguiente, Mallory se despertó
con unas náuseas insoportables y tuvo que correr
al cuarto de baño, tapándose la boca con una
mano. Después de aquello, el desayuno estaba
descartado; ni siquiera podía oler el café y, cuando
llegó al estudio, tuvo que contener las arcadas que
le provocaba la visión de comida que la asistente
había preparado para el desayuno.

–¿Te sientes bien? –le preguntó Brad, al verla tan pálida y descompuesta.

–Un poco resfriada, creo...

Mientras el director apoyaba su plato en la mesa, Mallory se dejó caer en una de las sillas y, con una mueca de asco, apartó la vista de la bandeja. Sin embargo, el olor de los huevos fritos le revolvió el estómago y, una vez más, tuvo que salir corriendo al cuarto de baño. Por suerte, llegó a tiempo.

Brad la siguió y se quedó esperándola en la puerta. La observó lavarse la cara, en silencio y de brazos cruzados. Solo cuando ella se repuso y comenzó a secarse, comentó:

–Tal vez sería mejor que dejemos las escenas para mañana, ¿no te parece?

Mallory negó con la cabeza. Comenzaba a recuperar el color en las mejillas y se sentía infinitamente mejor.

–Estoy bien, Brad.

–Ligeramente embarazada, quizá.

Ella se estremeció al oírlo, le flaquearon las rodillas y tuvo que aferrarse al lavabo para no caer al suelo. En su cabeza, la palabra embarazo resonaba con una estridencia alarmante.

Pero hizo cuentas, mentalmente, y se dio cuenta de que no tenía la regla desde antes de que Nathan se marchara a Australia.

–Oh, Dios mío... –murmuró.

—Ya veo que no habías pensado en esa posibilidad…

Después el director se dio media vuelta y abandonó el lugar.

Mallory comenzó a temblar. Sentía un cúmulo de emociones contradictorias en su interior. Deseaba tener un bebé con desesperación, pero no podía evitar pensar que llegaba en un momento inoportuno, en plena crisis matrimonial y con una demanda de divorcio en ciernes.

Respiró hondo y trató de recobrar la calma.

—Piensa un poco —se dijo, mirándose al espejo—. Es posible que no estés embarazada; tal vez sea algo que has comido…

No pudo seguir. Sabía que también cabía la posibilidad de que sus náuseas tuvieran que ver con las noches apasionadas que había compartido con Nathan antes de que él se marchara a su gira australiana.

Recordó aquellos días con una mezcla de remordimiento y anhelo. A comienzos de noviembre, ella y Nathan habían pasado un delicioso y agridulce fin de semana en su velero. Un domingo por la noche, habían tenido una fuerte discusión y él había arrojado los anticonceptivos de Mallory por la borda.

Aunque su acción no había sido más que un ataque de furia, en ese momento cobraba un significado muy particular.

Nathan había insistido muchas veces en que quería que tuvieran un hijo, y ahora que podía estar embarazada, tal vez fuera demasiado tarde. Al comprender el alcance de la amarga paradoja, Mallory se mordió el labio inferior, bajó la cabeza y empezó a llorar.

Al infernal día de náuseas y vómitos le siguió una noche de insomnio y dudas existenciales. Se pasó varias horas dudando entre contarle a Nathan lo que sucedía y mantener sus sospechas en secreto.

Al final, decidió que sería mejor no decirle nada. Al fin y al cabo, el embarazo no estaba confirmado y podía ser un lamentable error. De hecho, su médico la había revisado recientemente y suponía que, de haber estado esperando un hijo, lo habría notado.

Sin embargo, lo pensó con más detenimiento y cayó en la cuenta de que no le habían hecho un examen ginecológico ni ningún análisis de sangre. A menos que estuviera muy avanzado, un embarazo no era algo que pudiera diagnosticarse a simple vista.

A la mañana siguiente, llamó a Brad para avisarle de que llegaría tarde y condujo hasta el consultorio de la doctora. Cuando llegó, todavía tenía el estómago revuelto y las náuseas eran cada vez más frecuentes.

La médico le indicó que se desvistiera y pasara al consultorio. Mallory obedeció y, una vez dentro, miró la camilla y los espéculos metálicos con pavor. Odiaba las revisiones ginecológicas.

Se puso la bata de algodón que le había dado la enfermera y se sentó a esperar a Sarah. La especialista abrió la puerta y la saludó con una sonrisa.

—Buenos días, Mallory.

—Hola, Sarah —respondió con idéntica cordialidad.

—¿Qué ocurre?

Mallory hizo una mueca de preocupación.

—Sospecho que estoy embarazada.

—Comprendo —dijo mientras fruncía el ceño—. Pero no entiendo que parezcas angustiada. Según me habías comentado en alguna ocasión, hace tiempo que querías tener un hijo.

Ella agachó la cabeza y trató de contener las lágrimas.

—Lo quiero con todo mi ser —afirmó.

—¿Y cuál es el problema entonces?

—Nathan y yo nos hemos separado.

La ginecóloga suspiró apenada.

—¿De verdad?

—Le he pedido el divorcio.

Sarah Lester fue hasta el pequeño fregadero de metal y comenzó a lavarse las manos.

—Es posible que todavía tengáis tiempo de conseguir que vuestra relación funcione. En cualquier caso, si deseas tener el bebé, sigue adelante. El mundo está lleno de madres solteras.

Ella no dijo nada. Se limitó a someterse al examen, sabiendo cuál sería el diagnóstico y lamentándose de que Nathan no estuviera en la sala de espera, ansioso como todo padre primerizo.

—Haremos las comprobaciones de rutina, aunque solo es una formalidad —dijo Sarah mientras se quitaba los guantes—. Tus sospechas eran ciertas: estás embarazada.

A pesar de que su vida era un completo desastre, Mallory no pudo evitar sentirse feliz por la noticia. Durante el viaje hacia el estudio de grabación, recorrió mentalmente la larga lista de nombres que había ido atesorando con los años.

Cuando llegó al lugar, todos habían salido a almorzar salvo Brad, que la esperaba en la puerta del camerino. La visión de Ranner la devolvió a la realidad; su matrimonio estaba en ruinas y la llegada de un hijo no iba a salvar la distancia que la separaba de Nathan.

—¿Y bien? —preguntó él con delicadeza.

—Seré madre en agosto —dijo ella, temblando.

Brad le besó la frente y la miró con ternura.

—Te felicito.

Mallory levantó la barbilla y se obligó a no llorar.

—Gracias —contestó y abrió la puerta.

Balbuceó que había llegado con retraso y que todavía le restaba vestirse y maquillarse, pero él la tomó del brazo y preguntó:

—¿Por qué no llamas a Nathan?

Mallory movió la cabeza en sentido negativo.

—No puedo, Brad.

—¿Por qué no? También es su hijo, Mall, y tiene derecho a saberlo.

—¿Desde cuándo te preocupan los derechos de Nathan?

Ranner rio irónicamente.

—No me preocupan. Tu marido me parece un malnacido, detestable y arrogante, pero aun así sigue siendo el padre de la criatura.

Mallory apretó los labios y pensó antes de hablar.

—Supongo que no es ningún secreto que Nathan y yo estamos separados, Brad —declaró—. Y que es igualmente obvio que lo amo. Si podemos hacer que lo nuestro funcione, quiero que sea porque disfrutamos de estar juntos, y no porque se sienta responsable del niño.

—¿Responsabilidad? ¿Crees que eso es lo único que siente? —exclamó Brad—. Mallory, Nathan no me cae bien y estoy convencido de que yo a él tampoco. Aun así, lo conozco lo suficiente como para estar seguro de que le importas.

En aquel momento, ella no estaba viendo ni

la cara de Ranner ni el amplio estudio que tenía a su espalda; estaba viendo a Diane y a Nathan solos, en la oscuridad del cobertizo de la isla.

—Tal vez —dijo con resignación.

Él la tomó de los hombros, en un repentino y desesperado intento por hacerla entrar en razón.

—¡Maldita seas, Mallory McKendrick! Te quiero demasiado como para permitir que te engañes de ese modo —declaró—. Siento haber permitido que Diane me metiera en el chanchullo de Renee y la demanda de paternidad contra Nathan. Pero eso era una farsa... una maldita farsa...

—Ese no es el problema, Brad.

—¿Entonces cuál es?

—Diane.

Sin soltar los brazos de Mallory, él inclinó la cabeza hacia atrás y, con una mueca de frustración, miró la oscura cabina de control del estudio.

—Supongo que los has encontrado juntos en alguna parte —dijo él con desprecio.

Ella asintió sorprendida.

Brad volvió a mirarla a la cara con sus profundos ojos azules.

—Mallory, ¿qué te dije aquel día que fui a verte a la isla? ¿Acaso no te advertí de que Diane encontraría la manera de lastimaros?

De nuevo, ella asintió con los ojos abiertos como platos.

Ranner maldijo en voz baja y agregó:

—Seguro que mientras yo estoy aquí, tratando de consolarte como un tonto, ella está enredando a Nathan con sus trampas.

Mallory sollozó apenada. El hecho de que Brad planteara esa posibilidad, considerando lo mucho que odiaba a Nathan, la deprimía todavía más.

—La ha besado —dijo, humillada.

Él estaba visiblemente molesto y lastimado.

—Creo que he perdido la razón porque, una vez más, saldré en defensa del maldito Nathan McKendrick —afirmó, indignado—. Mallory, puede que Diane haya conseguido robarle un beso, lleva tanto tiempo persiguiéndolo que no me extrañaría nada. Pero piénsalo un poco, ¿un simple beso alcanza para acabar con toda una vida de felicidad compartida?

Antes de que ella pudiera contestar, los otros miembros del equipo regresaron de su descanso. Mallory aprovechó la distracción para escapar de Brad y corrió a cambiarse de ropa y maquillarse.

Como el día anterior, actuó maravillosamente. De alguna forma, conseguía transformar sus atribuladas emociones en un estímulo perfecto para interpretar a Tracy Ballard.

Mientras se marchaba del estudio, Mallory

pensó que uno de los principales motivos por los que le había atraído ser actriz era que, al menos durante algunas horas, podía ser otra persona. Ciertamente, era mucho más fácil e indoloro ser Tracy Ballard que ser Mallory.

Eran las siete de la tarde y, aunque ya no nevaba, la calle estaba helada. Caminó por el aparcamiento del estudio, cuidando de no resbalarse con los restos de nieve y barro que cubrían el suelo. El corazón le dio un salto al ver que el Porsche de Nathan estaba estacionado junto a su coche.

Por un momento, pensó en la posibilidad de esconderse en el estudio. Sin embargo, antes de que pudiera decidir qué hacer, Nathan salió de su vehículo y avanzó hacia ella.

Las luces del aparcamiento no alcanzaban a iluminarle el rostro, pero ella podía ver que iba vestido con unos pantalones de franela, un jersey de cuello alto y su chaqueta de ante favorita. Sin decir una palabra, la tomó del brazo y con un movimiento de cabeza le indicó que entrara en el deportivo. Mallory estaba demasiado abrumada como para reaccionar, así que accedió sin chistar y se sentó en el asiento del acompañante.

—Nathan, ¿qué quieres? —acertó a preguntar.

La oscuridad de la calle le impedía ver la expresión de Nathan.

—Vamos a cenar —anunció él, sin mirarla.

—No, de eso nada…

Nathan puso el coche en marcha y salió del estacionamiento a toda velocidad. Solo entonces, se volvió para mirarla y dijo:

—Tengo una idea. Por una vez, no discutamos. Si eso implica que nos quedemos callados, nos quedaremos callados. Te lo ruego…

El aroma de Nathan estaba haciendo trizas las maltrechas defensas de Mallory. No necesitaba tocarlo para poder sentir el calor y la fortaleza de su cuerpo.

—De acuerdo —accedió.

Permanecieron en silencio durante varios minutos, hasta que él puso una cinta de música y la voz de Willie Nelson inundó el interior del deportivo. Ella no pudo evitar sonreír al comprender que Nathan jamás oía sus propias canciones. Y aunque era músico de rock, disfrutaba mucho más de músicas como la africana que de los clásicos de su género.

Cuando la cinta se terminó, Mallory miró a su esposo y preguntó con ansiedad:

—¿Adónde vamos?

Habían dejado atrás el centro de Seattle y avanzaban hacia el sur por la carretera.

—A cenar —respondió él, irritado.

—¿Tan lejos? ¿Dónde? ¿En Wenatchee?

Nathan le dirigió una mirada feroz.

—Hemos acordado no discutir, ¿recuerdas?

Ella suspiró y se mordió el labio inferior.

El restaurante que él había elegido era pequeño y acogedor y tenía una encantadora vista a las oscuras aguas de la bahía.

Mallory pudo oír el crujido inconfundible de un muelle de madera mientras entraban al local.

Nathan le dijo algo en voz baja a la camarera que los recibió y la mujer les pidió que la acompañaran.

—Síganme, por favor.

El comedor estaba completamente vacío, iluminado con una luz tenue.

—¿Dónde están todos? —preguntó Mallory mientras Nathan le indicaba que avanzara.

—Es una fiesta privada —contestó él.

—¿Privada? ¿Cómo de privada? —preguntó ella, sorprendida.

—Muy privada. Solo tú y yo.

—Eso es lo que tú crees —afirmó ella.

Nathan la miró con detenimiento durante algunos segundos.

—Me encantaría saber qué intentas decir con eso —dijo, quedándose inmóvil en medio del salón.

Mallory se puso colorada y esbozó una explicación poco convincente.

—Me refería a que seguramente habrá otros clientes…

Él apretó la mandíbula.

—Ni tú te lo crees.

Ella cerró los ojos.

—Nathan...

Su marido volvió a tomarla del brazo, la llevó hasta la mesa que habían preparado para ellos y le indicó que se sentara.

—Brad me ha llamado —declaró él, sin más rodeos.

Mallory se quedó mirándolo, boquiabierta y con el corazón acelerado.

Sin esperar a que ella contestara, Nathan continuó diciendo:

—Debo reconocer que oír una noticia semejante en boca de Brad Ranner no me ha hecho mucha gracia.

—¡Lo voy a matar! —murmuró Mall.

Bastaba con ver el modo en que le temblaban las manos y la electricidad que había en su mirada para saber que Nathan estaba furioso.

—No me lo ibas a decir —la acusó—. Por Dios, Mallory, ¿creías que podrías ocultarme tu embarazo eternamente?

Ella ya no pudo contener las lágrimas.

—¡Por supuesto que no! —exclamó.

—¿Cuándo? —reclamó él—. ¿Cuándo voy a ser padre, Mallory? Creo que tengo derecho a saberlo.

A ella se le hizo un nudo en la garganta y, por

un momento, se quedó sin palabras. Por fin, consiguió hablar entre sollozos.

—En agosto. El bebé nacerá en agosto. Es una buena época, ¿no te parece?

Con un movimiento brusco, Nathan apartó el plato de camarones que tenía delante y miró a su mujer con los ojos vidriosos.

—¿Por qué no querías contármelo?

Ella respondió lo primero que se le vino a la mente.

—Porque creí que me obligarías a volver a la isla.

—¿Eso sería tan terrible? Sé que no estás loca por mí, pero la isla siempre te ha gustado.

—¡Tenemos tantos problemas, Nathan! ¡Y permanecer casados porque vamos a tener un hijo sería el error más grave de nuestras vidas!

—No para mí —afirmó él y le tomó las muñecas—. Escúchame bien, Mallory. Ese niño es tan tuyo como mío y no estoy dispuesto a ser uno de esos padres que se limitan a llevar a sus hijos de vacaciones y a visitarlos cada quince días.

Ella resopló con fuerza pero no dijo nada. Bien al contrario, se quedó mirando a su marido con los ojos abiertos, impresionada por la declaración que acababa de hacer.

—Termina con tu contrato si quieres —agregó Nathan—, pero después regresarás a la isla. A Angel Cove, para ser más exactos.

–¿Que yo qué? ¡No puedes obligarme a vivir contigo!

Él sonrió, aunque no había nada amigable en su expresión. Si antes había mirado a Mallory con angustia, ahora lo hacía con furia y desesperación.

–No te confundas, cariño. No tendrás que dormir conmigo ni comportarte como si fueras mi mujer, pero ten por seguro que vivirás bajo mi techo.

Ella estaba fuera de sí.

–¿Quién te crees que eres? –lo desafió, haciendo un esfuerzo por sonar amenazante.

Los ojos de Nathan se clavaron en los senos y el vientre de su esposa.

–Soy el padre de esa criatura –contestó, cerrando la discusión.

Mallory apenas probó la comida. No podía pensar en nada, salvo en el inflexible desconocido que tenía sentado enfrente. Sabía que hablaba en serio cuando había afirmado que se la llevaría a Angel Cove y que no la dejaría sola con el bebé.

En parte, su determinación le resultaba conmovedora. Pero a la vez le parecía muy irritante que Nathan creyera que podía controlar a todo el mundo con la misma facilidad con la que alquilaba restaurantes y aviones privados.

Durante todo el viaje de regreso a Seattle, permanecieron en silencio. Pero cuando Nathan aparcó en la puerta del edificio y le dio las llaves del coche al portero, Mallory se puso furiosa y se negó a salir del vehículo.

Él sonrió irónicamente y dijo:

—Piensa en tu dignidad, Mallory McKendrick. O en tu imagen, si prefieres. ¿Qué van a pensar los vecinos si ven que te llevo dentro cargada sobre uno de mis hombros?

Con un gruñido de frustración, ella accedió a salir del coche. En el ascensor lo miró con actitud desafiante.

—Si crees que vamos a vivir juntos, a dormir juntos, después de todo lo que ha pasado...

Nathan le tocó la punta de la nariz con un dedo.

—No te preocupes, no pienso forzarte a que hagamos el amor —aseguró y se encogió de hombros—. Aunque, tal vez, ni siquiera sea necesario que te obligue...

El comentario fue tan agresivo que Mallory perdió el control y lo abofeteó con toda la fuerza de su tristeza.

—Te odio —declaró.

—Lo sé.

En cuanto entraron en el piso, Nathan fue directo al bar.

Mallory se metió en el dormitorio principal, cerró la puerta con llave y se quitó la ropa. Desnuda y temblando de rabia, entró en el baño y abrió la ducha.

Regresó a la habitación media hora después, vestida con una camiseta de Nathan, y lo encontró tumbado sobre la cama, simulando que leía una revista.

A ella se le hizo un nudo en la garganta y sintió un extraño cosquilleo en la boca del estómago.

—¿Cómo has entrado? —preguntó.

Nathan sonrió alegremente, como si nunca hubieran discutido, como si entre ellos no existiera un abismo cada vez más hondo.

—Con la llave —respondió.

—Ahora me toca a hablar a mí, Nathan McKendrick...

Él hizo caso omiso de la advertencia. Se levantó de la cama y comenzó a desvestirse con naturalidad. Cuando terminó, arrojó la ropa sobre una silla, estiró los brazos y bostezó.

Mallory lo miraba atenta, recorriendo cada una de sus formas masculinas como si fuera la primera vez que lo veía desnudo. Tras un segundos de abstracción, recuperó la calma, abrió la puerta y se marchó a la cocina.

Se apoyó en el mármol frío de la encimera y comenzó a comer unos bombones de chocolate. En aquel momento, Nathan entró, se recostó contra la pared con los brazos cruzados y la miró con detenimiento. Acto seguido, se acercó a su mujer, y sin darle tiempo a reaccionar, empezó a acariciarle los muslos.

A pesar de que el roce la hacía temblar y de que sabía que se había sonrojado, Mallory alzó la barbilla en un gesto de orgullo y agarró otro bombón como si no pasara nada.

Él soltó una carcajada y negó con la cabeza. Después, le separó las piernas y ella ya no pudo seguir fingiendo indiferencia.

Unos segundos más tarde, Nathan le acarició el centro de su feminidad y ella gimió con de-sesperación.

—Tú y yo no deberíamos hablar nunca, Ma-llory —declaró con respiración entrecortada—. Está visto que, en cuanto dejamos de hacer el amor, nos declaramos la guerra.

Ella lo odió por lo que le estaba haciendo, pero por nada del mundo le habría pedido que se detuviera. Era demasiado placentero.

—Te odio... —murmuró.

Prácticamente recostada sobre la encimera, Mallory se quitó la camisa y ronroneó al sentir la lengua de Nathan en los los pezones.

—Eres tan suave, tan cálida, tan dulce ...—susu-rró él, con la voz ronca por la excitación.

Ella se aferró a los musculosos hombros de su marido. Lo deseaba y lo necesitaba con toda su alma.

–Nathan –suplicó–. Nathan, por favor...

Él rio con nerviosismo.

–¿Quieres hacerlo sobre la encimera de la cocina? –preguntó–. Siempre supe que eras una pervertida.

Mallory se estremeció.

–No pretenderás que lo hagamos en el suelo, ¿o sí? –respondió ella, en un susurro casi inaudible.

Nathan sonrió, la tomó en brazos y la llevó al dormitorio. Una vez allí, hicieron el amor apasionadamente.

Cuando él se durmió, Mallory se quedó mirándolo durante un buen rato y pensó que, aunque viviera cien años, nunca llegaría a comprender totalmente a aquel hombre.

Tanto en el restaurante como en el ascensor, se había comportado de forma dura y casi cruel. Y más tarde, como amante, había sido dulce y generoso. Pero más allá de la ternura que pudiera demostrar, sabía que no cambiaría de opinión. Aunque su matrimonio estuviera acabado, era consciente de que no permitiría que lo abandonara.

Mallory tenía sentimientos contradictorios. Por un lado, le atraía la perspectiva de estar cerca de su marido; y por otro, la ofendía que pretendiera imponerle sus condiciones a rajatabla. Nada justificaba que una persona quisiera controlar a otra de esa manera, dictaminando dónde, cómo y con quién debía vivir.

Como no podía conciliar el sueño, decidió levantarse y aprovechar su insomnio para repasar las escenas que debía grabar al día siguiente. Sin embargo, no le resultó nada fácil: No podía dejar de pensar en Nathan. A veces con rabia y a veces con un intenso amor.

XI

Cuando Mallory entró en la cocina a la mañana siguiente, Nathan ya estaba allí, charlando con el ama de llaves. Mallory se acercó a la cafetera y se sirvió una taza, pero su esposo se la cambió por un zumo de naranja. El gesto le pareció muy divertido a la señora Callahan, la asistenta, pero no así a ella, que los miró con cara de pocos amigos.

La empleada prefirió dejarlos solos y comenzó a acomodar las cosas que había comprado. Nathan se cruzó de brazos y sonrió.

—A partir de ahora, la cafeína está prohibida para ti —dijo él.

Mallory frunció el ceño pero enseguida comprendió que Nathan estaba tan preocupado por el bebé como ella. Hizo un gesto de desprecio hacia el café y se bebió el zumo de naranja sin protestar. Sin embargo, por muy hambrienta que estuviera, no estaba dispuesta a comerse el enorme desayuno que su marido y el ama de llaves le habían preparado. Aceptó tomarse una tostada pero se resistió a probar el resto.

Cuando Nathan se sentó frente a ella, listo para dar buena cuenta de dos huevos revueltos con panceta, Mallory pegó un salto y salió corriendo al cuarto de baño más cercano. Él la siguió, preocupado.

—¡Vete! —gritó ella, con fastidio.

Él no se marchó. Muy al contrario, le apartó el pelo y le alcanzó una toalla húmeda cuando terminó de vomitar.

—Como ves, me necesitas.

Ella lo miró de reojo.

—Te recuerdo que de no ser por ti, no tendría este problema.

Nathan soltó una carcajada y luego se encogió de hombros.

—Soy un hombre con infinidad de talentos.

Mallory no pudo contener la risa. El talento de su marido era innegable.

—No pensarás seguirme todo el día con una toallita húmeda en la mano, ¿verdad?

—Lo cierto es que no —contestó él, con ternura–. Pera esta noche es otro tema. Tengo que ir a ensayar, pero te pasaré a buscar por el estudio cuando termines.

Fiel a sus palabras, Nathan estaba esperándola en la puerta cuando ella salió de trabajar.

Aquel día se convirtió en el modelo de los que vendrían después. A partir de entonces, mientras Mallory estaba grabando un capítulo, él iba a una sala de ensayo para practicar con la banda. Pasaban las tardes juntos en una soledad poco habitual, oyendo música, viendo la televisión, haciendo el amor. Habían acordado una tregua temporal, aunque el único lenguaje que compartían realmente era el de sus cuerpos.

Ella seguía negándose a vivir en Angel Cove como Nathan pretendía. Por muy atractiva que le resultara la idea, no dejaba de parecerle un imposible y tenía la impresión de que, a pesar de su insistencia, él sentía lo mismo.

Los compromisos de Mallory con la telenovela terminaron justo un día antes del concierto de Nathan y Brad Ranner le organizó una gran fiesta de despedida. El salón del elegante hotel donde se celebraba el festejo estaba repleto de gente. Al parecer, todos los conocidos de Mallory habían sido invitados, con la notable excepción de Diane Vincent.

En el fondo, detestaba que la agasajaran tanto, pero estaba decidida a terminar de la mejor manera posible. Llevaba puesto un vestido negro muy elegante y sonreía de oreja a oreja.

—Vaya éxito, Mall, estoy impresionada —le susurro Trish al oído—. No cabe duda de que eres una auténtica estrella de televisión.

Su amiga estaba fascinada con los candelabros de plata y el empapelado de seda de las paredes, y no dejaba de hacerle comentarios a Alex cada vez que entraba alguna cara que le resultaba conocida.

En cambio, Kate hizo una de sus típicas apreciaciones mordaces.

—No permitas que se quede mucho tiempo en este manicomio —le advirtió a Nathan—, o la perderemos para siempre.

—Te he oído —la reprendió Mallory.

Nathan sonrió, pero no hizo comentarios. Aunque odiaba vestirse de etiqueta, estaba muy guapo con su esmoquin negro y su impecable camisa blanca.

Trish se llevó a Mallory aparte para comentarle que ya había realizado la mudanza de la casa pequeña de la isla, que habían talado los árboles de la entrada sin problemas y que los Johnson se instalarían en cualquier momento. Ella se sintió triste y ligeramente desolada. Tenía claro que cortar con aquella parte de su pasado era lo más sensato que podía hacer pero no por eso le dolía menos la pérdida.

El resto de la noche fue tan aburrido que a

Mallory se le hizo eterno. Cuando sirvieron la cena, las náuseas apenas le permitieron probar bocado. Después, Brad hizo un florido discurso de despedida que la hizo sonrojarse.

Durante un rato, Nathan la entretuvo con comentarios ácidos, codazos cómplices y muecas graciosas ante cada frase pomposa de Ranner.

—Mándalo al infierno, McKendrick —le susurro cuando Brad la llamó al escenario para que dijera unas palabras.

Por algún motivo, la idea de hablar en público la avergonzaba mucho más que actuar para varios millones de espectadores. Con las mejillas coloradas, Mallory caminó hasta el escenario, aceptó una placa de recuerdo, besó al director en la mejilla y pronunció algunas palabras de agradecimiento. Se sintió aliviada de poder regresar con Nathan. Le lanzó una mirada desesperada y él se puso de pie para retirarle la silla, con gesto galante.

Acto seguido, la mordió suavemente en el lóbulo y susurró:

—Perdón, preciosa, pero me he quedado con hambre y tú eres un manjar...

Ella soltó una carcajada y se tapó la cara con una servilleta para ocultar el rubor.

Mallory ni siquiera protestó cuando Nathan insistió en que se marcharan pronto de la fiesta, aunque todo indicaba que esta iba a continuar hasta la madrugada. Una vez en el Porsche, se sintió feliz de volver a casa.

Al pensar en ello, se le dibujó una sonrisa en la cara. Siempre había pensado que su hogar era la casa de la isla; sin embargo, su hogar no era ese sino cualquier lugar dónde estuviera Nathan.

—¿Por qué sonríes, Mall?

—Por nada —mintió ella—. Mañana es el gran concierto, ¿qué pasará después?

—Nos tomaremos un año sabático para descansar y componer —contestó, sin apartar la vista del camino—. Mallory...

A pesar de los problemas que los separaban de tanto en tanto, hacer el amor constantemente le había aportado a la relación una intimidad que no había tenido nunca. En virtud de esa complicidad, ella apoyó una mano sobre el muslo de su marido y preguntó:

—¿Qué?

—Lamento haberte dicho que tenías que vivir conmigo en la isla aunque no te gustara. Sé que no tengo derecho a pedirte nada semejante —hizo una pausa y aprovechó el semáforo en rojo para mirarla—. Estaba desesperado.

Mallory sintió una punzada en el corazón.

—¿Desesperado? —murmuró.

—Perderte a ti y al bebé me destrozaría, Mallory. Sé que tendremos que recorrer un largo camino para superar nuestros problemas matrimoniales pero, por favor, no me dejes.

A ella se le llenaron los ojos de lágrimas. En los seis años que llevaban casados, Nathan jamás se había mostrado tan vulnerable.

—La otra noche dijiste que no deberíamos hablar, solo hacer el amor. ¿Por qué nos peleamos tanto, Nathan?

El semáforo se puso en verde y él se concentró en la carretera.

—No lo sé —respondió—. Tal vez sería mejor que intentáramos averiguarlo para poder empezar de nuevo.

Al llegar al edificio, Nathan le entregó las llaves del automóvil al portero y caminó con Mallory hasta el ascensor. Durante el corto trayecto, se dedicó a observar cómo cambiaban los números de los pisos.

Después de ducharse, hicieron el amor en la cama, con el mágico y cambiante cielo del amanecer como telón de fondo.

Los dos alcanzaron el orgasmo, pero en cuanto recuperaron el aliento, una inquietante sensación de vacío desdibujó el placer que acababan de compartir.

Segura de que Nathan estaba despierto y tan inquieto como ella, Mallory le apoyó una mano en el pecho y preguntó en voz baja:

—¿Qué sucede?

Hubo un largo e incómodo silencio antes de que él respondiera, no con una afirmación sino con otra pregunta.

–¿De verdad querías dejar la serie, Mallory?

Ella se pasó una mano por la frente.

–Sí –contestó con total sinceridad.

Aunque la habitación estaba casi a oscuras, ella podía sentir la mirada de Nathan recorriendo cada rasgo de su cara.

–He odiado esa telenovela desde el principio –confesó él–. Pero si te he obligado a renunciar a algo que realmente deseabas hacer…

Mallory tuvo una horrible e inexplicable sensación. Era como si fueran los supervivientes de un terrible naufragio, aferrados a los restos del barco en medio de un mar revuelto.

–Tú no me has obligado a renunciar –replicó, rápidamente.

Sin embargo, ella sabía que por mucho que insistiera y por muchos besos que le diera para reafirmar lo que acababa de decir, él no estaba convencido.

La pareja tardó mucho tiempo en dormirse. Tras la felicidad que sentía por el embarazo, por haberse librado del tedio de las grabaciones y por la renovada complicidad con Nathan, Mallory escondía una sólida capa de tristeza. Cabía la posibilidad de que su marido la amara realmente, como aseguraba, pero también podía estar fingiendo.

Suspiró y le dio la espalda por miedo a que se diera cuenta de que estaba llorando. Sabía que Nathan deseaba que tuviera el niño y temía que ese fuera el verdadero y único motivo de que permanecieran juntos.

Cuando Mallory despertó al día siguiente, descubrió que estaba sola y entumecida de frío, aunque la calefacción del dormitorio estaba encendida.

Gracias a la medicación que le había dado Sarah, ya no sentía tantas náuseas al despertar. No obstante, aquel día se sentía enferma, pero por otras causas.

Concentrada en sus pensamientos, se sobresaltó al ver aparecer a Pat en la puerta de la habitación.

—¡Hola, señora embarazada! —exclamó su cuñada.

De repente, Mallory se puso a llorar.

Su cuñada se acercó lentamente.

—¿Qué pasa? ¿Por qué te pones así?

Ella moqueó y se secó las lágrimas con la sábana.

—No es nada —aseguró—. Ya sabes cómo es esto: como si hubieran metido todas mis hormonas en una mezcladora de cemento.

Pat soltó una carcajada y, más tranquila, se sentó en el borde de la cama, con las manos en los bolsillos.

—Nathan ha tenido que salir —comentó.

Después, miró a su alrededor con extrañeza y añadió:

—¿Por qué parece esta habitación un campo de batalla?

Mallory se sentó y miró a la ventana. El rocío matinal se había evaporado y el cielo parecía bordado con pequeños arco iris. Como no dijo nada, Pat insistió.

—Algo anda mal. Nathan y tú estáis viviendo juntos y esperáis un hijo, pero algo va definitivamente mal. Y no trates de engañarme, cariño, porque me conozco tus tretas.

Mallory apeló a todo lo que había aprendido en la escuela de teatro y sonrió.

Odiaba mentirle a su cuñada, pero no se sentía en condiciones de revelarle sus emociones más íntimas.

—Tanto Nathan como yo seguimos un poco afectados por los problemas que hemos tenido últimamente, Pat. Eso es todo.

—Sí, claro —replicó la otra, escéptica y furiosa.

Si bien Mallory le había contado el desastre del cobertizo a Brad, no estaba dispuesta a involucrar a la hermana de Nathan en esa historia, porque sería cargarla con un peso injusto e innecesario.

—Tu hermano se ha ido a ensayar, ¿verdad? —dijo para cambiar de tema.

—Ya conoces a Nathan. Si algo no le suena bien, insiste una y otra vez...

Ella asintió, suspirando. Nathan podía hacer una actuación deslumbrante con o sin ensayo previo pero era un músico obsesivo y perfeccionista. De hecho, Mallory se compadecía de lo que la banda tendría que padecer hasta que salieran a tocar.

—¿Cómo va la venta de entradas? —preguntó, distraída.

Pat frunció el ceño.

—¿No sabes que se agotaron el primer día? Vas a ir, ¿no es cierto? Al concierto, quiero decir.

Mallory la miró a los ojos con cierto asombro.

—¿Cómo no voy a ir?

—Nathan me ha dicho que tal vez estarías ocupada...

Mallory se sorprendió mucho. Sabía lo importante que era para él ese concierto y le parecía inconcebible que pudiera dudar de ella de esa forma. El dolor la empujó a contestar con ironía.

—Cierto, tengo que ir a jugar a los bolos —comentó con ironía—. Aunque supongo que la federación me perdonara si no me presento.

—Mallory...

Ella apretó los puños y golpeó la cama con fuerza.

—¡Tu hermano es un imbécil! ¿Qué clase de esposa cree que soy?

Pat no estaba dispuesta a soportar otra pataleta de su cuñada.

—¡Ya basta, Mall! Lamento haberlo mencionado, pero tampoco es tan grave.

Mallory se quitó las mantas de encima y se sentó en el borde de la cama.

—Esa rata...

La hermana de Nathan se puso de pie, con la cara encendida de rabia.

—Con cuánta facilidad te enfureces, Mallory. ¿Es una deformación profesional o una característica personal de siempre?

Ella miró a Pat con desprecio y se encerró en el cuarto de baño. Media hora más tarde regresó al dormitorio y lamentó descubrir que su cuñada ya no estaba.

Fue a la cocina y, mientras untaba queso fundido en una rebanada de pan, se maldijo por haberse comportado tan mal con Pat, que siempre había estado a su lado cuando ella la necesitaba.

Después de comerse casi todo el pan, Mallory cambió el albornoz por unos vaqueros, una camiseta blanca y una chaqueta de cuero. No quería entrometerse en el último ensayo, pero sabía que probablemente Pat estaría ahí y quería disculparse con ella cuanto antes.

Quizá porque eran de Seattle, los guardias de

seguridad del estadio donde iba a tocar la banda, la reconocieron y la dejaron pasar sin problemas. Se dirigió rápidamente al auditorio y se estremeció al oír la hermosa balada que su marido estaba interpretando. Cuando terminó la canción, metió las manos en los bolsillos de la chaqueta y avanzó por un pasillo lateral hacia el pequeño grupo de personas que se habían sentado en la primera fila. Nathan estaba tan concentrado en hablar con sus músicos que ni siquiera notó la presencia de Mallory.

Tal como ella había supuesto, Pat estaba allí, rodeada de otras mujeres y recostada en su asiento. Mallory le tocó el hombro tímidamente.

—¿Pat?

Pat se puso de pie y la miró.

—Hola, Mall.

—¡Lo siento tanto! —declaró ella, con lágrimas en los ojos.

—Yo también

Acto seguido, Pat la abrazó.

—Es muy conmovedor veros tan unidas —protestó Nathan por el micrófono—, pero comprenderéis que estamos intentando trabajar.

Mallory agachó la cabeza, pero Pat se volvió hacia el escenario y sacó la lengua con la impunidad propia de una hermana menor.

Nathan soltó una sonora carcajada. Al ver su reacción, el resto de la banda comenzó a reír.

—¿De modo que así controlas al temible Nathan McKendrick? —exclamó Mallory, mirando a su cuñada con admiración.

—Una patada en los tobillos de vez en cuando también sirve —le confió Pat.

Mallory rio entre dientes y le dio una palmadita en el hombro.

—Me largo de aquí ya mismo porque, con o sin patada en los tobillos, tu hermano estará insoportable todo el día. ¿Me perdonas?

A Pat le brillaron los ojos.

—Solo si antes me perdonas tú.

—De acuerdo.

Acto seguido, Mallory se dio media vuelta y se marchó. En cuanto cruzó las puertas del auditorio, apareció Diane Vincent con cara de tristeza y resignación.

—Espero que ahora estés feliz, Mallory —dijo.

Ella levantó la barbilla.

—¿Por qué lo dices? —preguntó.

—Le has cortado las alas —replicó Diane, frunciendo el ceño—. Se pudrirá en esa maldita isla y será por tu culpa.

Mallory se frenó antes de contestar. Se dijo que Diane podía ser la amante de Nathan, pero ella no tenía por qué darle explicaciones.

—Le estás arruinando la vida, Mallory.

Ella dio un paso al lado para irse, pero la otra mujer se interpuso en su camino. En los cautivantes ojos de Diane había una expresión de pena inocultable.

—Por lo menos yo lo amo lo suficiente como para dejarle hacer lo que quiere —continuó—. Por favor, Mallory... ¡Nathan necesita la música para vivir!

—Sí, claro, y tú estás especializada en atender sus necesidades, ¿no es así? —afirmó ella, sarcástica.

Diane sonrió con malicia.

—¿Todavía no te has dado cuenta de que necesita a una mujer tan dinámica y vital como él?

Mallory lo había pensado muchas veces; sin embargo, no iba a permitir que Diane le hablara de esa manera. Miró a su bella enemiga con ferocidad y respondió:

—¿Y tú? ¿Todavía no te has dado cuenta de que los hombres como Nathan coquetean con las mujeres como tú, pero se casan con las que son como yo?

El golpe había sido certero: Diane estaba derrotada y a punto de llorar. A pesar de lo mucho que detestaba a aquella mujer, Mallory no se sentía orgullosa de lo que había dicho.

Tras salir del ensayo, se pasó dos horas curioseando en las tiendas de artículos para bebés del centro de Seattle. Había imaginado que la actividad la animaría, pero el encuentro con Diane le había estropeado el día. Anhelaba llegar a la isla para disfrutar de la paz del lugar en compañía de Nathan.

Sin pensarlo, llamó a un taxi y regresó a su piso. Al llegar, se encontró con que la señora Callahan estaba pasando la aspiradora a las habitaciones mientras cantaba una de las canciones de Nathan, haciendo alarde de sus dotes de soprano.

Mallory aprovechó que la mujer estaba distraída y corrió a su habitación sin saludar. Cerró la puerta y se acurrucó en la cama durante media hora, como si fuese un animal herido ocultándose en su madriguera.

No podía dejar de imaginar a Diane y a Nathan haciendo el amor en una habitación de hotel, besándose en una playa de Australia a la luz de la luna o acariciándose en el camerino después de un concierto. Para empeorar todo, Diane le había dicho que escribiría un libro para contarle al mundo esas escenas con lujo de detalles.

Mallory cerró los ojos y se meció con desesperación. Se preguntaba si sería capaz de soportar ver el libro de Diane por todas partes y de vivir en Angel Cove, sabiendo que aquella mujer era su vecina más cercana.

Cuando llegó la hora de cenar, Mallory no tenía apetito. Sin probar la comida que había dejado preparada la asistenta, se vistió para ir al concierto y se marchó. Cuando se encontró con

Pat, Trish y Kate en el lugar que habían conve-
nido, seguía de pésimo humor.

Mallory se desesperó al ver la cantidad de
gente que había entre bastidores porque temía
no llegar a abrazar a Nathan antes de tener que
marcharse con sus amigas. Pero de repente, él
apareció entre la multitud, vestido con un pan-
talón de cuero y una camisa blanca. A Mallory
la asaltaron unos sorpresivos celos conyugales y
se sintió tentada de abrocharle la camisa, abierta
provocativamente.

—Hola —dijo ella.

Nathan le acarició una mejilla y sonrió con
expresión tierna.

—Has venido...

Mallory torció el gesto, herida.

—¿Por qué creías que no vendría?

Él se encogió de hombros, pero en sus ojos
negros se podía adivinar una sombra de tristeza.

—Pensé que estarías deseando volver a la isla.

—No tanto como para perderme algo tan importante, Nathan —declaró con voz trémula.

Acto seguido, se puso de puntillas para besarlo
y añadió:

—¡Buena suerte, cariño!

El cantante sonrió y le acarició la cabeza con
ambas manos.

—Todo va a salir bien —afirmó—. Te lo prometo.

Ella estaba deseando que las cosas salieran bien, pero sabía que no podía permitir que el deseo le nublara la razón. Afuera, él público rugía con un entusiasmo ensordecedor. Había cientos de mujeres hermosas gritando el nombre de Nathan y Mallory comprendió que, aunque la desgarrara, tendría que compartirlo con ellas por un rato.

En silencio, rozó la boca de su marido con un dedo, se dio media vuelta y se alejó.

–Las chicas se están impacientando –comentó Trish mientras Mallory se sentaba a su lado–. ¿Qué pasa que Nathan no sale?

Ella se encogió de hombros y miró a su alrededor con preocupación. El público tenía una actitud insolente, casi hostil, y había demasiada gente gritando.

Pensó que era porque no querían que él dejara de tocar, aunque solo fuera durante un año, y comprendió que por nada en el mundo debía admitir que ella era el motivo principal de su retirada.

En aquel momento, el escenario se oscureció y el auditorio vibró con una expectación asombrosa. Cuando las luces se encendieron de nuevo, Nathan estaba ahí y la multitud gritó al unísono. Con un ágil movimiento, el cantante tomó el micrófono y, con voz sensual, murmuró:

–Hola, gente. Me alegra veros aquí.

La concurrencia comenzó a aplaudir y a gritar desaforadamente.

Él inclinó la cabeza y esperó a que se calmaran. En cuanto se hizo un poco de silencio, se oyeron las súplicas de las fans.

—¡Nathan, no te vayas!

—Volveré, cariño —prometió él.

Una vez más, el público respondió con ruidosa devoción y Mallory sintió que los celos le punzaban el corazón. Le costaba soportar la comunión de Nathan con sus admiradoras y cuando comenzó a cantar, se sintió como un barco a la deriva.

Por fortuna, la oscuridad le proporcionaba cierto anonimato. Kate le sugirió que esperara entre bastidores y ella se alegró de contar con una amiga tan perspicaz a su lado, pero prefería permanecer allí. A fin de cuentas, Nathan no había comentado durante la conferencia de prensa anterior al concierto que ella fuera la causa de su retirada, así que nadie la creía culpable.

A pesar de ello, el público se comportaba como un examante resentido y ávido de venganza. Mallory se hundió en el asiento, asustada de que, cuando el concierto terminara, los focos la enfrentaran a la masa furiosa.

Tres canciones más tarde, sus peores sospechas se confirmaron. Una mujer de la fila inmediatamente anterior le susurró a su compañera que había leído en una revista que la retirada de Nathan era culpa de la bruja que tenía por esposa.

El ambiente parecía ponerse más peligroso con cada canción y, al final, la furia contenida era tan tangible que el cantante levantó los brazos y les indicó a los músicos que dejaran de tocar. Mientras la concurrencia gritaba encolerizada, él se fue a un lateral y le susurró algo a uno de los técnicos.

Después, regresó al centro del escenario, dijo un par de palabras tranquilizadoras y empezó una nueva canción.

La muchedumbre comenzó a calmarse cuando vio que dos guardias de seguridad escoltaban a Mallory hasta la salida más cercana. La brillante luz del pasillo vacío resultaba tan estremecedora como los gritos de la gente.

De pie y flanqueada por los dos hombres que la protegían, Mallory se maravilló al notar el cambio de actitud del público.

Uno de los guardias de seguridad la tomó del brazo gentilmente y dijo:

—Mallory, tengo orden de llevarla a casa de inmediato. Lo siento.

Mall se sintió muy decepcionada.

—¿No podría esperar detrás del escenario? —preguntó, afligida.

—Lo siento —repitió el hombre y aclaró—. Nathan

quiere que esté fuera de peligro lo antes posible y yo no puedo contradecirlo.

Por un momento, Mallory pensó en la posibilidad de resistirse, pero luego se dio cuenta de que no tenía sentido. Probablemente, aquel hombre preferiría llevarla a la fuerza antes de incumplir la orden de Nathan. Mientras entraba en el coche, odió a los admiradores de su marido.

De vuelta en el piso, Mallory se quitó la ropa que había llevado al concierto y se puso un vestido blanco. Después, se cepillo el pelo y se lo recogió en una coleta, tal como le gustaba a Nathan. Se dijo que tal vez la horda de fanáticos le había ganado esa batalla, pero que no había ganado la guerra. Nadie le iba a impedir que asistiera a la fiesta que darían después del recital ni le iba a negar el derecho de estar al lado su marido.

El concierto terminó a las once y cuarto; Mallory lo supo al ver las luces de cientos de coches alejándose del estadio.

Estaba mirando por la ventana cuando se sobresaltó al oír el timbre del teléfono. Era Nathan. Tenía la voz ronca por el cansancio y la preocupación.

—¿Estás bien? —preguntó sin preámbulos.

—Sí —dijo ella, sorprendida—. Nathan, dime dónde podemos encontrarnos e iré enseguida...

—No.

Mallory se sintió furiosa y decepcionada a la vez.

—¿Por qué?

—Quédate donde estás, Mallory —le ordenó—. Regresaré a casa tan pronto como pueda.

Antes de que ella pudiera oponerse, Nathan cortó la comunicación.

Frustrada, herida y molesta, no tuvo más alternativa que obedecerlo. No sabía dónde se celebraba la fiesta y en Seattle había tantos locales que podía pasarse toda la noche intentando localizarlo. Durante largo rato caminó por el dormitorio y luego se fue al salón, se tumbó en el sofá con el ceño fruncido y encendió la televisión.

El telediario había empezado y el comentarista de espectáculos no dejaba de elogiar el concierto de Nathan. Sola, Mallory farfulló su propio comentario, bastante menos halagüeño que el del reportero en la pantalla.

Después, mostraron algunas escenas del concierto y una toma de un agobiado y enfadado Nathan corriendo a un costado del escenario, con los ojos brillantes y la cara sudorosa por el esfuerzo de más de dos horas de espectáculo.

—¡Esto ya es demasiado! —gritó Mallory al televisor—. ¿No pueden hablar de la guerra o algo así?

Muy al contrario, Nathan estaba de nuevo en

la pantalla, aunque esta vez ya duchado y cambiado. A su lado, asomaba la brillante y orgullosa cabeza de Diane Vincent. Asombrada, Mallory apagó la televisión y se hundió en el sofá, demasiado alterada para llorar, gritar o moverse.

A las tres de la madrugada, Mallory sintió que Nathan se metía en la cama. Su esposo suspiró y se durmió casi de inmediato.

—No esta noche, Diane —murmuró él, entre sueños.

A la mañana siguiente, Nathan se despertó tarde. Pero estaba tan agotado que necesitó varios minutos antes de poder abrir los ojos. Y cuando lo hizo, vio que Mallory lo estaba mirando furiosa mientras refunfuñaba algo incomprensible. Aunque se hallaba a su lado, parecía encontrarse a kilómetros de distancia. Todo indicaba que no quería que le hablase ni que la tocara.

En aquel momento, Nathan supo que su esposa había visto el telediario de la medianoche. Se acercó a ella y trató de explicarle que Diane, con su habitual audacia, se había detenido junto a él y sonreído a la cámara, y que él la había apartado de un codazo. Pero Mallory se alejó de él bruscamente, con los ojos llenos de odio.

—Cariño, escúchame…

Ella lo abofeteó.

Aunque el golpe había sido fuerte, Nathan aguantó el dolor sin rechistar y le sostuvo la mirada. Después, la agarró por las muñecas para evitar una segunda agresión.

—Al margen de lo que hayas visto en el telediario —explicó—, Diane no vino conmigo a la fiesta, Mallory. Sencillamente eligió un momento inoportuno para situarse junto a mí.

Ella levantó la barbilla con un gesto desafiante y lo miró con desprecio.

—Ya me había dado cuenta —dijo.

—¿Y entonces por qué me has pegado? —reclamó Nathan, sin soltarle las muñecas.

—¡No quiero hablar de eso!

Él resopló con frustración y la liberó.

—Mallory...

—¡Piérdete!

Con un rápido movimiento, Nathan la cargó sobre sus hombros pero, como siempre, se cuidó de no lastimarla. Incluso en medio de una discusión, la deseaba con locura.

—No voy a bajarte hasta que empieces a hablar, Mallory.

Ella forcejeó y protestó, furiosa, y con sus movimientos no hacía más que intensificar el deseo que Nathan estaba tratando de contener.

—¡Déjame en paz! —gritó.

—¡Mallory, habla de una vez!

–Eres un mentiroso, un tramposo... –gruñó, con lágrimas en los ojos.

El llanto hizo que el desesperado deseo que él sentía por ella se transformara en una necesidad de animarla y protegerla.

–¿Cuándo te he mentido yo? ¿Cuándo te he engañado?

Mientras movía la cabeza de lado a lado, Mallory no dejaba de sollozar. Nathan recordó que estaba embarazada y aflojó la presión que estaba ejerciendo sobre sus caderas.

–Por favor, Mall –suplicó–, dime qué sucede.

Ella gimió y le dio varios puñetazos en la espalda. Él permaneció inmutable; tal y como había dicho, no estaba dispuesta a soltarla hasta que le contara lo que sucedía.

–Te odio, Nathan. No imaginas cuánto te odio.

A él se le hizo un nudo en la garganta. Cerró los ojos por un momento y trató de mantener la calma.

–Por favor... –insistió con tono lastimero.

Cuando abrió los ojos, Mallory lo estaba mirando.

–¡No te hagas el inocente!

Derrotado por la situación, Nathan la soltó y se apartó de ella.

–Soy inocente –contestó.

–¡Mentiroso! ¡Hablas en sueños, Nathan, y he oído perfectamente lo que decías!

Él suspiró, se sentó de espaldas a su mujer y hundió la cabeza entre las manos.

—¿Qué he dicho?

Mallory tardó algunos segundos en responder. El silencio se hizo eterno e insoportable.

—«No esta noche, Diane» —repitió finalmente.

Él se volvió a mirarla.

—Estás deseando encontrar alguna excusa para odiarme, ¿verdad, Mallory?

Ella no pudo mirarlo a los ojos ni contestar y, en ese momento, Nathan supo que no habría modo de convencerla de que el comentario que había hecho, estando dormido, no significaba nada. Nunca había hecho el amor con Diane ni jamás había considerado la posibilidad de hacerlo.

Lentamente, se dirigió al cuarto de baño con la esperanza de que una ducha caliente lo ayudara a sentirse un poco mejor. Sabía que si perdía a Mallory, también perdería a su hijo.

Desconsolado, apoyó la frente en la pared de la ducha y comenzó a llorar.

La semana siguiente fue horrible para Mallory. Sin el trabajo en la telenovela, no tenía ningún motivo para permanecer en Seattle. Tampoco podía huir a su casa de la isla porque ahora era la casa de los Johnson. Ya no podía ocultarse allí para llorar y estar cerca de cosas que le recordaban momentos más felices de su vida. Además, Nathan vivía en la isla y no quería arriesgarse a encontrarse con él porque estaba convencida de que la había engañado.

Día tras día, hacía verdaderos esfuerzos por arrancarse del corazón el amor que sentía por él; y día tras día, este renacía como una flor terca y resistente.

Mallory recordaba perfectamente la tarde en que, tras hacerse una fotografía en el mercado de Pike Place, le había confesado a Nathan que quería odiarlo. Había pasado mucho desde entonces, pero seguía sin saber por qué.

Mientras miraba la foto, recordó las palabras de Nathan: «estás deseando encontrar alguna excusa para odiarme, ¿verdad, Mallory?».

Apenada, apoyó el portarretratos en la mesa del despacho y dijo, en voz alta:

—Sí.

Después, tomó una fotografía de sus padres. En la imagen estaban de pie en la cubierta de su velero, felices y orgullosos del enorme salmón que acababan de pescar.

Mallory sintió rabia al verlos tan sonrientes. No les había perdonado que hubieran muerto, dejándola sola a pesar lo mucho que los quería y de lo mucho que los necesitaba.

Entonces se quedó sin aliento. Acababa de

comprender que había estado haciendo lo imposible por arruinar su matrimonio porque tenía miedo de que Nathan también muriera y la dejase sola y con el corazón destrozado.

Desesperada por verlo, tomó el bolso y un abrigo y salió del ático sin mirar atrás.

XII

La casa de Angel Cove era tan imponente en la oscuridad como a plena luz del día. A Mallory casi se le paró el corazón al verla. Le había pasado lo mismo cuando de niña la había descubierto mientras exploraba la isla. En aquella época, era un lugar lleno de magia y misterio, que llevaba décadas vacío y despertaba toda clase de fantasías en Trish y en ella. Años después, buscando escapar de la locura en la que vivía, el famoso cantante Nathan McKendrick había comprado la propiedad y contrató a un ejército de carpinteros y decoradores para que la reformaran.

Mallory había conocido a Nathan aquel verano y se había enamorado de él a primera vista.

Antes de que llegara el invierno, ya se habían casado.

En ese instante, de pie frente a la puerta principal, Mallory tenía las manos en los bolsillos del abrigo y respiraba hondo, tratando de armarse de coraje para llamar.

Habría sido mucho más fácil darse la vuelta, subir al coche y alejarse a toda prisa. Pero llevaba demasiado tiempo huyendo y era hora de que afrontara la situación.

Cuando Nathan abrió la puerta, Mallory cerró instintivamente los ojos. Estaba convencida de que la rechazaría.

Pero no la rechazó.

—Abre los ojos, Mallory —le ordenó, con tranquilidad.

Ella obedeció, pero no pudo mirarlo. Acto seguido, él la tomó de la mano y, con delicadeza, la hizo pasar al vestíbulo.

Era evidente que Nathan no pretendía hacerla sufrir pero, al parecer, tampoco estaba dispuesto a allanarle el camino. De hecho, se cruzó de brazos y la observó con detenimiento.

Mallory se mordió el labio y se obligó a hablar.

—¿Cinnamon está aquí? —preguntó, finalmente.

Nathan sonrió de medio lado.

—¿A eso has venido, Mall? ¿A buscar a la perra?

Ella entrecerró los ojos por un segundo.

—Si estás tratando de ponerme las cosas difíciles, lo estás consiguiendo.

Él soltó una carcajada y la tomó de la mano.

—Lo siento —se disculpó.

Después, la guio por el largo y oscuro pasillo que conducía a la cocina. La luz estaba encendida y, al entrar, Mallory vio a la perra en una esquina, jugando con un enorme hueso.

Nathan señaló a Cinnamon y dijo:

—Ahí la tienes.

—¡Este animal no tiene escrúpulos! —protestó ella.

—No, ninguno.

Conmovida por la naturalidad de la escena, Mallory se volvió a mirar a su marido y suspiró.

—Te amo con toda mi alma, Nathan McKendrick —declaró con voz trémula.

Con un movimiento rápido, él la atrajo hacia él; el roce del jersey contra la nariz la hizo estornudar. Nathan le alzó la barbilla con un dedo para que volviera a mirarlo y ella pudo leer las palabras en los ojos de su marido aún antes de que las pronunciara.

—Y yo te amo a ti.

Impulsada por la fuerza del deseo, Mallory se apretó contra él. El contacto con su cuerpo fornido era una sensación agradable y perturbadora a la vez.

Nathan gimió, complacido.

—Hablando de falta de escrúpulos, ¿sabes lo que me haces sentir cuando me abrazas de esta forma?

Los ojos de Mallory brillaron con malicia.

—Tengo una vaga idea —confesó.

Nathan inclinó la cabeza hacia un lado y la miró con recelo.

—No quisiera arruinar este momento, amor, pero si has venido hasta aquí en plan represalias, te advierto que no pienso permitirlo.

Mallory frunció el ceño.

—¿Represalias? ¿De qué estás hablando, Nathan?

—De esto. Sabes que me destrozaría que vinieras hasta aquí, hicieras el amor conmigo y luego te marcharas otra vez.

Ella le acarició los labios con un dedo.

—¿De verdad piensas que quiero lastimarte?

Nathan se encogió de hombros, tratando de ocultar la tristeza que sentía.

—Nadie podría lastimarme tanto como tú. Si lo que buscas es venganza, estaré encantado de atender a tus abogados.

Mallory se apartó bruscamente, dolida por sus palabras. Si la hubiera abofeteado, le habría causado menos dolor.

—¿Mis abogados? —repitió ella—. ¿Nathan, qué te sucede?

—Óyeme bien, Mallory: te amo y te necesito, pero estoy cansado de tantos juegos estúpidos —

declaró con firmeza–. O eres mi esposa, vives conmigo y compartes mi cama, o eres mi amiga y nada más. La elección es tuya. Si decides quedarte, recuerda que nunca he hecho el amor con Diane, que jamás te he sido infiel y que no pienso tolerar ni una sola escena de celos más. ¿Estamos de acuerdo?

Ella movió los labios, pero no dijo nada.

–Vete o quédate, cariño –continuó mientras le acariciaba la espalda–, pero si sales por esa puerta esta noche, no quiero que vuelvas nunca más.

La dureza de las palabras de Nathan le resultó irritante, pero Mallory sabía que tenía razón. Había que tomar una decisión definitiva y respetarla. Cuando por fin consiguió hablar, le temblaba la voz.

–¿No te parece que estás siendo un poco arbitrario?

Él suspiró y deslizó las manos para aferrarle el trasero y atraerla hacia sí.

–Déjate de rodeos, mujer –dijo con el aliento entrecortado–. ¿Te mando de regreso a Seattle o te hago el amor?

Mallory se ruborizó por la sinceridad de Nathan. Además, la vigorosa prueba de su deseo le presionaba en el vientre y le impedía pensar con claridad.

–Esto se llama coerción –protestó.

Nathan comenzó a besarla desde la sien hasta

el lóbulo de la oreja y, con la voz cargada de necesidad, susurró:

—Yo no he dicho que tuviera intención de jugar limpio.

Ella se estremeció. Sabía lo que quería hacer mucho antes de que él le abriera la puerta de Angel Cove, antes incluso de salir de Seattle. No tenía sentido seguir simulando una duda que no existía, así que respiró hondo y murmuró:

—Si no te molesta, me quedaré.

Trish y Mallory se divertían fingiendo caras de solemnidad mientras Pat les pedía el enésimo consejo sobre uno de los vestidos de novia que se estaba probando.

—Demasiados volantes —opinó Mallory.

—Pocos, en mi opinión —comentó Trish.

Pat miró con ferocidad a las espectadoras repantigadas en el sofá de la sala y exclamó:

—¡No me estáis ayudando nada!

Las dos amigas se miraron de reojo y empezaron a reír a carcajadas.

Mallory se había cruzado de piernas en el sofá y se acariciaba el vientre, hinchado por el embarazo; el bebé estaba muy bien y a ella se la notaba radiante y feliz.

Sonrió y volvió a inspeccionar el vestido de su cuñada.

—Te queda precioso. De hecho, creo que este es el vestido perfecto.

—Yo también —dijo Trish—. Por supuesto, el mío me quedaba mucho mejor, pero qué puedo decir salvo que algunas tenemos cuerpos más agraciados...

Las tres festejaron la broma y Mallory se miró la barriga. Aunque todavía faltaban cuatro meses para el parto, ya estaba lo bastante grande como para impedirle disfrutar de su buena figura.

—Me reservo los comentarios…

—Haces bien, gorda —replicó Pat.

Trish cerró los ojos y suspiró histriónicamente.

—¡Y apenas es abril! Para cuando llegue agosto, tendrás que contratar una grúa para moverte.

Mallory le dio un golpecito en el brazo a su amiga y simuló que se había ofendido.

—¡Nathan dice que estoy preciosa!

—¿Y él qué sabe? —contestó Trish.

Pat no pudo contener la risa.

—Quizá deberíamos llamar a una organización ecologista para avisarle de que hay una ballena encallada en la sala.

Mallory pateó el suelo con dramática indignación y las miró con gesto reprobatorio.

—¿Cuándo vais a dejar de decirme que estoy gorda? —protestó—. ¡Me vais a destrozar el ego!

La hermana de Nathan alzó un poco la barbilla y sonrió.

–Si te quedas sin ego, cuñada, róbale un poco a Nathan, que tiene demasiado.Y en cuanto a las bromas sobre tu figura, dejaremos de hacerlas cuando puedas verte los pies de nuevo.

Mallory soltó una carcajada y el bebé se movió en su interior. En aquel momento, pensó que jamás había sido tan feliz en su vida.

Las otras mujeres intercambiaron un par de miradas y sonrieron.

Después, Pat se marchó a una de las habitaciones para quitarse el vestido y volver a los vaqueros.

Trish le acarició la mano a Mallory.

–Bromas aparte, amiga mía, estás preciosa. Sé que suena a frase hecha, pero de verdad estás radiante.

–Gracias –dijo.

Trish frunció el ceño y miró hacia la habitación en la que Nathan se había encerrado.

–¿Tu marido sigue vivo? Hay quien dice que le pegaste con un paquete de langostinos congelados en la cabeza y que escondiste el cuerpo en el sótano.

Mallory sonrió ante el comentario de su amiga y se acarició el anillo de boda.

–Ha estado algo callado últimamente, ¿no?

Acto seguido, suspiró y en voz baja le confió a su amiga:

–No se lo cuentes a nadie, pero está componiendo la banda sonora de una película. Es maravilloso.

—No lo dudo, Mall, ¿pero qué hay de ti? ¿No echas de menos actuar?

Ella negó con la cabeza.

—Estoy dando clases en la escuela. La profesora titular está enferma y me han llamado para que la reemplace. Créeme, es mucho más divertido que participar en una telenovela.

Su amiga sonrió.

—Tú te diviertes con cualquier cosa. ¿Desde cuándo es divertido estar rodeada por una horda de adolescentes?

—¡Son encantadores! —protestó Mallory—. El otro día, por ejemplo, tenían que traer algo de su casa para enseñárselo al resto de la clase y uno de los chicos llevó una manzana llena de gusanos...

Trish la observaba con afecto y preocupación.

—Eres increíble, McKendrick. Hablas en serio al decir que no echas de menos la televisión…

—Sinceramente, nunca me divertí. No hubo un solo día de grabación en el que sintiera un entusiasmo comparable al que siento dando clase.

En aquel momento regresó Pat, vestida con tejanos y una camiseta vieja. Llevaba la caja con el vestido de novia bajo el brazo.

—¿Te molesta si me llevo la bicicleta para ir a la estación, Mall?

Trish se puso de pie y dijo:

—Deja que te lleve con el coche. De todas formas, me tengo que ir a trabajar. Voy a llegar con retraso...

—Gracias.

Pat estaba feliz de poder pasar la tarde con su futuro esposo.

Con una sonrisa de oreja a oreja, se inclinó y besó a Mallory en la frente.

—Hasta luego, cuñada. Ah, y no dejes que mi hermano trabaje demasiado, ¿de acuerdo?

Era mayo y el tiempo era muy bueno. Mallory se había sentado en el borde del muelle de madera de la casa de la isla, con los pies descalzos bailando sobre el agua y disfrutando del paisaje. El cielo azul cobalto se reflejaba en el agua, a lo lejos se adivinaban los picos nevados de las montañas y había gaviotas por todas partes.

Mallory se acarició el vientre y se alegró de saber que su bebé crecería en un lugar maravilloso. Después, miró de reojo hacia el dúplex donde Diane había vivido hasta el mes anterior, cuando decidió abandonar sus delirios de escritora para convertirse en representante de una banda de punk-rock.

—¿Quieres estar sola o puedo hacerte compañía? —preguntó Nathan.

Mallory no lo había oído llegar y se volvió para mirarlo.

Como ella no dijo nada, él se sentó a su lado. Después, suspiró, se metió las manos en los bolsillos de la chaqueta y admiró el espectacular paisaje que los rodeaba.

—Si tuviera que decir cómo imagino el paraíso —dijo él—, probablemente describiría este lugar y este momento.

Mallory asintió conmovida y apoyó la cabeza en su hombro.

—¿Cómo vas con la música de la película?

Nathan soltó una carcajada cansina.

—¿Quién puede trabajar en este lugar? Cada vez que trato de escribir una nota, aparece un cocinero flanqueado por dos legiones de floristas.

Mallory sonrió y lo besó en la mejilla.

—Me alegro de que la boda sea mañana —confesó—. Pat está histérica.

Él hizo una mueca de resignación y rodeó a su mujer con brazo.

—¿Pat está histérica? —se burló—. Yo estoy histérico. ¿Qué pasa si me olvido de lo que tengo que decir?

Mallory estaba muerta de risa.

—Lo único que tienes que hacer es llevar a tu

hermana hasta el altar y responder cuando el cura te pregunte...

—¿Quién entrega a esta mujer en matrimonio? —agregó Nathan, tratando de darle un tono clerical a la frase.

—Exacto. Si has sido capaz de conquistar a la realeza británica con tus inspiradas canciones, no deberías preocuparte tanto por tres palabras.

Los ojos negros de Nathan se llenaron de una repentina e inquietante seriedad. Miró hacia el horizonte y preguntó:

—¿Crees que Pat será feliz?

Ella le dio un golpecito en el brazo.

—Deja de preocuparte. Pat ya no es una adolescente enamoradiza, es una mujer adulta perfectamente capaz de reconocer al hombre indicado para ella.

Nathan apartó la vista de las montañas y volvió a mirar a su mujer con dulzura y esperanza.

—¿Y qué hay de ti, Mallory? ¿Eres feliz? ¿Has escogido al hombre correcto?

Ella simuló que buscaba algo a su alrededor.

—Claro que sí, estaba por aquí, no sé dónde...

Él la tomó de la barbilla para que lo mirara.

—Cariño, hablo en serio…

A ella se le hizo un nudo en la garganta.

—Nunca había sido tan feliz —confesó.

Era cierto, Mallory estaba disfrutando de aquellos momentos más de lo que había disfrutado en toda su vida. Era feliz no solo cuando hacían el amor sino también con cada una de las situaciones cotidianas, cuando salían a pasear por la isla, o a comer al sol en el jardín, o mientras miraban viejas películas en video.

Él inclinó la cabeza para besarla.

—No siempre has sido feliz, ¿verdad? —preguntó.

Ella suspiró y se concentró en el reflejo del sol en el agua.

—No —admitió—. A veces siento que éramos como dos copos de nieve sobre las olas. Nuestro amor era bello y especial pero, como los copos de nieve, en cuando tocaba algo más grande, se derretía.

La poesía era algo fundamental para Nathan y al oír la imagen que describía su esposa, sonrió con tristeza.

—Copos de nieve sobre las olas —repitió, mirándola a los ojos—. ¿Nunca se te ocurrió pensar que esos copos no dejan de existir del todo? Mallory, se convierte en una parte permanente de algo más grande, una parte de algo eterno, fundamental y muy pero muy bello.

Una tímida sonrisa se dibujó en el rostro de ella y las lágrimas de emoción le nublaron la vista.

—Te amo —dijo.

Nathan se puso de pie y la ayudó a levantarse,

fingiendo que era una tarea titánica. Las carcajadas de Mallory resonaron en el aire como el tañido de una campana de cristal.

Mallory estaba en la sacristía, tratando de anudarle la pajarita a Nathan. Mientras tanto, la sala de la pequeña iglesia vibraba con las voces expectantes de los invitados y de algunos de los periodistas que se habían colado.

—¡Estate quieto! —le ordenó a Nathan—. Roger es el que debería estar nervioso, no tú.

Él miró de reojo la enorme pamela de Mallory y, con el ceño fruncido, preguntó:

—¿Esa cosa tiene también un sistema de ventilación?

Mallory soltó una carcajada y, como si fuera una modelo, desfiló por toda la estancia enseñando los elementos de su atuendo: un vestido de seda morado, zapatos del mismo tono y un ramo de violetas silvestres.

Nathan seguía incómodo.

—Todo tiene que salir bien —gruño—. ¿Qué pasaría sí…?

Mallory lo interrumpió y tomó su cara entre las manos.

—¡Cálmate, Nathan!

Él rio mientras meneaba la cabeza.

—No puedo.

Con un suspiro, Mallory terminó de arreglarle la pajarita y sugirió:

—Ya sé… Piensa que es un concierto.

En ese preciso instante entró Roger seguido por el cura. El novio miró aterrorizado a su futuro cuñado y suspiró con fuerza.

Cuando Nathan vio que Roger estaba tan inquieto como él, se tranquilizó. Mallory notó que aflojaba los hombros y adivinó la sombra de malicia que había en sus ojos.

—¡No te burles de ese pobre hombre! —lo reprendió.

Nathan sonrió ante la suspicacia de su esposa.

—¿Me crees capaz de algo semejante?

—Por supuesto —replicó ella.

El sacerdote, un anciano que llevaba décadas en la isla y que también había casado a los McKendrick, carraspeó para indicarles que había llegado la hora.

—¡Mucha suerte! —le deseó Mallory a su marido.

Acto seguido, se marchó de la habitación para reunirse con Pat en la entrada de la iglesia. Al ver a su cuñada, se emocionó.

—¡Pat, estás preciosa!

El sol, que entraba por la ventana y se reflejaba en las perlas bordadas del vestido, le daba un aire mágico y angelical. Sin embargo, el verdadero brillo estaba en el rostro feliz de la novia.

—Ay, Mall, estoy asustada...

Mallory abrazó a su cuñada.

—Respira hondo —sugirió.

Pat le hizo caso pero se notaba que seguía tan nerviosa como antes.

—¿Qué pasaría si me desmayo? ¿O si se me olvida lo que tengo que decir?

Mallory soltó una carcajada.

—Eres igual que tu hermano. No te vas a desmayar, Pat, y sé que has memorizado todos y cada uno de tus votos.

La novia se estremeció.

—¡No tendríamos que haberlos escrito nosotros! —se lamentó, con pánico—. Tendríamos que haber permitido que el cura los leyera en su libro. Así solo tendríamos que haber repetido lo que él decía y...

—¡Patricia! —la regañó.

Su cuñada cerró los ojos y se hundió en su brazo. Al oír los primeros acordes de la marcha nupcial, los volvió a abrir y sonrió.

—¡Es la hora!

Mallory rio al verla tan exultante.

—¡Buena suerte, McKendrick! —le deseó.

Después, las dos mujeres se dirigieron a la puerta de la iglesia para reunirse con Nathan.

Unos segundos más tarde, Mallory recorrió el camino hacia el altar del brazo del padrino de Roger.

Estaba orgullosa de ser la madrina y avanzaba con paso firme a pesar de su avanzado embarazo, mordiéndose el labio para no reír. Por el rabillo del ojo, pudo ver a un periodista apuntando notas en una libreta, pero no le dio importancia. Le habría incomodado que la fotgrafiaran en ese estado, pero sabía que Nathan y el sacerdote se habían ocupado en persona de echar a los fotógrafos.

Al llegar al altar, ella y el padrino se separaron y, al igual que Roger, se volvieron para esperar la entrada de la novia.

Mallory sintió que se le paraba el corazón mientras Pat y Nathan avanzaban hacia ellos. Él estaba serio y concentrado, y su hermana casi relucía bajo el velo de tul. Cuando Nathan la rozó con la manga de su traje, Mallory le guiñó un ojo para darle confianza. Él respondió con una sonrisa.

—¿Quién entrega a esta mujer en matrimonio? —preguntó el párroco, arqueando una ceja.

Nathan respiró hondo y, sin pensar, deslizó un brazo alrededor de la cintura de su mujer.

—Yo —respondió alto y claro.

El cura asintió y les indicó que podían tomar asiento.

Mallory sonrió por la manera en que Nathan la había incluido en la situación. En ese momento, el sacerdote comenzó a hablar.

—Queridos hermanos, no hemos reunido hoy aquí...

La casa y el jardín de Angel Cove estaban llenos de invitados. Mallory tenía los pies hinchados y comenzaba a sentirse cansada y nerviosa. Nathan notó el malestar de su mujer, se acercó en silencio, la alzó en brazos y la alejó del lugar.

—Creo que deberías descansar un rato —sugirió, con voz firme y tierna a la vez.

Mallory protestó diciendo que Pat querría que se quedara, pero la mirada de su esposo la convenció de lo contrario. Además, era cierto que se encontraba muy cansada y que estaba deseando tener un poco de tranquilidad, así que no siguió insistiendo.

Sin prestar atención a los invitados, Nathan llevó a Mallory hasta el muelle y solo la dejó cuando llegaron a la cubierta del Sky Dancer, el precioso velero.

—¿Qué hacemos aquí? —preguntó ella, mirando a su alrededor con asombro.

Él sonrió y soltó las amarras de la embarcación.

—Nos estamos escapando —anunció.

Unos minutos después, el velero navegaba majestuosamente por la bahía, dejando una estela de espuma a su paso. Mallory se sentó impaciente juntó a Nathan, llena de alegría y algo desconcertada.

Llegaron hasta una pequeña y solitaria cala, apagaron el motor y echaron el ancla. Nathan tomó a Mallory del brazo y la llevó al camarote del velero. Estaba más equipado y arreglado de lo que solía estar. Por debajo del cobertor de la amplia litera asomaban unas sábanas de seda y los ojos de buey tenían cortinas nuevas.

Nathan señaló a la cama, arqueó una ceja y dijo:

—Aunque me muero por desvestirte, no lo voy a hacer. Regresaré dentro de cinco minutos, Mallory, y espero encontrarte durmiendo.

Tras decir eso, salió del dormitorio.

Con la certeza de que su marido la amaba, deseaba y consentía como a una princesa, Mallory se quitó la ropa que se había puesto para la boda y suspiró aliviada. La piel le pedía a gritos que se recostara en las suaves sábanas de seda, así que también se quitó la ropa interior y se metió en la cama con un gesto de profunda satisfacción.

Tal como le había prometido, Nathan regresó a los cinco minutos y frunció el ceño al ver que no estaba durmiendo.

—Me duelen los pies —explicó ella.

Él se sentó en el borde de la cama, todavía vestido con el esmoquin, y apoyó los pies de Mallory sobre su regazo. Cuando comenzó a masajearlos, ella gimió complacida.

El ambiente era fresco pero no lo suficiente como para apaciguar el calor que sentía Mallory por las caricias de su marido.

—Hazme el amor, Nathan —le suplicó.

—Eres insaciable —bromeó él—. Lo siento, corazón, pero ahora mismo, estás demasiado cansada y demasiado embarazada.

—Demasiado gorda, querrás decir.

Él rio y se puso en pie.

—Demasiado gorda dices...

Acto seguido, quitó las mantas y se arrodilló para besarle las doloridas piernas.

Mallory ronroneó y se dejó llevar por las caricias de su marido, el agradable contacto de las sabanas de seda y el suave vaivén de la embarcación.

Nathan le besó dulcemente las rodillas y comenzó a ascender por sus muslos.

—Nathan...

Él le acarició el abultado vientre y la miró a los ojos.

—No insistas, Mall.

—Primero me provocas y luego pretendes que me duerma como si nada. Eres muy malo conmigo.

Nathan rio alegremente y deslizó una mano entre las piernas de su esposa.

—Hacer demasiadas veces el amor no es bueno cuando se está cansado…

Mallory echó la cabeza hacia atrás y arqueó la cadera contra él. Nathan, entonces, comenzó a acariciarle el clítoris.

Agosto. Nathan no podía creer que el tiempo hubiera pasado tan deprisa.

Miró al bebé que se encontraba detrás del cristal y escudriñó su rostro buscando algún parecido con él o con Mallory. En su opinión, no se parecía a ninguno de los dos.

—¿Y bien?¿Cuál es el veredicto? —preguntó su esposa, desde la silla de ruedas.

Nathan sonrió y la miró. Su rostro todavía mostraba huellas de cansancio, porque el parto había resultado bastante difícil para ella; de hecho, los médicos le habían recomendado que no tuviera más hijos, pero Mallory se lo había tomado con su habitual fortaleza.

—¿A quién se parece nuestro pequeño McKendrick? —insistió.

—¿Es que siempre te vas a referir a él por su apellido? Tenemos que ponerle un nombre…

—Bueno, tu hermana está empeñada en que lo llamemos Ike, como Ike Eisenhower…

Nathan rio y se arrodilló junto a la silla de ruedas para poder tomarla de la mano.

—Bueno, ya se le quitará esa idea de la cabeza.

Mallory apartó la mirada.

—Ya sabes que no podré tener más niños…

Nathan le acarició el cabello.

—Pero mira que eres difícil de contentar. ¡Si ya tenemos a Ike!

Su mujer le sonrió con renovada esperanza.

—Sí… Y nos tenemos el uno al otro.

Nathan la besó brevemente, con cariño y repitió:

—Por supuesto que sí. Nos tenemos el uno al otro.

Mallory estaba entre bastidores, con el niño en brazos, mirando al oscuro escenario. Estaba tan ansiosa como los miles de seguidores de Nathan que se habían reunido en el Kingdome aquella lluviosa noche de febrero. Y cuando los focos se encendieron e iluminaron al músico, el lugar se llenó de gritos y aplausos.

Nathan estaba perfecto con su camisa roja y sus pantalones negros. Alzó los brazos para saludar a la concurrencia, en un gesto triunfante y modesto a la vez, y los ojos de Mallory se llenaron de lágrimas.

Estaba muy orgullosa de él y se alegró de que hubieran tomado la decisión correcta: Nathan

McKendrick necesitaba la música y debía volver a los escenarios.

Unos segundos más tarde, su grupo comenzó a interpretar los primeros acordes de una de sus canciones más famosas, una canción de amor que Nathan interpretó sentado en un taburete. Automáticamente, todo el mundo se quedó en silencio.

Mallory pensó que aquel era su hombre y sonrió. Hasta el bebé lo hizo.

—En efecto, es tu padre…

Uno de los técnicos de sonido la miró entonces y dijo:

—Es increíble. Acaba de empezar la primera canción y ya tiene al público en el bolsillo.

Mallory asintió y no dijo nada. Además, el hombre llevaba cascos puestos y seguramente no la habría oído.

Nathan dio uno de los mejores conciertos de su vida, y cuando acabó estaba cubierto de sudor. Sus seguidores aplaudieron a rabiar y comenzaron a pedir que cantara otra canción, pero fiel a su costumbre, no hizo ningún bis.

Mallory lo vio desde lejos. Nada más salir del escenario, había tomado una toalla para secarse el sudor. Sin embargo, ella no intentó aproximarse; habían quedado en que se encontrarían más tarde, cuando la gente se marchara, y que alguien iría a buscarlos.

Él no quería correr el riesgo de que se produjera alguna situación difícil, como en el concierto anterior.

El técnico de sonido que se había dirigido a ella se quitó en ese momento los cascos y se acercó.

—Es un bebé precioso...

El bebé lo miró con los ojos muy abiertos y se puso a llorar.

—Vaya, qué puedo decir...

—No te preocupes, no pasa nada.

Mallory tranquilizó a su hijo y se sentó en un banco cercano.

El concierto había reunido a mucha gente y sabía que pasaría un buen rato antes de que se marcharan.

Minutos después aparecieron Pat, Roger y dos guardias de seguridad, que los llevaron al bebé y a ella al ático de Seattle en una limusina. Mallory solo quería cambiarse de ropa y ver de nuevo a su esposo.

Los dos guardias se quedaron discretamente en el vestíbulo del edificio mientras ella subía a cambiarse.

Pat y Roger se habían presentado voluntarios para quedarse a cuidar del bebé aquella noche, así que Mallory se puso un vestido de color azul, unos zapatos de tacón alto y una chaqueta.

Cuando volvió a bajar, los guardias la llevaron

a la suite del hotel donde se celebraba la fiesta posterior al concierto, y no se alejaron de ella hasta que Nathan consiguió abrirse camino entre la marabunta de promotores, músicos, periodistas e invitados en general.

Al verla, sonrió y le tendió una mano. Y Mallory O'Connor avanzó, más feliz que nunca, hacia él.

MÁS QUE AMANTES

LINDA LAEL MILLER

I

Haciendo un gran esfuerzo para concentrarse en su trabajo, Sharon Morelli entornó los ojos mientras colocaba en una percha un salto de cama de gasa exactamente a dos centímetros y medio de la siguiente prenda. Hacía esto para paliar el aburrimiento en aquellos días en que casi ningún cliente entraba en su tienda de lencería. Estaba tan absorta en su tarea que casi saltó cuando descubrió que un par de ojos la miraban por encima de la barra y una voz profunda dijo:

–Seguramente hay poco trabajo.

Sharon se llevó una mano al corazón, que le latía violentamente; aspiró y luego dejó escapar el aire. Tony no dejaba de sorprenderla, a pesar del hecho de que hacía varios meses que se habían divorciado.

—El trabajo va muy bien —dijo ella con brusquedad, y se colocó detrás del mostrador, donde trató de parecer ocupada con un montón de recibos que ya había revisado.

Sin levantar la vista, advirtió que Tony la había seguido y que estaba muy cerca de ella. También se dio cuenta de que llevaba unos desgastados pantalones vaqueros y una camisa azul desabrochada hasta la mitad del pecho, aunque nunca habría admitido haberse fijado en tales detalles.

—Sharon —dijo él con la serena autoridad que le caracterizaba como jefe de una próspera empresa constructora y como el padre de los dos hijos que tenía.

Ella se obligó a mirarle a la cara.

—¿Qué? —volvió a decir Sharon con brusquedad.

Ahora le tocaba a ella vivir en la casa con Briana y Matt y lucharía por ese derecho si Tony le ponía algún inconveniente.

Tony se cruzó de brazos.

—Tranquilízate —dijo él.

De pronto, a Sharon la tienda le parecía demasiado pequeña para dar cabida a su evidente masculinidad.

—Estamos trabajando a unos cuantos kilómetros de aquí, así que he venido a decirte que Matt está castigado y deberá permanecer en casa durante la semana y que Briana se encuentra con mamá... el dentista la atendió ayer, así que le duelen las muelas.

Sharon suspiró y cerró los ojos un momento. Se había esforzado mucho por superar su resentimiento hacia la madre de Tony, pero había veces en que ya no podía más. ¡Maldita sea! Después de todo el tiempo transcurrido, todavía le dolía que Briana fuera hija de Carmen y no suya.

La hermosa Carmen, a quien tanto había llorado la señora Morelli. Once años después de su trágica muerte en un accidente automovilístico, la familia de Tony no dejaba de lamentar ese hecho.

Para sorpresa de Sharon, una mano fuerte y bronceada la hizo alzar la barbilla.

—Oye —habló Tony en voz baja y con amabilidad—, ¿qué he dicho?

Era una pregunta razonable, pero Sharon no podía contestar, sin sentirse una tonta. Apartó la cara y trató de serenarse para volver a mirarle a los ojos. Si existía algo de lo que ella no tenía deseos de hablar, era de la actitud de amable rechazo de María Morelli hacia ella.

—Te agradecería que recogieras a Bri y la llevaras a casa cuando termines de trabajar —dijo ella con voz débil.

El titubeo de Tony resultó elocuente. No entendía la renuencia de Sharon a pasar con la madre de él más del tiempo absolutamente necesario.

—De acuerdo —dijo él al fin con voz ronca antes de salir.

Sharon le echó mucho de menos.

Sintió alivio cuando cerró la tienda, cuatro horas más tarde. El verano tocaba a su fin. Había llegado el momento de llevar a los niños de compras para que empezaran el nuevo curso.

Sharon aspiró el aire fresco y se sintió mejor. Pasó por delante de diversas tiendas, un par de restaurantes y una oficina de correos. Port Webster, situado en el Puget Sound del estado de Washington, era un pueblo pequeño y pintoresco que no paraba de crecer.

En su camino hacia la casa que Tony y ella habían diseñado y planeado para compartir para siempre, pasó cerca del puerto, pero Sharon no le dirigió ni una sola mirada.

En ese momento pensaba en la situación absurda en que Tony y ella se encontraban. Sharon odiaba vivir unos días en su apartamento y otros en aquella espléndida casa estilo Tudor de la calle Tamarack, pero los abogados encargados del divorcio habían sugerido ese plan para dar a los niños estabilidad emocional.

Sharon sospechaba que ese arreglo hacía que

todos se sintieran tan confusos como ella, aunque nadie lo había confesado. Resultaba difícil recordar quién se suponía debía estar en qué lugar y cuándo, pero sabía que iba a tener que aprender a vivir con esos líos. La alternativa sería entablar una larga y amarga lucha para decidir el asunto de la custodia de los pequeños, y en lo que se refería a Briana, ella no tenía ningún derecho. Tony simplemente podría negarse a permitirle ver a la niña, y eso no lo podría soportar.

Por supuesto, él no había mencionado nunca aquella posibilidad, pero tratándose de un divorcio, cualquier cosa podía suceder.

Cuando llegó a la casa, que se encontraba al final de un largo camino, Matt estaba jugando en la entrada. Con sus ojos y pelo oscuros era, a sus siete años de edad, una versión en pequeño de Tony.

Cuando vio a Sharon, al niño se le iluminó la cara.

—Me he enterado de que te han castigado y no puedes salir de casa —dijo ella, después de haber intercambiado un fuerte abrazo con el chiquillo.

Matt asintió con expresión triste.

—Sí —admitió—. Pero no es justo.

—¿Qué has hecho exactamente? —preguntó a su hijo.

Matt vaciló un momento.

—He tirado los pececitos de colores de Briana a la piscina —confesó el niño con expresión sombría—. ¿Cómo iba a saber que el cloro les haría daño?

Sharon suspiró.

—Tu papá ha tenido razón al castigarte.

Antes de que Matt pudiera decir algo, la señora Harris, que se encargaba de limpiar la casa y ayudaba a Sharon a atender a los niños, apareció en la sala de estar y saludó a la recién llegada con una amplia sonrisa.

—Bienvenida a casa, señora Morelli —dijo.

Sharon le devolvió el saludo antes de disculparse para ir a la planta alta.

Entrar en la habitación que había compartido con Tony no le resultó más fácil que la primera noche que había pasado allí, después de su separación. Eran muchos los recuerdos.

Decidida, Sharon se quitó el collar y el vestido de seda que llevaba cuando se encontraba en la tienda y se puso unos pantalones vaqueros y una camiseta.

Mientras se vestía, hizo un inventario mental de su aspecto. Tenía el pelo castaño con reflejos dorados, una figura esbelta y grandes ojos color miel. Era bajita, solo medía un metro y cincuenta y tantos centímetros, y sus muslos tal vez eran un poco delgados. Suspirando, Sharon se arrodilló para buscar en el armario su par favorito de playeras.

Una risa ahogada la hizo volver la cabeza. Tony estaba en la puerta de la habitación con cara risueña.

Sharon se sintió cohibida.

—¿Te produce algún placer sobresaltarme, Morelli? —preguntó ella.

Su exesposo se sentó en el borde de la cama y adoptó una expresión de afligida inocencia. Incluso se llevó una mano al corazón.

—Aquí estaba —comenzó a decir con tono dramático—, congratulándome por haber superado toda mi herencia como macho italiano no acongojándote, y tú me hieres con una pregunta como esa.

Sharon siguió buscando sus playeras. Cuando las encontró, se sentó en el suelo para ponérselas.

—¿Dónde están los niños? —preguntó ella, cambiando de tema.

—¿Por qué lo preguntas?

El aspecto de Tony era atractivo. Tan atractivo que los recuerdos invadieron la mente de Sharon, quien, sonrojándose, tuvo que mirar hacia otro lado.

Tony rio al adivinar los pensamientos de ella con tanta facilidad como lo había hecho al inicio de su vida matrimonial, cuando las cosas eran menos complejas.

Sharon se encogió de hombros y se puso delante del tocador. Comenzó a cepillarse el pelo. El calor invadió su cuerpo al recordar algunas de las veces en que Tony y ella habían hecho el amor en aquella habitación, al final de la jornada...

Entonces Tony se colocó detrás de ella, puso con suavidad sus fuertes manos sobre los hombros femeninos y la hizo volverse para poder abrazarla. Sharon echó la cabeza hacia atrás cuando los labios masculinos descendieron sobre los suyos. Sus sentidos se encendieron cuando la besó y la apretó más contra él. Sería tan fácil cerrar la puerta y entregarse a él. Era muy hábil para provocar su respuesta.

—No podemos —dijo ella con desesperación.

Tony estaba todavía muy cerca de ella y no había quitado las manos de los hombros femeninos.

—¿Por qué no? —preguntó con voz hipnótica.

Sharon no pudo responder. La salvó la aparición de Briana en la puerta.

A los doce años de edad, Briana era ya una hermosa niña. Su pelo de color caoba le caía por la espalda como una cascada y sus ojos marrones tenían destellos dorados.

Sharon quería a la niña como si fuera su verdadera madre.

—Hola mi amor —saludó a la pequeña, pudiendo ahora escapar de los brazos de Tony. Con ademán maternal, puso una mano sobre la frente de la niña–. ¿Cómo te sientes?

–Fatal –respondió la chiquilla–. Me duelen todos los dientes. ¿Te ha dicho papá lo que Matt ha hecho a mis peces de colores? Ha sido un genocidio.

–Te compraremos más peces –le dijo Sharon, poniendo un brazo alrededor de los hombros de Bri.

–Matt le comprará más peces –dijo Tony, un poco impaciente, mientras salía de la habitación–. Nos veremos en el siguiente relevo de la guardia –añadió, y se fue.

Sharon experimentó una conocida sensación de desconsuelo, pero luchó contra ella asumiendo su papel de madre.

–¿Alguien tiene hambre? –preguntó minutos después, cuando se encontraba en la enorme cocina.

–¡Vamos a comer pizza! –sugirió Matt.

–Qué idea tan pésima –dijo lloriqueando Bri, y miró con ojos implorantes a Sharon–. ¡Mami, soy una persona que está sufriendo!

Matt abrió la boca para decir algo, pero Sharon alzó las dos manos en demanda de silencio.

–Callaos los dos –dijo–. No vamos a ir a ninguna parte esta noche. Cenaremos aquí.

Se dirigió a un armario para sacar unas latas que había escondido allí.

—A la abuelita le daría un ataque al corazón si supiera que nos das de comer eso —comentó Bri, mientras ponía la mesa.

—Lo que no sepa no le hará daño —dijo Sharon.

Después de la cena, cuando ya los platos se encontraban en el lavavajillas y había sido destruida toda evidencia de comida enlatada, surgió el tema del colegio. El verano estaba a punto de terminar.

Matt iba a empezar tercero y Briana séptimo.

—¿Qué os parece si mañana vamos a comprar la ropa para el colegio? —dijo Sharon.

—Ya hemos ido de compras con la abuelita —dijo Mat. Bri le miró enfadada.

Sin duda se había dado a conocer un secreto.

Sharon se sintió herida. Desde hacía varias semanas esperaba con ansia realizar esas compras. Para ella y los niños era siempre un acontecimiento. Iban a una de las grandes galerías de tiendas de Seattle, comían en un restaurante especial y para terminar entraban en algún cine.

—¿Cuándo habéis ido? —preguntó Sharon.

Matt pareció confundido. No comprendía buena parte de lo que había estado sucediendo desde el divorcio de sus padres.

—El fin de semana pasado —confesó Briana, disculpándose—. La abuelita nos dijo que habías estado muy ocupada con el trabajo en los últimos días...

—¿Muy ocupada? —repitió Sharon.

—Con la tienda y todo lo demás —aclaró Briana.

Sharon se sintió decepcionada. Tenía ganas de llorar.

Cuando Matt y Bri se fueron a ver la televisión, pensó en llamar por teléfono a Tony. Él contestó cuando el aparato sonó por tercera vez.

El alivio que sintió Sharon le hizo olvidar la ira. Tony no había salido para acudir a alguna cita amorosa. Por supuesto, aún era temprano.

—Soy Sharon —dijo ella con firmeza—. Y antes de que te entre el pánico, déjame decirte que esta no es una llamada de emergencia.

—¡Qué bien! ¿Qué tipo de llamada es? —preguntó Tony; parecía distraído.

Sharon supuso que estaría cocinando.

—Vas a pensar que es una tontería —dijo, después de respirar hondo—, pero no me importa. Tony, había planeado llevar a los niños de compras para adquirir la ropa que necesitan para el colegio, como hago siempre. Era importante para mí.

Hubo un momento de silencio.

—Mamá pensó que te hacía un favor —dijo Tony.

«Pobrecita mamá», pensó Sharon, «con su

montón de fotografías sobre el televisor». Fotografías de Tony y Carmen.

—No soy ninguna persona incompetente —
dijo ella, pasándose los dedos de una mano por
el pelo.

—Nadie ha dicho que lo seas —afirmó Tony.

Sharon estaba tan enfadada que no se sentía
con la confianza suficiente para hablar.

—Háblame, Sharon —dijo Tony con amabilidad.

Si no hacía lo que él le pedía, Tony se preocuparía y se presentaría allí.

Sharon no estaba segura de si podría enfrentarse a él en ese momento.

—Tal vez no haga todo a la perfección —logró
decir—, pero puedo cuidar a Briana y Matt. Nadie
tiene por qué intervenir y sustituirme como si
yo fuera una tonta.

Tony dejó escapar un suspiro discordante.

—Sharon...

—¡Maldita sea, Tony, no me trates con condes-
cendencia! —le interrumpió ella.

Tony era la paciencia personificada. Sharon
sabía que él se mostraba comprensivo para que
ella quedara mal.

—¿Quieres escucharme, mi amor?

Sharon se enjugó las lágrimas. Hasta ese momento ni siquiera se había dado cuenta de que
estaba llorando.

—No me hables así —protestó ella, sin convicción—. Estamos divorciados.

—Por Dios, ojalá no fueras la mujer más testaruda que he conocido...

Sharon colgó el teléfono con suavidad. No le sorprendió que el aparato sonara inmediatamente.

—¡No vuelvas a hacer eso! —exclamó Tony, furioso.

No era tan perfecto, después de todo. Sharon sonrió.

—Lo siento —mintió ella con voz dulce.

Cuando terminó de hablar con Tony, Sharon decidió llevar a los niños a la casa de la isla por la mañana. Tal vez le vendrían bien algunos días en la playa.

Llamó a Helen, su empleada, para explicarle lo del cambio de planes.

A los niños les encantaba visitar la casa de madera. Se pusieron tan contentos ante tal perspectiva que se fueron a la cama sin replicar.

Sharon leyó hasta que tuvo sueño. Luego subió y se dio una ducha. Cuando salió del baño, envuelta en una toalla, recordó el momento en que Tony y ella se habían besado, horas antes. Sabía que iba a pasar una noche intranquila.

Taciturna, se puso un pijama, agarró una colcha ligera y una almohada y volvió a la planta baja. Ciertamente no era la primera noche en que los recuerdos la sacaban de la habitación, y tal vez no sería la última.

Sharon se acostó en el sofá cama del estudio y tomó el mando a distancia de la televisión.

Llenaron la pantalla las imágenes de una canal especializado en viejas películas. Aparecieron Joseph Cotten y Ginger Rogers mirándose a los ojos mientras bailaban.

—¿Estará Fred Astaire enterado de eso? –murmuró Sharon.

Sharon no estaba de humor para ver escenas amorosas.

Apagó el televisor, luego la lámpara que se encontraba sobre la mesita junto a ella y se metió debajo de la colcha. Bostezó varias veces y se revolvió en el lecho, sabiendo que no podría conciliar el sueño.

Respiró hondo y comprendió por qué no podía dormir. Las sábanas olían un poco a la loción que Tony usaba después de afeitarse. No existía escapatoria: no podía dejar de pensar en él.

Por la mañana Sharon se encontraba de mal humor. Se aseguró de que los niños habían preparado ropa adecuada para la visita a la isla y sirvió el desayuno. De repente, llegó Tony.

—Adelante –le dijo secamente Sharon.

—Me encontraba cerca de aquí –dijo él, como si estuviera un poco avergonzado, mientras que

Briana y Matt, gritando de alegría, se precipita-
ron hacia él. Parecía que hacía meses que no se
veían.

—¡Vamos a ir a la isla! —exclamó Matt.

—¡Y vamos a pasar allí tres días! —añadió Briana.

Tony miró a Sharon con expresión interrogante.

—Magnífico —dijo con una sonrisa rígida.

Cuando los niños salieron para meter sus bolsas en el coche, Sharon sirvió café a Tony en su
taza favorita.

—Iba a decírtelo —afirmó ella.

Él tomó un sorbo de café antes de decir nada.

—¿Cuándo? ¿Cuando ya hubierais vuelto?

—Estás dando mucha importancia a esto, ¿no?
—dijo ella, saliéndose por la tangente.

Tony se encogió de hombros.

—Cuando saques a los niños de la ciudad me
gustaría saberlo.

—De acuerdo. Tony, voy a sacar a los niños de
la ciudad.

Los ojos de Tony echaban chispas.

—Gracias —dijo, y se dirigió al estudio.

Tenía un verdadero tino para descubrir cosas
que Sharon no quería que supiera.

Salió desconcertado.

—¿Has dormido abajo?

Sharon lamentó no haber hecho la improvi-
sada cama. Tardó un momento en responder.

—Estuve viendo una película de Joseph Cotten y Ginger Rogers.

—¿El televisor de nuestra habitación no funciona?

Sharon apoyó las manos en su cintura.

—¿De qué se trata? ¿De un ajuste de cuentas? Me apetecía dormir abajo, ¿de acuerdo?

Él sonrió, amable pero un poco triste. Por un momento pareció que iba a confiarle algo a Sharon. Sin embargo, terminó de tomarse el café y salió para hablar con los niños.

Sharon subió a la planta alta para preparar sus cosas.

Cuando bajó, los niños habían terminado de desayunar y Tony se había ido. Sharon experimentó alivio y desilusión a la vez. Había sido un mal comienzo, pero estaba decidida a salvar el resto del día.

Sin embargo, la suerte no parecía estar de su parte. El crédito de que disponía en su tarjeta casi se había terminado. La tienda de comestibles estaba repleta y, en el trayecto hacia el muelle para tomar el transbordador, se pinchó una rueda del coche.

Era media tarde y las nubes cubrían el cielo cuando Sharon subió el coche al transbordador que comunicaba Port Webster con Vashon Island. Briana y Matt compraron unos bollos de canela y fueron a la cubierta superior para arrojar migas a las gaviotas. Sharon los contempló a través de la ventana. Pensó en lo hermosos que eran los dos niños y sonrió.

Briana era un bebé cuando su joven y confundido padre se casó con ella y había cambiado los pañales a la niña y la había cuidado conforme iba creciendo como si fuera su verdadera madre.

Cuando el transbordador llegó a su destino, Sharon se sobresaltó: el corto viaje había terminado y el futuro esperaba.

II

Mientras tenía en un brazo una bolsa de comida, Sharon forcejeaba con la cerradura de la puerta trasera de la cabaña de madera.

—¡Mami, me estoy mojando! —se quejó Briana a sus espaldas.

Sharon se mordió el labio inferior y dio un fuerte empujón a la puerta.

Inmediatamente, un extraño ruido llegó a sus oídos. Dejó los víveres sobre la barra de la cocina y encendió las luces, mientras Bri y Matt buscaban lo que producía el ruido.

—¡Toda la alfombra está mojada! —exclamó Bri.

—No toquéis los interruptores —les advirtió

Sharon, y corrió hacia el baño, de donde surgía aquel río.

Un tubo de debajo del lavabo se había roto. Sharon se arrodilló para cerrar la llave de paso.

—¿Qué voy a hacer ahora? —se preguntó en voz baja, apoyando la frente en el mueble del lavabo. Al instante, las playeras y la parte inferior de los pantalones que llevaba quedaron empapados.

Sonó el teléfono en el momento en que se ponía de pie. La voz de Matt se oyó en el oscuro interior de la casa de verano que Tony y ella habían comprado después de que la empresa de la familia de él consiguiera un contrato especialmente lucrativo, tres años antes.

—Sí, hemos llegado bien aquí, si no tenemos en cuenta que pinchamos por el camino. Es fabuloso, papi, debe de haberse roto un tubo o algo así porque hay agua por todos lados...

Sharon respiró hondo, dejó escapar el aire y luego fue hacia la sala y quitó el auricular a su hijo.

—Yo no diría que esto es fabuloso —dijo Sharon a su exesposo, mientras miraba a Matt.

Tony hizo algunas preguntas pertinentes y Sharon las contestó. Sí, había encontrado el origen de la fuga; sí, había cerrado la llave de paso; sí, la casa estaba inundada.

—¿A quién llamo entonces? —quiso saber ella.

—A nadie —respondió Tony, categórico—. Tomaré el siguiente transbordador.

—Me parece que no sería una buena idea —comenzó a decir ella, pero él colgó—. ¿Tony?

Rápidamente, Sharon marcó su número, pero saltó el contestador automático. Dejó un mensaje referente a lo que pensaba de él y su actitud despótica; luego colgó con brusquedad.

Bri y Matt la miraron con los ojos muy abiertos. Tenían el pelo y la ropa empapada. Sharon se sintió culpable. Comenzó a explicarles por qué estaba enfadada con Tony, pero se dio por vencida.

—¿Qué puedo decir? —murmuró—. Quitaos los zapatos y los abrigos y subiros al sofá.

La lluvia golpeaba monótonamente las ventanas y hacía frío en la habitación. Decidida, Sharon fue hacia la chimenea y encendió el fuego.

Cuando terminó, Bri y Matt ya se encontraban instalados en el sofá.

—¿Va a venir papi? —preguntó Briana en voz baja.

Sharon suspiró y luego asintió.

—Sí —respondió.

—¿Por qué te has enfadado tanto con él? —quiso saber Matt—. Él solo desea ayudar, ¿no?

Sharon fingió no haber oído la pregunta y fue hacia la cocina.

—¿Quién quiere tomar un chocolate caliente?

—preguntó, tratando de aparentar despreocupación.

Tanto Bri como Matt aceptaron la sugerencia.

Sharon puso a calentar agua para prepararse café. Fuera, el viento rugía y enormes gotas de lluvia seguían golpeando las ventanas y el techo.

—Me gusta que de vez en cuando haya una tormenta —comentó Sharon alegremente.

—¿Qué pasará cuando nos quedemos sin leña para la chimenea? —quiso saber Briana—. ¡Moriremos congelados!

—Nadie muere congelado en agosto, sabelotodo —dijo Matt.

Sharon cerró los ojos y contó hasta diez antes de decir:

—Ya está bien, ¿no? Todos vamos a tener que tomar una actitud positiva —en ese preciso momento las luces se apagaron.

Resignada a escuchar su propio consejo, Sharon sirvió el chocolate a los niños. Echó otro leño en el fuego, se quitó las playeras y se acurrucó en un sillón.

—¿No es esto agradable? —preguntó.

—Sí, mami, fabuloso —dijo Briana.

—Magnífico —estuvo de acuerdo Matt.

—Tal vez podríamos jugar a algún juego —sugirió Sharon, decidida.

–¿Cómo? –preguntó Bri con burla–. ¿A la gallinita ciega?

Estaban a oscuras. Sharon suspiró, echó la cabeza hacia atrás y cerró los ojos. Al instante la invadieron los recuerdos.

Durante ese primer verano después de que compraran la casa, Tony y ella habían escapado a menudo a la isla. Llevando vino, cintas de música romántica para el aparato estereofónico y muy pocas otras cosas. Agarrados de la mano, paseaban por la playa durante horas. Tenían mucho que decirse.

Y más tarde, cuando el sol se había ocultado y el fuego crepitaba en la chimenea, escuchaban música en la oscuridad y hacían el amor con violencia y ternura a la vez.

Sharon abrió los ojos. Menos mal que las sombras ocultaban las lágrimas que habían brotado de sus ojos. «¿Cuándo cambió todo, Tony?», se preguntó en silencio y con desesperación. «¿Cuándo dejamos de hacer el amor en el suelo, en la oscuridad, mientras oíamos música?».

Sharon tardó un momento en tranquilizarse. Se movió, nerviosa, en el sillón y miró hacia donde se encontraban Bri y Matthew.

Los pequeños se habían quedado dormidos en cada extremo del largo sofá. Sonriente, Sharon atravesó de puntillas la alfombra húmeda en dirección a las escaleras. Arriba había tres dormitorios y un baño. Entró en la habitación más grande y se detuvo ante los ventanales, que daban al mar.

Divisó a lo lejos las luces de un transbordador que se acercaba. A pesar del enfado que había sentido un momento antes, se reanimó. Debía tener cuidado de no mirar la gran cama de bronce que Tony y ella habían compartido. Sacó dos mantas de lana de un baúl y las llevó abajo.

Después de arropar a los niños, echó al fuego el último leño de los comprados en la tienda y luego volvió al sillón. Allí apoyó la cabeza en un brazo y suspiró. Mientras miraba fijamente las llamas, su mente volvió al pasado.

Habían existido problemas desde el principio, pero estos se habían duplicado dos años después, cuando Matt fue al colegio. Aburrida, deseando hacer algo por su cuenta, Sharon abrió la tienda de lencería, pero las cosas empeoraron desde ese día. Las hendiduras en su matrimonio se convirtieron en abismos.

Bostezando, cerró los ojos y volvió a suspirar. Un instante después oyó un fuerte ruido y una deslumbrante luz atravesó sus párpados.

Vio a Tony de cuclillas ante la chimenea, echando leños secos al fuego. Tenía el pelo húmedo y un poco rizado a la altura de la nuca. Sharon experimentó un fuerte deseo de besarlo allí. En otro tiempo lo habría hecho sin pensar.

–Hola, guapo –dijo ella.

Él la miró por encima del hombro y le ofreció la misma encantadora sonrisa con que la había conquistado hacía ya más de diez años, cuando entró en la librería donde trabajaba y casi inmediatamente la invitó a salir con él.

–Hola –dijo él, en un susurro.

–¿Llevas aquí mucho tiempo?

Tony negó con la cabeza. El fuego dio a su pelo unos ligeros tonos carmesíes.

–Diez minutos, tal vez –respondió él.

Sharon sintió la necesidad de conversar de temas mundanos, de cosas que no tuvieran que ver con la luz de la chimenea, tormentas, música y amor.

–¿En la ciudad también os habéis quedado sin luz eléctrica?

De nuevo Tony negó con la cabeza con gesto solemne. Sharon percibió que sus pensamientos eran similares a los de ella. Cuando él extendió la mano, de forma automática ella le ofreció la suya.

–Tengo mucha hambre –se quejó una voz soñolienta.

Tony sonrió y soltó la mano de Sharon para acariciar a su hijo en la cabeza.

–Papi, ¿eres tú? –preguntó Matt con alivio.

La risita de Tony resultó cálida y tranquilizadora, incluso para Sharon.

—El mismo —respondió él—. Tenías razón en cuanto al suelo: está inundado.

Bri bostezó y luego echó los brazos al cuello de Tony.

—¿Podemos ir a casa? —le suplicó a su padre—. ¿Ahora?

—No podemos irnos hasta que hayamos hecho algo con respecto al problema de la inundación, lo cual significa que tendremos dificultades —los pequeños pusieron cara larga y él se rio—. Por supuesto, con eso quiero decir que cenaremos en el Sea Gull Café.

—¿Tienen luz allí? —preguntó Bri, entusiasmada.

—¿Y calefacción? —añadió Matt—. Me estoy congelando.

—Nadie se congela en agosto, sabelotodo —le recordó su hermana.

—Veo que las cosas están bastante normales por aquí —comentó Tony, irónico, mientras miraba a Sharon.

Ella asintió, se incorporó y buscó sus playeras.

La lluvia golpeaba el suelo cuando los cuatro corrieron hacia el coche de Tony.

Planos metidos en tubos de cartón llenaban el asiento posterior. Los niños, acostumbrados a ello, los apartaron a un lado. Sharon, sin embargo, se sintió afligida y evitó la mirada de Tony cuando entró en el vehículo y se sentó junto a él.

Se sobresaltó cuando él deslizó una mano por su mejilla.

—Sonríe —le dijo.

Sharon trató de hacerlo, pero no lo logró. Para disimularlo, dijo con sarcasmo:

—¿Cómo puedo sonreír si estoy condenada a comer gaviota al estilo sureño?

Tony ni siquiera sonrió.

En el restaurante, cuyas ventanas daban al mar, ahora agitado, abundaba la luz, el calor y las risas. Gran parte de la población de la isla parecía haberse reunido allí para comparar la tormenta de esa noche con las ocurridas en épocas anteriores.

Después de una breve espera, para su sorpresa, los Morelli pudieron ocupar una mesa.

«Cualquiera podría pensar que todavía formamos una familia», se dijo Sharon en silencio, mientras miraba una a una las amadas caras y luego la suya, reflejada, gracias a la oscuridad del exterior, en los cristales de la ventana más cercana a su mesa. Su pelo tenía mal aspecto y el maquillaje había desaparecido. Hizo una mueca.

Cuando volvió la cabeza, se dio cuenta de que Tony la observaba. Advirtió una especie de triste regocijo en sus ojos.

—Qué hermosa eres —dijo él con tranquilidad.

Matt refunfuñó, desconcertado ante tal demostración de melosidad en público.

—Beso, beso —añadió Briana, para no quedarse atrás.

—¿Qué os parece a vosotros dos realizar el próximo curso en un internado suizo? —preguntó Tony a los niños, sin sonreír—. Hay uno en lo alto de los Alpes donde cada niño es atendido por cinco monjas...

Bri y Matt rieron y Sharon sintió envidia al ver lo bien que Tony se llevaba con los pequeños.

Para cuando llegaron las hamburguesas, las patatas fritas y los batidos, Sharon tenía los nervios a flor de piel. Tony la miró con curiosidad, pero no hizo ningún comentario.

Al volver a la casa de madera, ya había luz eléctrica. Sharon envió a los niños a la planta alta para que se acostaran, y Tony sacó del automóvil un estuche de herramientas, así como una aspiradora especial y dos ventiladores.

Mientras Sharon hacía funcionar la aspiradora, extrayendo litros y litros de agua de las alfombras, Tony reparó la tubería rota del baño. Cuando terminó, levantó la alfombra y colocó los ventiladores para que secaran el suelo.

Decidida a comportarse como una moderna exesposa mejor de lo que lo había hecho en el restaurante, Sharon preparó café y sirvió una taza a Tony.

—Te agradezco todo lo que has hecho —le dijo con una sonrisa ceremoniosa, mientras le entregaba la taza de café.

Tony, quien para entonces se encontraba sentado a la mesa del comedor con una serie de proyectos delante de él, la miró con ironía.

—No tienes que agradecerme nada —dijo seco. Luego, al agarrar la taza que Sharon le ofrecía, añadió con tono tajante—: Gracias.

Sharon tiró bruscamente de una silla y se desplomó pesadamente en ella.

—Espera un momento —dijo cuando Tony se disponía a concentrar de nuevo su atención en los proyectos—. Espera un maldito momento. De verdad te agradezco que hayas venido.

Tony la miró con incredulidad... y coraje.

—De acuerdo —dijo Sharon después de un largo suspiro—. Oíste el mensaje que te dejé en el contestador, ¿verdad?

—Sí —respondió él con voz un poco ronca.

—En realidad no hablaba en serio cuando te dije que eras un entrometido, autoritario... —no pudo continuar.

—Un latoso machista —concluyó él.

Sharon se mordió el labio inferior, luego confesó:

—Tal vez no debería haberlo dicho exactamente en esos términos. Lo que pasa es que... bueno, nunca voy a saber si puedo resolver mis crisis si acudes inmediatamente a mi rescate cada vez que se me presenta un pequeño problema...

—¿Por qué te asusta tanto necesitarme? —le preguntó Tony con enfado.

Sharon se levantó y fue a la cocina a prepararse una taza de café para ella. Cuando volvió, se sentía un poco más tranquila que unos momentos antes.

Decidió cambiar de tema.

—He estado pensando —dijo con calma— en nuestra vida matrimonial antes de que tu empresa de construcción creciera tanto... antes de que yo tuviera mi tienda...

Tony suspiró.

—Esos solo son pretextos, Sharon, y tú lo sabes.

Ella miró el fuego de la chimenea y pensó en aquellas noches llenas de amor y música. Sintió que le dolía el corazón.

—No comprendo a qué te refieres —dijo ella, inexpresiva.

—Mientes —afirmó él, y volvió a examinar los proyectos.

—¿Dónde vas a dormir esta noche? —preguntó Sharon minutos después, tratando de parecer poco interesada, poco preocupada por cosas como camas y divorcios.

Tony no alzó la vista. Como respuesta, se encogió de hombros.

Sharon bostezó.

—Bueno, me parece que voy a ir a acostarme —dijo—. Buenas noches.

—Buenas noches —respondió Tony, imperturbable, todavía absorto en los planos del siguiente proyecto.

Sharon reprimió el infantil deseo de derramar el café sobre los planos y se alejó. A mitad de la escalera, miró hacia atrás y vio que Tony la observaba.

Por un momento, presa de una extraña emoción, se quedó inmóvil, pero volvió a ponerse en movimiento cuando Tony bajó la vista.

Una vez en la planta alta, Sharon se dio una ducha, se cepilló los dientes, se puso un camisón de algodón y se metió en la enorme y solitaria cama.

Pero en lugar de conciliar el sueño, Sharon se puso a reflexionar sobre lo acontecido ese día y se preguntó por qué ya no podía charlar tranquilamente con Tony. Cada vez que hacía el intento, terminaba hostigándole, o cerrando alguna puerta invisible entre ellos, o simplemente huyendo.

Se daba cuenta, con dolor, de que le afectaba la cercanía de él y de que lo necesitaba, a pesar de llevar varios meses diciéndose a sí misma que la relación entre ellos había terminado. Se llevó una mano a la boca para no pronunciar su nombre.

Sharon se acurrucó y cerró los ojos. Mucho tiempo después, se quedó dormida. Cuando despertó, la luz del sol y el aroma del café recién hecho llenaban la habitación.

Después de desperezarse durante un largo rato, Sharon abrió los ojos. Sobre la almohada que tenía a su lado estaba apoyada una cabeza de pelo oscuro. Además, sintió una musculosa pierna debajo de su suave muslo.

—Oh, Dios —dijo en voz baja—, ¡hemos hecho el amor y ni siquiera me he dado cuenta!

Desde la almohada llegó una risa ronca.

—No hemos sido tan afortunados —señaló Tony—. No hemos hecho el amor, quiero decir.

Sharon se incorporó sobre el lecho, tiró de las sábanas para cubrirse el pecho, aunque tenía puesto el camisón de algodón.

—¿Qué diablos estás haciendo, Tony Morelli? —preguntó ella, furiosa.

Él se dio la vuelta sobre su espalda, sin tomarse ni siquiera la molestia de abrir los ojos. Al mismo tiempo, se tapó con las sábanas hasta la cara, sin dejar de murmurar.

—Lo habéis hecho, ¿verdad? —preguntó Briana desde la puerta.

Era todo sonrisas y llevaba dos tazas de café.

—No, no lo hemos hecho —dijo Sharon con recato.

—No es una respuesta muy diplomática —comentó Tony desde debajo de las sábanas—. Ahora ella va a preguntar...

—¿Entonces cómo es que estáis juntos? —preguntó la niña.

—¿Lo ves? —dijo Tony.

Sharon le dio un fuerte codazo y se ruborizó.

—No sé —dijo, muy convencida.

Briana dejó el café sobre la mesita de noche.

—Maldita sea, Tony —susurró Sharon, como si no hubiera posibilidades de que Bri la oyera—. Explícaselo... ¡ahora!

Tony refunfuñó, salió de debajo de las sábanas y se incorporó.

—Solo hay una cama —dijo, pasándose una mano por el pelo y volviendo a bostezar—. El sofá es demasiado corto para mí, así que me he venido a acostar con tu mamá.

—Ah —dijo Bri de mala gana, y salió de la habitación después de cerrar la puerta.

—No lo ha entendido —se quejó Sharon.

Tony extendió el brazo para alcanzar una de las tazas de café.

—Los niños no tienen que entenderlo todo —dijo.

Si él no hubiera tenido en la mano una taza de café ardiendo, Sharon le habría dado una bofetada. Como no podía hacerlo, le miró airadamente y agarró su propia taza.

Un rato después, Tony se levantó y se metió

en el baño. Sharon no hizo ningún intento por ver si estaba vestido o no. Cuando regresó, volvió a meterse en la cama y puso una pierna sobre las de ella.

Su boca buscó la suya. No estaba vestido.

—Tony, no...

La besó con calor, suavidad e insistencia. Al ser despertadas todas esas sensaciones que conocía, Sharon se estremeció, pero también puso las dos manos sobre el pecho de Tony y le empujó.

El movimiento no eliminó todo contacto íntimo, pues Tony apoyaba suavemente su cuerpo sobre el de ella.

—No —dijo Sharon con claridad.

Tony acercó sus labios a los de ella.

—Supongo que no lo dices en serio —le dijo.

Sharon estaba a punto de admitir que él tenía razón cuando llamaron a la puerta y Bri gritó:

—¡El desayuno está servido!

Tony estaba sentado sobre el lecho, con las dos manos entre su pelo, cuando Briana y Matt entraron en la habitación. Llevaban dos bandejas.

Las alfombras de la planta baja estaban todavía bastante húmedas.

—Deja los ventiladores funcionando otro día o más —dijo Tony a Sharon con aire distraído.

Enrolló los planos y los metió en el cilindro de cartón.

Una extraña sensación de pérdida se apoderó de Sharon, aunque sabía que lo mejor era que Tony se fuera. Se habían divorciado. Logró sonreír y decir con torpeza:

—Está bien... y gracias.

La expresión que advirtió en los ojos de Tony era a la vez de enfado y de aflicción. Iba a decir algo, pero se detuvo; se volvió para mirar por la ventana a Bri y Matt, quienes jugaban en la playa. Sus risas llegaban hasta ellos.

Ella fijó la vista en el suelo por un momento, tragó saliva y luego preguntó:

—Tony, ¿eres feliz?

Él puso tensos los musculosos hombros y luego volvió a relajarse.

—¿Lo eres tú? —preguntó a su vez, sin dejar de darle la espalda.

—No vale —protestó Sharon tranquilamente—. Yo he preguntado primero.

Tony se volvió y suspiró.

—Lo era —dijo—. Ahora ni siquiera sé lo que significa ser feliz.

Sharon se arrepintió de haber hecho la pregunta. Quiso decir algo prudente y agradable, pero no se le ocurrió nada.

Tony la tomó con suavidad de la barbilla y preguntó:

—¿Qué ocurrió, Sharon? ¿Qué pasó?

Ella se mordió el labio y movió la cabeza.

Durante unos segundos experimentaron en silencio una sensación de aflicción. Después, Tony volvió a suspirar, besó a Sharon en la frente y salió. Ella se acercó a la ventana y contuvo las lágrimas cuando le vio despedirse de los niños. Las palabras de él resonaban en su mente y en su corazón. «¿Qué pasó?».

Cruzando los brazos delante del pecho, como para mantener juntos cuerpo y alma, Sharon se sorbió las lágrimas y fue a la cocina, donde se sirvió otra taza de café. Oyó que el coche arrancaba y se agarró al borde de la barra con una mano. Reprimió un fuerte deseo de salir corriendo, de llamarle, de rogarle que se quedara.

Solo un momento después soltó la barra.

—¿Estás bien, mami? —la voz de Bri la hizo ponerse tensa.

Obligándose a sonreír, miró a la niña.

—Estoy bien —mintió, mientras pensaba que Bri se parecía cada día más a la Carmen de las fotografías.

—No pareces estar bien —le dijo Briana, entrando en la cocina.

Sharon tuvo que mirar hacia otro lado. Fingió estar ocupada en el fregadero, donde vació el café que acababa de servirse y enjuagó la taza.

—¿Qué está haciendo Matt? —preguntó.

—Observando a los cangrejos —respondió Bri—. ¿Vamos a ir a pescar?

—Desde luego —dijo, aguantándose las ganas de llorar.

La niña pareció sentir alivio.

—Hasta pondré un cebo en tus anzuelos —prometió.

Sharon rio y la abrazó.

—Eres una niña admirable —le dijo—. ¿Cómo es que tengo tanta suerte?

La imagen perfecta de Carmen, con su hermosa sonrisa, surgió en la mente de Sharon y pareció decir:

«Porque yo estoy muerta, por eso. ¿Dónde estarías si no hubiera sido por ese conductor ebrio?».

Sharon se estremeció, pero había decidido estar de buen humor. Dentro de apenas dos días tendría que entregar a Bri y Matt a Tony y volver a su solitario apartamento. Así que no podía permitirse el lujo de compadecerse de sí misma.

Bri y ella buscaron el equipo de pesca. Se reunieron con Matt, quien ya se encontraba fuera, y los tres se instalaron en el muelle. Bri cumplió su palabra, pues con una destreza que había aprendido de Tony, colocó el cebo en el anzuelo de Sharon.

—Gracias —le dijo Sharon—. Me alegro mucho de no haber tenido que hacerlo.

—Mujeres —murmuró Matt, con sus siete años de vida y de experiencia.

Sharon sonrió.

—¿Te echo mi sermón sobre machismo? —preguntó al pequeño.

—No —respondió simplemente Matt.

Bri parecía pensativa.

—Mi bisabuelita todavía come en la cocina —comentó—. Como si fuera una criada.

Sharon eligió con cuidado las palabras que pronunció a continuación. La abuela de Tony había crecido en Italia y casi no hablaba inglés. Tal vez la mujer seguía las antiguas tradiciones, pero había criado a seis hijos haciendo de ellos adultos serios y responsables. Así que merecía respeto.

—¿Sabías que solo tenía dieciséis años de edad cuando llegó a los Estados Unidos? No hablaba ni entendía el inglés y sus padres se pusieron de acuerdo para que se casara con tu bisabuelo. A mí me parece una mujer muy valiente.

Bri se mordió el labio inferior.

—¿Crees que mi madre fue valiente?

Aunque surgían periódicamente preguntas como esa siempre pillaban desprevenida a Sharon. Respiró hondo y luego dejó escapar el aire.

—Nunca la conocí, mi amor... ya lo sabes. ¿No sería mejor que se lo preguntaras a papá?

—¿Crees que la amaba?

Sharon no se acobardó.

—Sé que la amaba. Mucho.

—Carl dice que se casaron solo porque mi mamá estaba embarazada de mí. La mamá de Carl se acuerda.

El primo Carl era insoportable.

—Él no lo sabe todo –dijo Sharon–. Ni tampoco su madre.

Sharon suspiró.

Tony era mejor para esas cosas... era un diplomático nato. Carmen y él habrían formado una gran pareja. Por lo menos habrían tenido quizá una media docena de hijos.

Sharon se estaba deprimiendo de nuevo. Sin embargo, antes de que Bri pudiera hacer otra inquietante pregunta, los peces comenzaron a picar. Bri y Matt atraparon dos cada uno y luego llegó la hora de comer.

El teléfono sonó cuando Sharon estaba preparando unos bocadillos y calentando sopa de lata.

—¡Es la abuela! –gritó Matt desde la puerta principal.

—Dile que tu papá no está aquí –le pidió Sharon con afabilidad.

—Quiere hablar contigo.

Sharon se limpió las manos y fue hacia el teléfono.

—Hola –dijo con alegría.

–Hola, Sharon –respondió María; por el tono de su voz no era difícil hablar con ella.

Sin embargo, a Sharon sí le resultaba difícil.

–¿Hay algo en que pueda servirle?

–El cumpleaños de Michael es la próxima semana –dijo María.

Se refería a su hijo más joven. Él y Tony habían estado muy unidos desde niños.

Sharon lo había olvidado.

–Sí –dijo con sinceridad.

–Como de costumbre, vamos a organizar una fiesta –continuó María–. Por supuesto, a Vincent y a mí nos gustaría que vinieran los niños.

Sharon hizo cálculos rápidamente y se dio cuenta de que en cualquier caso Bri y Matt iban a estar con Tony cuando tuviera lugar el cumpleaños de Michael.

–No hay ningún problema –dijo.

Hubo un momento de silencio y luego María preguntó:

–¿Cómo estás, querida? Vincent y yo decíamos hace un momento que hace mucho que no te vemos.

Sharon se frotó los ojos y contuvo el deseo de suspirar.

Consideraba a Vincent un amigo. Era un hombre amable, de trato fácil. Pero en cuanto a María, parecía muy importante decir y hacer lo correcto.

—Estoy... estoy bien, gracias. He estado muy ocupada con la tienda. ¿Cómo está usted?

La voz de María sonó ahora un poco fría.

—Muy bien. Oye, ¿podría hablar con Bri?

—Desde luego —respondió.

Sintió alivio al entregar el aparato a la niña, quien había estado limpiando pescado en el porche posterior—. Tu abuela quiere hablar contigo, Briana.

Bri corrió hacia el fregadero y se lavó las manos; luego, llena de ansiedad, fue a agarrar el teléfono.

—¡Hola, abuelita! —exclamó Bri, sonriente—. He pescado dos peces, y los suelos se inundaron anoche, y esta mañana creía que las cosas estaban bien entre papá y mamá porque han dormido juntos...

Abochornada, Sharon miró hacia otro lado. «Oh, Bri», refunfuñó en silencio, «de todas las personas a quienes podías haber dicho eso, ¿por qué se lo tenías que decir a María?».

—Oye, abuelita, hay algo que necesito saber.

Sharon tuvo un terrible presentimiento. Quiso dirigir una mirada de advertencia a la niña, pero era demasiado tarde.

—¿Estaba embarazada mi madre cuando se casó con mi papá?

—Oh, Dios —gimió Sharon.

Bri escuchaba con mucho cuidado.

—Está bien, lo haré —dijo al fin—. Yo también te quiero mucho. Adiós.

Sharon observó la joven y hermosa cara en busca de señales de trauma, pero no encontró ninguna.

—Bueno —preguntó a la niña poco después—, ¿qué te ha contestado?

—Lo mismo que tú —respondió Briana, encogiéndose de hombros—. Se supone que debo preguntarle a mi papá. Voy a llamarle.

Sharon cerró los ojos un momento.

—Bri, me parece que eso es algo que sería mejor tratarlo en persona, ¿no crees?

—¡Tú sabes algo! —la acusó la niña, cerrando la puerta.

—Lávate las manos de nuevo, por favor —le dijo Sharon, con actitud evasiva.

—Papá te lo ha contado, ¿verdad? —le preguntó Briana, aunque, obediente, fue al fregadero para lavarse las manos.

Sharon creyó estar acorralada y, por un momento, se sintió verdaderamente agraviada por Bri, lo mismo que por Carmen y Tony.

—¿Quieres decirme una cosa? —preguntó a la niña un poco bruscamente, en el momento en que Matt entraba en la cocina, con los ojos muy abiertos—. ¿Por qué no sentiste ese ardiente deseo de saberlo hace unas horas, cuando tu padre todavía se encontraba aquí?

Briana se quedó callada y bajó la vista.

—Tal y como yo pensaba —dijo Sharon, suspirando—. Escucha, si te resulta demasiado difícil hablar de esto con tu papá y crees necesitar un poco de ayuda moral, yo te la daré. ¿De acuerdo?

Bri asintió.

Esa tarde volvió a llover. Una vez más se quedaron sin luz eléctrica. Sharon y los niños jugaron al parchís mientras la luz del día se lo permitió; después prepararon unos perritos calientes en la chimenea.

A pesar de los esfuerzos de Sharon, esa noche careció de la nota de festividad que había marcado la anterior. Así que casi sintió alivio cuando llegó la hora de acostarse.

Tardó mucho tiempo en conciliar el sueño, y cuando lo hizo, este se pobló de imágenes. Se encontró en el día de su boda, cuando llevaba el vestido blanco que había comprado con todos sus ahorros.

—¿Acepta a este hombre como su legítimo esposo? —le preguntaba el sacerdote.

Antes de que Sharon pudiera responder, aparecía Carmen, también vestida con traje nupcial, al lado de Tony.

—Acepto —respondía Carmen, y Sharon sentía que se desmayaba.

Despertó sobresaltada y tardó un momento en volver a la realidad. Estaba muy sola, mientras la lluvia golpeaba el techo y las ventanas y la lámpara no funcionaba.

El día siguiente resultó mejor. La tormenta no arreció y no se quedaron sin electricidad en la casa. Sharon se aseguró de tener un libro a mano esa noche, por si los sueños se convertían en pesadillas.

Carmen no apareció en sus sueños; tampoco Tony. Sharon despertó sintiéndose intranquila y confusa, así que esa tarde casi se alegró cuando cerró con llave la cabaña de madera y se marcharon.

La casa estilo Tudor se encontraba vacía cuando llegaron a ella. No estaba la señora Harry, ni tampoco había señales de Tony. La lucecita roja del contestador automático que se hallaba en el estudio estaba iluminada.

Sharon sintió la tentación de hacer caso omiso de ella, pero al fin cambió de opinión. La voz de Tony llenó la habitación.

—Hola, monada. Me alegro de que estés en casa. Según ha dicho mi madre tengo que hablar con Bri... me haré cargo de eso esta noche, después de cenar, así que no te preocupes. Hasta luego.

Hubo un momento de silencio en la cinta; luego Sharon oyó la voz de su madre.

—Sharon, habla Bea. Como no te he encontrado en la otra casa, he pensado que podría hallarte aquí. Llámame tan pronto como puedas. Adiós.

Todos los demás mensajes eran para Tony, así que Sharon marcó el número telefónico de su madre, quien vivía en Hayesville.

Bea respondió inmediatamente y Sharon se hundió en el sillón que se encontraba detrás del escritorio de Tony.

—Bea, soy yo. ¿Pasa algo?

—¿Dónde estás?

—En la casa grande —contestó Sharon.

—Qué acuerdo tan absurdo —murmuró Bea. Nunca había aprobado el matrimonio de Sharon, ni la casa de Sharon, ni a Sharon misma—. No sé cómo lo soportas. Además, no es bueno para los niños.

—¡Bea!

—Está bien, está bien. Solo quería saber si ibas a venir este fin de semana.

Sharon se pasó una mano por el pelo. No le gustaba evitar a su propia madre, pero en su actual estado de ánimo, no podría soportar un encuentro con Bea.

—No recuerdo haberte dicho en ningún momento que iba a visitarte —dijo con cuidado, tanteando el camino.

Resultó que Bea padecía una falta semejante de entusiasmo.

—No es que quiera que vengas —anunció con

su acostumbrada franqueza–, pero el sábado es el día del gran bingo, y uno de los premios es un coche.

Sharon sonrió.

–Entiendo. Bueno, de todas maneras, tengo que hacer inventario en la tienda. Llámame si ganas.

–De acuerdo –respondió Bea. Tenía su propio salón de belleza y era una ávida jugadora de bingo, además de madre por accidente–. Se ha incendiado parte del taller –añadió después de un momento de silencio.

El padre de Sharon, quien nunca se tomó la molestia de casarse con Bea, y tal vez se habría negado si se lo hubiera propuesto, era un miembro de la familia Harrison. De ahí la suposición de Bea de que a Sharon le interesaría el asunto.

–Qué lástima –dijo esta–. ¿Alguien está herido?

–No –contestó Bea, distraída–. También hay uno de esos televisores que tienen videograbadora integrada. En el bingo, quiero decir.

–Qué bien –dijo Sharon; comenzaba a dolerle la cabeza, cada vez más–. Si no hay nada más de qué hablar, Bea, creo que será mejor que cuelgue. Tengo que dejar todo en orden en lo que se refiere a los niños antes de volver al apartamento.

Bea comenzó a murmurar de nuevo. Sharon

se despidió y colgó. Cuando se dio la vuelta en la silla giratoria en que se encontraba, vio a Tony parado en la puerta.

Se quedó con la boca abierta y se llevó una mano al corazón.

—¡Me gustaría mucho que no hicieras eso!

—¿Que no hiciera qué? —preguntó Tony, fingiendo no saber de qué le hablaba Sharon.

Se acercó a grandes pasos y se sentó en el borde del escritorio.

Llevaba puesta ropa de trabajo, ahora sucia; sin embargo, a Sharon le pareció muy atractivo.

—Ha llamado mi madre —dijo ella, en un esfuerzo por desviar la atención.

Sonriente, Tony observaba los labios de Sharon, como si cada movimiento de estos le fascinara.

—Espero que le hayas enviado mis más afectuosos saludos.

—No esperes tal cosa —dijo Sharon con burla.

Tony la tomó de los brazos.

—Te he echado de menos —le dijo; sus labios estaban tan cerca de los de ella que Sharon podía sentir su aliento sobre su piel.

—Lo niños están aquí —le recordó ella.

Sharon pensó que, como aquel hombre siguiera así, terminaría agarrándolo de la mano y llevándole a la cama.

Decidida, retrocedió.

—¿Por qué, Tony? ¿Por qué, después de todos estos meses, de pronto se ha vuelto tan importante para ti seducirme?

Él se cruzó de brazos.

—Créeme —dijo—, esto no es repentino. ¿Se te ha ocurrido alguna vez, Sharon, que nuestro divorcio tal vez haya sido un error?

—No —mintió Sharon.

La expresión de Tony indicó que no le había creído.

—¿Ni siquiera una vez? —como ella movió la cabeza, él se rio, pero con tristeza—. Siempre he dicho que eres muy testaruda, mi amor.

Sharon avanzó lentamente hacia la puerta.

—¿Vas a hablar con Bri?

—Ya te he dicho que sí —respondió Tony con tranquilidad, todavía con los brazos cruzados y la misma expresión angustiada.

—¿Te ha explicado tu madre en qué consistía el problema?

Tony asintió.

—Me sorprende que no haya ocurrido antes, teniendo en cuenta los chismes. Sharon...

—¿Qué?

—Te molesta, ¿verdad?, que Carmen estuviera embarazada cuando me casé con ella.

Sería tonto, y muy pasado de moda, molestarse por una cosa así, pensó Sharon.

—Por supuesto que no me molesta.

Una expresión de furia ensombreció la cara de Tony.

Un segundo después golpeó fuertemente con el puño el escritorio y luego lanzó una maldición.

—No me mientas —le advirtió él en voz baja.

Sharon entró en el estudio y cerró la puerta para que los niños no los oyeran.

—De acuerdo —dijo ella en voz baja, pero con enfado—, tú ganas. ¡Sí, me molesta que Carmen estuviera embarazada! ¡Me molesta que haya existido! ¿Estás satisfecho?

Él la miraba fijamente.

Sharon miró hacia otro lado para ocultar las lágrimas que no sabía si podría contener y apoyó la frente en la puerta.

Durante varios segundos permaneció allí, respirando hondo y tratando de tranquilizarse.

Cuando sintió sobre sus hombros las fuertes manos de Tony, suaves pero implacables, se quedó rígida.

Él apoyó la barbilla en la nuca de ella.

Era insoportablemente consciente de la proximidad de Tony.

—No comprendía, monada —dijo él con voz ronca—. Lo siento.

Sharon no podía hablar.

Cuando Tony la hizo darse la vuelta y la tomó en sus brazos, escondió la cara en el hombro masculino, cálido y fuerte.

—He cometido muchos errores —dijo él un largo momento después.

Sharon asintió y alzó la cabeza, pero no pudo mirar a Tony a los ojos.

—Yo también —confesó—. Creo… creo que será mejor que me vaya.

Por un instante la abrazó con mayor fuerza, como si no quisiera soltarla, pero luego lo hizo. Sharon tomó su bolso y salió sin despedirse de Briana y Matt.

III

Esa tarde, el pequeño apartamento de Sharon tenía todo el aspecto de una celda. Las paredes, sin adorno alguno, eran de color amarillo nicotina y los baratos muebles habían servido antes a muchos inquilinos. Sintiéndose abrumadoramente sola, como siempre le sucedía cuando dejaba a los niños en la casa para volver a su apartamento, Sharon encendió el televisor y se hundió en el sofá para comer pescado con patatas y ver el canal especializado en ventas.

Estaba a punto de pedir un estuche de destornilladores cuando llamaron a la puerta. Bajó el volumen, echó los restos de la cena a la basura y preguntó:

—¿Quién llama?

—Soy yo —contestó una voz femenina—. Helen.

Sonriente, Sharon abrió la puerta para que entrara su empleada. Con un poco más de treinta años, Helen era una hermosa mujer de pelo negro. Sus ojos rasgados acentuaban su herencia oriental.

—¿Cómo están los niños? —preguntó Helen.

Sharon apartó la mirada.

—Muy bien —respondió, mientras su amiga se instalaba en el brazo de un sillón.

—Estás demasiado callada. ¿Qué ha salido mal?

Sharon fingió no haber oído la pregunta. Fue a la pequeña cocina, sacó dos tazas de la alacena y preguntó alegremente:

—¿Café?

—Claro que sí —respondió Helen.

Sharon llenó las tazas de agua y las metió en el pequeño microondas, evitando la mirada de Helen.

—Caramba, qué poco comunicativa estás esta noche —comentó la otra mujer—. ¿Has tenido una especie de pelea con Tony?

Sharon tragó saliva.

—Oye —dijo con voz demasiado alegre—, he estado pensando en que debería hacer algo con este lugar... ya sabes, pintarlo y comprar muebles decentes.

Helen puso una mano sobre el hombro de Sharon.

—¿Qué ha pasado? —insistió con amabilidad.

Sharon se mordió el labio y movió la cabeza.

—Nada dramático —contestó tras unos segundos.

En ese momento sonó el timbre del microondas y Sharon se alegró. Sacó las tazas y echó en ellas café instantáneo.

Helen suspiró y siguió a Sharon a la sala de estar.

—He venido para pedirte prestados tus zapatos de color corinto —dijo.

Sharon estaba viendo la televisión.

—Búscalos tú misma —dijo a su amiga.

Helen entró en el dormitorio de Sharon y pronto salió con los zapatos en la mano.

—¿Por qué no te das por vencida y te vas a casa, Sharon? —preguntó con calma—. Sabes que no eres feliz sin Tony.

—No es tan sencillo —confesó Sharon.

—¿Sale con otra mujer?

—Me parece que no. Los niños lo habrían mencionado.

—¿Entonces?

—Es demasiado tarde, Helen. Han ocurrido muchas cosas.

—Entiendo —dijo Helen.

Sharon miró las paredes de la sala y dijo con forzada alegría:

—Es hora de que viva mi vida. Voy a empezar convirtiendo este lugar en un hogar.

—Fabuloso —comentó Helen, todavía con expresión afable. Dejó la taza de café y se puso de pie—. Bueno, tengo una cita con mi esposo, así que más vale que me vaya corriendo. Nos vemos mañana en la tienda —abrió la puerta—. Gracias por prestarme los zapatos —dijo finalmente, y se fue.

Ahora Sharon estaba más sola que nunca. Sabiendo que la única cura para eso era la acción, se puso una chaqueta, se cepilló rápidamente el pelo y salió del apartamento en busca de una tienda de bricolaje.

Volvió con varios litros de pintura y todo el equipo necesario, menos una escalera de mano. Le pareció tonto comprar una cosa así, pues había varias escaleras en el garaje de la casa grande, pasaría por allí al día siguiente, después de salir de Teddy Bares y se haría con una. Estaba decidida a dar personalidad al apartamento.

Pensó que otro tanto podría hacer con su vida. Era hora de que comenzara a conocer a otros hombres.

Se dio una ducha, se lavó el pelo y se puso el pijama. Estaba instalada en la cama, leyendo, cuando sonó el timbre de la puerta.

Se levantó y fue a la sala de estar, a oscuras.

—¿Sí? —preguntó.

–Mami –gimió Bri desde el pasillo–. ¡Soy una hija ilegítima!

Sharon abrió la puerta y se horrorizó al encontrar a la niña a esas horas de la noche.

–No lo eres –dijo Sharon a Briana, y la hizo entrar en el apartamento.

–Sí, lo soy –gritó Bri con toda la aflicción y pasión que era capaz de sentir una niña de doce años. Había llorado–. ¡Mi vida entera está arruinada! ¡Quiero alistarme en la Región Extranjera!

–Es la Legión, cariño –le dijo Sharon en voz baja, conduciéndola hacia una silla–, y me parece que no aceptan mujeres.

–Más machistas –dijo Bri lloriqueando y enjugándose las lágrimas con el dorso de la mano.

–Sí están por todas partes –dijo Sharon, inclinándose para besar a la pequeña en la cabeza–. ¿Sabe papá que estás aquí?

–No –respondió Bri sin titubear–, ¡y tampoco me importa si se preocupa!

–Bueno, a mí sí –señaló Sharon, descolgando el auricular y marcando el familiar número–. Supongo que has mantenido esa charla relativa a tu concepción –se aventuró a decir tratando de parecer diplomática.

El teléfono comenzó a sonar al otro lado de la línea.

Bri asintió y se sorbió las lágrimas.

Sharon se volvió hacia otro lado para ocultar su sonrisa cuando Tony contestó el teléfono.

—¿Diga?

—Son las diez en punto —dijo Sharon amablemente—. ¿Sabe dónde está su hija?

—En la cama —respondió Tony, algo desconcertado.

—Está equivocado. Lo lamento, señor Morelli, pero no ha ganado el suministro de aceite para coche durante una semana. Bri está aquí, muy enfadada.

—¿Cómo diablos ha podido hacer eso?

Sharon se encogió de hombros.

—Tal vez haya tomado un taxi o un autobús... no lo sé. Lo importante es...

—¡Lo importante es que odio a mi padre! —gritó Bri, lo suficientemente alto para que Tony oyera.

—Ya veo que todo ha salido mal entre vosotros dos —dijo dulcemente Sharon. Estaba empezando a enfadarse al pensar en el peligro en que Bri había estado y en el dolor que sentía—. Tony, ¿qué diablos le has dicho a la niña?

—Me ha dicho —comenzó a explicar Bri— ¡que él y mi madre ni siquiera pudieron esperar a estar casados para hacerlo!

—Si yo fuera tú, guardaría silencio —dijo Sharon con amabilidad a la niña.

—Iré ahora mismo a por ella —anunció Tony.

—¿Y vas a dejar solo a Matt? —le preguntó Sharon—. No me parece bien.

—Entonces tú puedes traerla a casa.

Sharon se enfadó.

—Tal vez sería mejor que Bri pasara aquí la noche. Está muy enfadada y...

—Briana es mi hija, Sharon —la interrumpió con frialdad Tony—, y yo decidiré cómo llevar este asunto.

Sharon se sintió como si Tony le hubiera dado una bofetada.

Nunca le había dicho él esas palabras; nunca había señalado el hecho de que, en realidad, Bri era exclusivamente hija suya.

—Lo siento —dijo él, después de un momento de aflicción y silencio.

Ella no podía hablar.

—Maldita sea, Sharon, ¿estás ahí o no?

Ella tragó saliva.

—Lle... llevaré a Briana a casa dentro de unos minutos —dijo.

—¡No quiero volver allí jamás! —intervino Bri.

Tony suspiró. Volvió a lanzar una maldición.

—Y yo que pensaba que tenía tacto.

A Sharon se le llenaron los ojos de lágrimas.

—Al parecer no —dijo, quebrándosele la voz.

—Ella puede quedarse allí —cedió Tony.

Sharon se pasó una mano por el pelo.

—Qué magnánimo eres —expresó—. Buenas

noches, Tony —luego, sin atreverse a decir más, colgó.

Durante los siguientes minutos, mientras Bri se encontraba en el baño, lavándose la cara y poniéndose un pijama de Sharon, su madrastra convirtió el sofá en cama. Las palabras de Tony todavía caían sobre su alma como gotas de ácido. «Briana es mi hija... yo decidiré cómo llevar este asunto».

Bri salió del baño; parecía avergonzada.

—¿Papá está furioso conmigo? —preguntó.

Sharon movió la cabeza.

—Me parece que no, amorcito. Pero tú estabas furiosa con él, ¿verdad?

Bri asintió. Se mordió el labio inferior y se sentó en el borde del sofá cama.

Sharon se sentó junto a ella y puso un brazo alrededor de los hombros de la niña.

—¿Quieres hablar?

A Bri le tembló el mentón.

—¡Soy el producto de una equivocación! —exclamó, y de nuevo se le llenaron los ojos de lágrimas.

Sharon la abrazó.

—Nunca.

La pequeña se sorbió las lágrimas.

—Tal vez fui concebida en el asiento trasero de un coche —dijo con desesperación.

Sharon no pudo por menos de reír.

—Oh, Bri —dijo, presionando su frente contra la de su hijastra—. Te quiero mucho.

Briana echó los brazos al cuello a Sharon.

—Yo también te amo, mami. Ojalá pudieras ir a casa y quedarte allí.

Sharon no hizo ningún comentario al respecto. En vez de eso, alisó el pelo enmarañado de Bri y dijo:

—Es hora de que te duermas, pero primero quiero saber algo. ¿Cómo has llegado aquí?

—He tomado un taxi. Papá estaba lavando ropa, así que no me oyó salir.

Sharon suspiró.

—Mi amor, lo que has hecho es muy peligroso. ¿Me prometes que no volverás a hacerlo?

Bri vaciló.

—¿Y si necesito hablar contigo?

Sharon tomó entre sus manos la hermosa cara de la niña.

—Entonces llámame y quedaremos en algún sitio —contestó en voz baja—. ¿Me lo prometes, Briana?

La niña tragó saliva y asintió. Luego Sharon la acostó y le dio un beso de buenas noches, como había hecho tantas veces. Llegó a la intimidad de su habitación antes de que el corazón se le partiera en pedazos.

A la mañana siguiente, Tony llegó temprano, mientras Sharon se encontraba todavía tomando una ducha, y recogió a Briana. Dejó una breve nota sobre la mesa de la cocina donde le daba las gracias por todo.

Sharon estrujó el recado y lo arrojó a la pared.

—Yo también te doy las gracias por todo, Morelli —murmuró—. ¡Muchísimas gracias!

Se encontraba de un humor terrible cuando llegó a la tienda. Helen ya la había abierto.

Como había varios clientes curioseando, Sharon se obligó a sonreír cuando entró rápidamente y se colocó detrás del mostrador.

—¿Estás bien? —se aventuró a preguntarle Helen, con cuidado.

—No —respondió Sharon.

—¿Hay algo que pueda hacer?

Sharon negó con la cabeza. Iba a tener que tranquilizarse y continuar la jornada. Respiró hondo y salió a saludar a los clientes. Por fortuna, fue una mañana de mucha actividad, así que no hubo tiempo para pensar en nada que no fuera atender el negocio.

Era mediodía, y Helen había ido a la pizzería, que se encontraba en el otro extremo de la galería de tiendas, para comprar unas ensaladas, cuando apareció Tony. En lugar de sus acostumbrados pantalones vaqueros y botas vestía un traje de tres piezas. Se acercó al mostrador e, inclinando ligeramente la cabeza hacia un lado, sus ojos oscuros parecieron acariciar a Sharon por un momento, antes de hablar.

—Lamento que no hayamos tenido oportunidad de hablar esta mañana —dijo.

—Estoy segura de que lo lamentas —dijo con mofa Sharon, al recordar la nota que le había dejado horas antes—. ¿A qué se debe esa ropa tan elegante?

—He tenido una reunión —contestó Tony. Luego arqueó una ceja y suspiró—. Supongo que no dispones de tiempo libre para comer conmigo.

Sharon abrió la boca para decirle que tenía toda la razón, pero en ese momento llegó Helen.

—¿Sabes una cosa? —le dijo la otra mujer—. Se les ha acabado la ensalada. Supongo que no te queda más remedio que aceptar la invitación de Tony.

Sharon no creyó a Helen.

—Tengo una idea —dijo secamente a su amiga—. ¿Por qué no vas a comer tú con Tony?

Tony miró a Helen, esperando que esta replicara.

—Tengo planes —dijo Helen con arrogancia y, empujando a Sharon con el codo, se colocó detrás del mostrador—. Sucede que estoy decidida a levantar mi propio imperio de ropa interior, señora Morelli, así que cuídese la espalda.

Tony rio y tomó a Sharon del brazo. Esta, para no protagonizar una escena, dejó que la condujera fuera de la tienda y luego a lo largo de la concurrida galería.

Sharon procuraba andar un poco más deprisa que Tony, haciendo todo lo posible por no prestarle atención.

—¿Dónde quieres comer? —preguntó él al fin.

—Me da igual —respondió ella con firmeza.

—Me gustan las mujeres decididas —dijo él con burla.

Agarrándola con más fuerza del brazo, la condujo hacia un lugar donde vendían bocadillos.

Una vez que estuvieron sentados en una mesa, en un rincón y junto a una ventana, Sharon abandonó un poco su actitud de rigidez.

—¿Cómo has podido decir eso? —preguntó en un susurro, evitando la mirada de Tony.

—¿El qué? —preguntó él a su vez con un tono de desconcierto tal que Sharon sintió ganas de golpearle en la cabeza con el menú que tenía en las manos.

—Lo que dijiste anoche —dijo Sharon en voz baja, furiosa—. ¡Dijiste que Bri era tu hija!

—¿No lo es? —preguntó Tony.

Tuvo la audacia de leer la lista de platos mientras esperaba la respuesta de Sharon.

Ella contuvo el deseo de darle un puntapié en la espinilla. Empujó hacia atrás la silla y se habría levantado si él no la hubiera agarrado de la muñeca.

—¡Sabes que no es eso lo que quiero decir! —exclamó ella.

Tony la miró como si le doliera la cabeza.

—Parece que aquí no nos estamos comunicando —comentó él un momento después.

—Se debe a que uno de nosotros es tonto —dijo Sharon—. Y no se trata de mí, amigo.

Tony suspiró.

—Tal vez fui un poco insensible...

—¿Un poco? Por Dios, Tony, has hecho de la insensibilidad un arte. ¡Ni siquiera sabes por qué estoy enfadada!

—Estoy seguro de que después de que me hayas atormentado algunas horas, ¡me lo dirás!

Se acercó una camarera.

—La especialidad de hoy es pollo asado —anunció.

—Eso comeremos —dijo Tony, sin apartar su furiosa mirada de la cara de Sharon.

—Muy bien —dijo la camarera encogiéndose de hombros, y se fue.

Tony no esperó a que Sharon hablara.

—Si me dices que no quieres pollo asado, te estrangularé.

—No sabía que te gustaran tanto las aves.

Tony la miró airadamente.

—Sharon... —le dijo con tono de advertencia.

—Bri no es solo tu hija, y no importa de quién fuera el coche en que fue concebida —dijo Sharon con dignidad–. Yo he criado a esa niña. La quiero tanto como a Matthew.

Tony pareció desconcertado.

–Sin importar de quién... –una expresión de furia apareció en su cara al caer en la cuenta–. Anoche, todavía estás furiosa por lo que dije anoche, por teléfono.

Sharon no dijo nada. No necesitaba hacerlo, pues sabía que la expresión de su cara lo decía todo.

–Dios mío –murmuró Tony–. Te pido perdón.

Sharon estaba peligrosamente cercana a las lágrimas, pero se obligó a sí misma a no llorar. Tenía una tienda en esa galería, así que la gente la conocía. No podía permitirse el lujo de dar un espectáculo.

–Y pensabas que todo lo hacías bien, ¿verdad? Creías que bastaba decir lo siento, como si nada hubiera pasado.

Llegó el pollo asado. Cuando la camarera se hubo ido, Tony preguntó:

–¿Qué otra cosa podría haber dicho, Sharon?

Ella tragó saliva y, realmente desesperada, miró el plato de comida que tenía delante. De ninguna manera iba a poder probar el pollo.

–Bri es también mía, y la quiero –insistió con expresión lastimosa, y luego se levantó y salió del restaurante con la cabeza bien alta.

La tienda se encontraba llena de clientes cuando

Sharon volvió a ella, así que se puso a atenderlos. No obstante, sintió alivio cuando el día terminó. A diferencia de muchas otras tiendas de la galería, la suya se cerraba a las cinco y media.

—De verdad deberías pensar en conseguir a alguien que se quedara trabajando hasta las nueve —se aventuró a decir Helen, mientras las dos mujeres se entregaban a la familiar rutina de vaciar la caja registradora, revisar las cuentas y cerrar la tienda.

Sharon se encogió de hombros.

Helen se mostró comprensiva.

—¿Qué ha pasado, Sharon? —preguntó—. Sé que no es asunto mío, pero nunca había visto a dos personas tan enamoradas como Tony y tú. Y, sin embargo aquí estáis, divorciados... incapaces de comer juntos de manera civilizada.

Sharon permaneció callada, esperando que Helen cambiara de tema. Pero su amiga insistió.

—Te ama, Sharon. Los demás lo vemos con toda claridad... ¿por qué no te das cuenta tú?

A Sharon se le empañaron los ojos. Optó por hacer caso omiso del comentario de Helen relativo a los sentimientos de Tony.

—Ya sabes, mi madre me advirtió que el matrimonio no resultaría. Tony era ya un hombre próspero, y Bea me dijo que no era de mi misma clase... que se cansaría de mí y que comenzaría a buscar otras mujeres.

Helen bufaba de rabia.

—Perdona mi franqueza, pero ¿qué diablos sabe tu madre? Tony no te ha engañado nunca, ¿o sí?

Sharon negó con la cabeza.

—No, pero se cansó de mí. Estoy segura de que solo era cuestión de tiempo que buscara otras mujeres.

Helen emitió un sonido parecido a un grito reprimido.

—¿Cómo sabes que se cansó de ti? ¿Te lo dijo?

—No —respondió Sharon con tristeza—. No tenía que hacerlo. Trabajaba cada vez más, y cuando estábamos juntos, discutíamos... como hoy.

—¿Por qué motivo? —insistió Helen.

Sharon miró a su alrededor, a los ositos de felpa, los camisones y las batas.

—Por esta tienda, principalmente —contestó.

Entonces agarró su bolso y se dirigió a la puerta.

Tony golpeó con el puño el capó de una camioneta en la que aparecía el nombre de su compañía y lanzó una maldición. Acababa de despedir a uno de los mejores maestros de obras del negocio de la construcción, y ahora iba a tener que tragarse su orgullo e ir tras el hombre para disculparse.

—Tony.

Se puso rígido al oír la voz de su padre; luego, de mala gana, se volvió hacia él.

—¿Has oído lo que ha pasado? —dijo.

Vincent Morelli era un hombre de mediana estatura y figura y tranquila dignidad. Había comenzado a trabajar como aprendiz de carpintero a los quince años de edad y, medio siglo después, había entregado una próspera empresa a sus hijos.

—Todos lo han oído —dijo—. ¿Qué ha pasado, Tonio?

Tony se pasó una mano por el pelo.

—No lo sé, papá —confesó, mirando los edificios en construcción que se encontraban a unos cien metros de allí—. Solo sé una cosa: estaba equivocado. Me he equivocado mucho últimamente.

Vincent se detuvo junto a él.

—Te escucho —le dijo.

Desde su niñez, Tony había escuchado esas palabras a menudo, tanto provenientes de su padre como de su madre, y sabía que Vincent las decía en serio.

—Se trata de Sharon, y de los niños... y de todo.

Vincent esperó, sin decir nada.

—Yo no quería divorciarme —continuó Tony un momento después, consciente de que no le decía a su padre nada que no supiera ya. Vincent había sido testigo del dolor que Tony había ocultado tan bien a Sharon—. Desde que eso sucedió, he estado tratando de encontrar la manera de volver a hacer bien las cosas. Papá, no puedo ni siquiera hablar con ella sin ponerla furiosa.

Su padre sonrió con tristeza. Siempre le había gustado Sharon; incluso defendió su deseo de ser independiente.

—En algunas cosas, Tonio —dijo Vincent con voz apacible—, te pareces mucho a mí.

Tony se quedó sorprendido. No existía nadie a quien admirara más que a su padre. Era imposible ser muy parecido a él.

—Durante muchos, muchos años trabajé duro levantando esta compañía. Pero también fracasé un poco como hombre y como padre. No conocí a mis hijos hasta que fueron hombres y trabajaron a mi lado, y tal vez nunca conozca realmente a mis hijas.

Tony iba a protestar, pero Vincent, levantando la mano encallecida debido a los años de trabajo, le detuvo y continuó.

—Todos vosotros, Michael, Richard y tú habéis crecido y os habéis convertido en hombres prósperos, mientras que tus hermanas son mujeres admirables, pero gran parte del crédito me lo dais a mí cuando deberíais dárselo a vuestra madre, Tony, pues ella os enseñó todo aquello que os hace fuertes: seguridad en vosotros mismos, pensamientos claros, responsabilidad personal e integridad.

Tony bajó la vista y se miró las botas.

—Hasta que cumplí los sesenta años —continuó Vincent—, no tuve el buen sentido de apreciar a María como la mujer que es. Si eres sensato, Tonio, no esperarás tanto tiempo para comenzar a tratar a Sharon con el respeto que se merece.

—La respeto —dijo Tony, todavía con la vista baja—. Llegó a mi vida en un momento en que deseaba morir, papá, y me ayudó a recuperar el alma. Y aunque tuvo una infancia pésima, supo ser una madre para Bri.

Vincent puso una mano sobre el hombro de su hijo.

—Esas son unas palabras muy hermosas. Tal vez si se las dijeras a Sharon, en lugar de suponer que ella sabe cuáles son tus sentimientos, las cosas fueran mejor.

—Ella no querrá escucharme. Hay siempre demasiadas exigencias... y demasiadas confusiones...

—Eso es fácil de resolver —intervino Vincent—. Llévanos a los niños a tu madre y a mí y convence a Sharon para que vaya contigo a la casa de la isla un par de días. Allí agárrala de la mano y háblale dulcemente, siempre. Asegúrate de que haya vino y música y dile que la amas. Repetidas veces.

Tony abrigó ciertas esperanzas y sonrió.

—Eres un verdadero hombre galante y mujeriego —dijo en broma a su padre.

Vincent rio entre dientes y volvió a dar palmaditas en el hombro a su hijo.

—No he tenido tres hijos y tres hijas por accidente.

En ese momento, envuelto en un remolino, llegó el maestro de obras que acababan de despedir.

Salió de su automóvil y, agitando el dedo, se dirigió a Tony.

—¡Tengo algunas cosas más que decirte, Morelli!

Tony suspiró, miró avergonzado a su padre y se dirigió hacia su enfadado exempleado.

—Yo también tengo algo que decirte —afirmó con calma—. Estaba equivocado, Charlie, y lo lamento.

Charlie Petersen le miró con asombro.

—¿Decirme qué? —preguntó al fin, arrastrando las palabras.

—Ya me has oído —dijo Tony—. Hay un puesto de maestro de obras a tu disposición, si así lo deseas.

Charlie sonrió.

—Sí, lo deseo —admitió.

Los dos hombres se dieron la mano y luego, a grandes pasos, Charlie se acercó al bloque de apartamentos que se elevaba hacia el cielo.

Tony volvió a su propio trabajo.

Sharon había salido temprano de la tienda con la esperanza de recoger la escalera de tijera sin encontrar a Tony.

—Ojalá pudiéramos ir contigo para ayudarte —le dijo Matt, cuando estaban todos reunidos en la cocina para despedirse—, pero los dos estamos castigados y no podemos salir de casa.

Bri, desconsolada, asintió.

—Veamos —dijo Sharon a Matt—, estás castigado por haber matado a los pececitos de colores, ¿no?

Matt lanzó una mirada acusadora a Bri, pero asintió.

—Y yo estoy en la lista —dijo Briana— porque papá dice que escapar no está bien.

—Tiene razón —afirmó Sharon—. ¿Ya has hablado con él de nuevo?

—Aún no. Se supone que hablaremos esta noche.

Sharon suspiró y con suavidad puso las manos sobre los hombros de su hijastra.

—A veces tu papá no es el hombre con más tacto del mundo. Podrías hacer el intento de no prestar atención a lo que dice, sino a lo que quiere decir.

—Tú también podrías intentarlo, mami —observó Bri, poniendo a Sharon en su lugar.

—De acuerdo —dijo esta, besando a Bri y a Matt en la frente.

—¿Cómo se supone que vamos a llevar un regalo al tío Michael si los dos estamos castigados y no podemos salir de casa? —preguntó Matt.

—La abuelita ya nos ha dicho que la fiesta tendrá que ser pospuesta porque tío Michael va a estar fuera de la ciudad y porque papá tiene otros planes para el fin de semana.

Sharon cerró los ojos. No quería darle importancia al hecho de que Tony tuviera un compromiso especial para ese fin de semana, pero le resultaba insoportable.

Matt no estaba dispuesto a aceptar tonterías de su hermana.

—Sin embargo, el sábado es el cumpleaños de mi tío Michael, así que tenemos que llevarle un regalo. Además, ¡eres insoportable, Briana Morelli!

Al recordar que ahora le correspondía a Tony preocuparse por los dos pequeños, Sharon se dispuso a salir.

—Adiós —dijo a los niños, mientras estos se enfrascaban en una discusión.

La señora Harry se encargaría de evitar que se mataran antes de que Tony llegara a casa.

La escalera de tijera estaba apoyada en la pared del garaje, donde Sharon la había dejado. También se llevó los pantalones vaqueros más viejos que tenía, así como dos camisas de trabajo de Tony.

Dos horas y media más tarde, después de haber cubierto todos los muebles, Sharon sintió deseos de ser más resistente al cambio, de no ser una persona de ideas atrasadas.

Oyó que llamaban a la puerta, y pensó que sería el repartidor con su cena. Cuando abrió, encontró a Tony en el pasillo, pagando al muchacho del restaurante chino.

Sharon arrebató de las manos a su exmarido las cajas de cartón y fue a la cocina en busca de una cuchara y un tenedor.

—Oh, ¿todavía estás aquí? —preguntó ella afablemente cuando se volvió y encontró a Tony detrás de ella, con los brazos cruzados y su atractiva cara inclinada hacia un lado.

—No —respondió él secamente, con ojos que sonreían—. Soy solo una ilusión.

—Ojalá —murmuró Sharon.

Al regresar a la sala de estar, pisó el papel de periódico que cubría la alfombra. Sabía que con el pañuelo que llevaba en la cabeza, sus desgastados pantalones vaqueros, las playeras sucias y la camisa que le llegaba hasta las rodillas, su aspecto no era muy atractivo.

Tony la siguió.

A Sharon le habría gustado que se fuera, pero al mismo tiempo deseaba que no lo hiciera.

—Siéntate —le dijo con ademán amable. Luego, al darse cuenta de que había cubierto los sillones y el sofá, se dejó caer pesadamente en el suelo, al estilo indio.

Tony hizo lo mismo, levantó la mano derecha y dijo:

—Pasa la pipa de la paz, por favor.

Sharon sonrió, abrió las cajas de cartón y comenzó a comer.

—Te ofrecería un poco —dijo a Tony—, pero soy increíblemente glotona.

Él no dijo nada y se limitó a mirarla. A Sharon la mirada de Tony le parecía cálida.

—¿Has venido aquí por alguna razón en particular? —preguntó ella.

Él miró a su alrededor.

—He venido a ayudarte a pintar —respondió.

Sharon suspiró.

—Tony...

Tony observaba los labios de Sharon. A ella le resultaba muy turbador.

—¿Sí? —preguntó él.

—Puedo hacer esto sola.

Aunque un poco forzadamente, él sonrió.

—Estoy seguro de que puedes hacerlo. Pero me gustaría ayudarte. Te amo —añadió con voz tranquila.

Sharon recordó entonces lo que los niños habían dicho acerca de los planes que él había hecho.

—¿Estás practicando y preparándote para el candente compromiso que tienes este fin de semana?

—¿Estás celosa? —quiso saber él.

—En lo más mínimo —mintió Sharon, hundiendo el tenedor en el arroz.

Tony extendió un brazo, agarró la caja de cartón que ella tenía en la mano y la dejó a un lado. Luego, con suavidad, la tomó de las muñecas y la hizo sentarse, a horcajadas, sobre sus piernas.

—Solo esta vez —susurró él, mientras sus labios rozaban los de Sharon—, olvidémonos de los preliminares, ¿de acuerdo?

A Sharon le temblaban los brazos cuando se los echó al cuello.

—De acuerdo —dijo ella en voz baja.

Sabía que lo que estaba a punto de suceder era un error, pero no podía evitarlo. Tony era un hombre a quien cualquier mujer desearía. Además, le amaba.

El beso duró tanto y resultó tan apasionado que dejó a Sharon desorientada. Se sorprendió al descubrir que yacía sobre el suelo, pues no recordaba haberse movido.

Tony le estaba desabrochando la camisa, pero ella le detuvo.

—Esa mujer a quien vas a ver este fin de semana... ¿quién es? —se atrevió a preguntar.

Él volvió a besarla; con brevedad esta vez.

—Eres tú —respondió—. Es decir, si no me rechazas.

Él continuó desabrochándole la camisa y después le quitó el sujetador.

—Oh, Tony... —exclamó ella.

—¿Eso es un sí o un no? —preguntó él con voz ronca.

Sharon sintió el aliento de Tony muy cerca del pezón.

—¿Cuál... cuál es la pregunta? —quiso saber ella a su vez, jadeando y arqueando un poco la espalda cuando sintió que la punta de la lengua de Tony tocaba su cuerpo.

Él rio entre dientes y no contestó inmediatamente.

—Ya hablaremos de eso más tarde —dijo al fin.

Sin darse cuenta, Sharon había enredado los dedos en el pelo de él.

Sintió cálida la mano de Tony cuando esta tomó su seno, sobre cuyo pezón, ya húmedo y erecto debido a las caricias que le habían proporcionado los labios y la lengua de él, deslizó el pulgar.

—Oh, Dios, cómo te he extrañado —dijo Tony, y volvió a besarla con avidez, como si quisiera devorarla, al tiempo que se desnudaban.

Cuando unieron sus cuerpos, lo hicieron con alegría, pero culminaron en una especie de dulce desesperación, una mezcla de triunfo y rendición que los dejó exhaustos a los dos.

Tony se recuperó primero y, después de besar de nuevo a Sharon, se levantó y empezó a vestirse. Al hacerlo, el papel de periódico crujía bajo sus pies y Sharon comenzó a reír.

—¿Qué te parece tan gracioso? —preguntó él y, apoyándose en las manos, quedó suspendido sobre ella. Había en sus ojos amor y picardía.

—Tal vez tengas papel de periódico pegado a la espalda —contestó Sharon.

—Date la vuelta para que pueda ver —le dijo Tony.

—Gracias, pero no —dijo ella, apartándose para agarrar su propia ropa.

Él fingió leer algún titular de periódico cuando Sharon estiró el brazo para agarrar sus bragas y sus pantalones.

Ella rio y, blandiendo los pantalones, le golpeó con ellos. Comenzaron a luchar alegremente y terminaron en la cama de Sharon mucho tiempo después.

—¿Qué ibas a preguntarme… acerca del fin de semana? —quiso saber Sharon mientras apoyaba la mejilla en el hombro de Tony. Se sentía tan bien así, junto a él.

Tony apoyó la barbilla en la cabeza de ella.

—Me gustaría pasar un par de días en la casa de la isla... solos tú y yo.

—Me parece una proposición indecente.

Él rio y le dio un apretón en la cintura.

—Créeme que sí lo es.

Sharon levantó la cabeza para ver el reloj que estaba sobre la mesita de noche.

—Oh, Dios mío. Tony, ¿quién está con los niños?

—La señora Harris iba a quedarse hasta tarde. ¿Por qué? ¿Qué hora es?

—Tony, es más de medianoche.

Él lanzó una maldición y se levantó de la cama. Mientras buscaba su ropa en el suelo, Sharon se echó a reír.

—¿Sabes lo que esa mujer cobra por las horas extras? –preguntó Tony.

Sharon todavía reía.

—No, pero sé lo mucho que le disgusta trabajar hasta tarde. Me alegro de que seas tú quien tiene que enfrentarse a ella y no yo.

—Muchas gracias –dijo Tony, agarrando bruscamente su reloj de pulsera de la mesita de noche–. Salimos para la isla el viernes por la noche –le adivirtió, inclinándose para besarla una vez más–, así que asegúrate bien de estar preparada.

Sharon abrió la boca para protestar ante tal arbitrariedad, pero volvió a cerrarla. En realidad, no quería discutir, además podían hacerlo en la isla.

—Buenas noches —dijo Tony desde la puerta de la habitación.

Sharon experimentó de pronto una infinita tristeza al ver que él se iba.

—Adiós —dijo, contenta de que Tony no pudiera ver su cara.

Una vez que le oyó cerrar la puerta después de salir, Sharon echó la cadena de seguridad. Pensó que era como si tuviera un amante y no un esposo.

Mientras recogía su ropa, trató de saber qué prefería. También dedujo rápidamente que no iba a poder meterse en la cama donde acababa de pasar varias horas haciendo el amor con Tony y quedarse dormida plácidamente. Así que se dio una ducha, se vistió y se puso a preparar la pintura.

Con la nueva capa de pintura de color marfil, la sala de estar adquirió un aspecto mejor. Esto, además de haber hecho el amor con Tony, hizo que Sharon se sintiera animada. Por primera vez en meses, abrigó verdaderas esperanzas de un futuro mejor.

Eran las tres de la mañana cuando terminó. Cuando se acostó no tuvo ningún problema para conciliar el sueño.

A la mañana siguiente, con ojos brillantes y

canturreando, entró a las nueve en punto en su tienda.

Helen la miró con expresión atenta, y curiosa.

—Pareces feliz —le dijo, suspicaz.

Después de instalarse en una silla, Sharon tomó un bloc y un lápiz y comenzó a hacer anotaciones para poner un anuncio en la sección de ofertas de trabajo del periódico más leído.

—Gracias —respondió un momento después a Helen—. No haremos el inventario este fin de semana, pero necesitaré que trabajes el sábado, si quieres.

Helen estaba leyendo por encima del hombro de Sharon.

—¿Vas a contratar otro empleado? Discúlpame, pero ¿hay algo que deba saber?

Sharon dejó de escribir y sonrió a su amiga.

—Dios santo, ¿quieres decir si pienso despedirte?

—Supongo que sí —contestó; parecía preocupada.

Sharon movió la cabeza.

—Desde luego que no. Pero he decidido que tienes razón: es hora de que consigamos a alguien que trabaje por la tarde. Además, me gustaría disponer de más tiempo libre. Eso significa que necesitamos a dos personas que trabajen media jornada.

—¡Ya sé lo que pasa aquí! —exclamó Helen—. Sucede lo mismo que en aquella película de Jimmy Stewart, cuando él desea no haber nacido y llega una muchacha y le hace cambiar por completo de idea. Sus amigos no le reconocen... su propia madre no le reconoce. Su vida entera cambia, pues se da cuenta de lo importante que es realmente él. Además, es tan feliz...

—No es posible que pienses que algo así me ha sucedido, ¿verdad?

Helen suspiró y negó con la cabeza.

—No, pero a veces me entusiasmo —respondió.

IV

—Es necesario quitar las fotos de aquí, mamá —dijo Tony con amabilidad, señalando las fotografías donde aparecían Carmen y él.

Estas se encontraban encima del televisor de sus padres.

—La madre de Carmen era mi amiga más querida —dijo al fin con voz queda—. Éramos como hermanas.

Tony asintió.

—Lo sé, mamá. Solo estoy tratando de que las cosas sean un poco más fáciles para Sharon, eso es todo.

La perfecta cara, por la que no parecían pasar los años, se endureció durante un instante.

—Sharon se divorció de ti —le recordó a Tony—. Ella no es tu esposa.

—¿Tanta antipatía le tienes, mamá? —preguntó él con calma, después de un momento de silencio.

—No le tengo ninguna antipatía —afirmó María—. Ella es la madre de mi nieto.

—Las fotos le molestan. ¿No puedes entender eso?

—Carmen era prácticamente de mi familia. Ella y tú crecisteis juntos.

—Sí —dijo Tony en voz baja—. Y yo amaba a Carmen. Pero ahora está muerta...

—Razón de más para que se la recuerde como es debido —dijo María en voz baja pero apasionada—. ¿Ya se te ha olvidado que ella fue la madre de Briana, Tonio?

Tony negó con la cabeza.

—No, mamá, y Sharon no nos pide a ninguno de nosotros que lo olvidemos.

María respiró hondo, luego dejó escapar lentamente el aire y asintió. Con expresión cariñosa y deteniéndose en cada una de ellas, miró las fotografías que durante doce años había conservado.

—Ella era muy hermosa, Tonio.

Tony miró a Carmen, sonriente y del brazo de él en la fotografía de su boda.

—Sí —dijo con voz ronca.

—Llévate las fotos —dijo de pronto María—. Guárdalas para Briana... algún día ella las querrá.

Tony asintió y se levantó para agarrar las fotografías. María había dejado el sillón y ahora estaba de espaldas a él.

—¿Todavía la amas, entonces? —preguntó.

—Sí —contestó Tony—. Quizá más que antes, mamá.

—Había muchos problemas.

—No hay nada que desee más en este mundo que una segunda oportunidad con Sharon —dijo a su madre, y luego salió de la enorme casa, donde cada objeto de cada habitación le resultaba familiar.

En lugar de ir a la casa, Tony fue a su apartamento, en parte porque necesitaba estar a solas algún tiempo y en parte porque quería entregar las fotografías a Briana cuando las cosas estuvieran mejor entre ellos.

Cuando llegó al apartamento en el que vivía desde su separación con Sharon, dejó las fotografías e inmediatamente se olvidó de ellas. Su abuela, Lucía, que salía de la cocina, llegó pronto hasta él con los brazos extendidos.

Tony la besó en la frente y la saludó con amabilidad en italiano.

Ella le explicó que la hermana de Tony, Rosa, la había llevado allí y que quería cocinar para él. Tony adoraba a la anciana, pero no estaba de

muy buen humor para comer o charlar amiga-
blemente.

—En otra ocasión —dijo a Lucía—. No puedo
quedarme.

Lucía sonrió, le acarició la cara con una de
sus pequeñas manos, llenas de venas, y le dijo que
le dejaría la comida en recipientes de plástico,
que metería en la nevera para que él después
probara lo que le había preparado.

Tony rio y movió la cabeza, luego se inclinó
para besarla en la mejilla.

—Que lo pases bien, abuela —dijo a Lucía, y
salió del apartamento. En su automóvil fue hasta
un lugar desde donde podía ver el mar.

Aquel terreno con árboles y agua era un sitio
muy apropiado para pensar, un lugar para abrigar
esperanzas, lamer las heridas y hacer planes. Dos
veces había sido un sitio para llorar.

Sharon volvió de comer con un libro guardado en el bolso para que Helen no lo viera. Lo
que ahora ocurría entre Tony y ella era todavía
demasiado frágil e incierto como para hablar de
ello, incluso con su amiga más íntima. Sabía que
un libro de cocina italiana provocaría preguntas.

Cuando Helen salió a comer su acostumbrada ensalada, Sharon llamó a Rosa, la hermana
de Tony, y consiguió que le ayudara. Casada dos

años antes y embarazada de su primer hijo, Rosa estaba siempre dispuesta a colaborar. Prometió recoger a los niños y llevarlos a casa esa noche.

Cuando llegó la hora de cerrar la tienda, Sharon corrió a la tienda de comestibles que se encontraba en el otro extremo de la galería. En el libro de cocina estudió la lista de ingredientes que necesitaba para preparar espaguetis con almejas. Si eso no impresionaba a Tony, nada podría hacerlo.

Después de salir del supermercado, Sharon fue a la casa de Tamarack Drive. En la cocina, en el pizarrón que estaba junto al teléfono, Bri había escrito con cuidado:

Papi querido, estamos en casa de la tía Rosa. Le informé que no podíamos salir de casa, pero nos dijo que se había suspendido el castigo y que se suponía que iba a ir al apartamento. Abrazos. Bri.

Debajo de esto. Rosa había añadido: *No te preocupes por la abuelita… ahora pasaré a por ella. Adiós, guapo. R.*

Sonriente, Sharon buscó la llave del apartamento de Tony. La guardó en el bolsillo de la falda de pana que llevaba y salió de la casa.

Tony vivía fuera de la ciudad, al final de la primera hilera de apartamentos. Bri y Matt se lo habían dicho a Sharon semanas antes, después de una visita.

Con la mano un poco temblorosa, Sharon abrió la puerta del apartamento y entró.

El lugar estaba escasamente amueblado, como se encuentran normalmente los hogares de hombres divorciados, y muy limpio.

Había un acuario con varios peces de brillantes colores. Sobre el manto de la chimenea vio un foto de los niños hecha en Disneylandia, cuando vivían tiempos más felices.

Experimentaba una agridulce mezcla de esperanza y dolor cuando entró en la cocina. Tal como pensaba, era pequeña y eficiente. Un delicioso aroma de salsa de tomate y varias especias llenaba el ambiente.

Canturreando, Sharon sacó el nuevo libro de cocina de su bolso y sus compras de la bolsa de papel. Por un momento, se sintió mortificada cuando el teléfono sonó y el contestador recibió la llamada. Pensó que tal vez no debería haber entrado en el apartamento así, sin que él lo supiera.

Quien llamaba era Michael, el hermano menor de Tony.

—Ven a verme cuando puedas, Tonio —dijo con afecto—. Hemos conseguido el contrato sobre ese nuevo supermercado, así que hay fiesta en mi casa esta noche. Trae a la rubia.

A Sharon se le quedaron paralizadas las manos cuando las últimas palabras de Michael resonaron en el apartamento como un grito dentro de una cueva. Pensó en recoger el libro de cocina y la comida e irse, pero luego respiró hondo y se recordó a sí misma que Tony y ella estaban divorciados. Ciertamente, él tenía derecho a salir con otras mujeres.

Finalmente, Sharon decidió quedarse.

Pronto descubrió que había olvidado comprar aceite de oliva. «¿A qué rubia se refería Michael?», se preguntaba mientras echaba en una sartén la manteca con sabor a mantequilla que había encontrado de Tony.

Cuando ya llevaba un rato preparando la comida, decidió poner algo de música, maquillarse y asegurarse de que su pelo estuviera peinado.

Al buscar el baño, advirtió un extraño resplandor que provenía de la única habitación.

Perpleja, se detuvo y miró hacia el interior. Lo que vio la dejó con la boca abierta. Fue tal la conmoción que sufrió que tuvo que asirse de la puerta para mantener el equilibrio. Y cuando, por fin, encontró fuerzas para mirar hacia otro lado, oyó que Tony entraba.

Sin embargo, contempló las conocidas fotografías, las que antes adornaban la sala de estar de María. Estaban acomodadas con esmero sobre la cómoda de Tony y la luz de una vela parpadeaba delante de ellas.

Llevándose una mano a la boca, Sharon apartó

la vista. A punto de llorar, golpeó a Tony en el pecho.

Él la agarró de los brazos, y aunque la luz del vestíbulo era débil, Sharon pudo ver la mirada de desconcierto de él. Ella logró soltarse y, tambaleándose, volvió a la sala de estar, donde agarró su bolso.

—Sharon, espera un momento —le rogó Tony—. No te vayas...

Sharon se limpió las lágrimas con el dorso de la mano y fue a la cocina para apagar el fuego donde había estado preparando la salsa de almejas.

—Supongo que me merezco esto —gritó, histérica, sin poderlo evitar.

Cuando volvió a la sala. Tony estaba parado junto a la puerta principal, como si montara guardia.

—Ha sido muy atrevido por mi parte entrar así, pensando que podríamos continuar donde nos habíamos quedado...

—Eres bienvenida en cualquier momento —dijo Tony—. Ya sea de día o de noche.

—La mujer a quien Michael se refiere como la rubia tal vez estaría en desacuerdo con eso —dijo Sharon, cuyas palabras resultaron una especie de broma patética. Abrió la puerta—. Adiós, Tony. Y perdón por haberme metido en tu casa... realmente lo lamento.

Tony la sujetó del brazo y la hizo entrar de nuevo. Proveniente del aparato estereofónico, se oía una melodía especialmente romántica, una melodía que a ella y a Tony les gustaba escuchar juntos.

—Maldita sea, Sharon, no voy a dejar que te marches. No dejaré que lo hagas de nuevo.

De un tirón, ella se soltó.

—No puedes detenerme —dijo furiosa.

Se quedó de espaldas a él, temblando, mirando hacia la calle, aunque sin ver en realidad.

—Estás demasiado trastornada para conducir —dijo Tony, sin hacer ningún intento por volver a sujetarla del brazo—. Entra y hablemos, por favor.

Sharon se llevó una mano a la cabeza.

—Es inútil que hablemos... ya deberíamos saber eso.

Él suspiró.

—Sharon, si se trata de esa mujer, te recuerdo que estamos divorciados...

—No se trata de eso —dijo ella, inexpresiva—, sino de ese altar que tienes en tu habitación —se detuvo en el umbral de la puerta y se volvió para mirarlo—. Mi abogado se pondrá en contacto con el tuyo para ver lo de la custodia... lo de compartir la casa y todo eso. Vamos a tener que arreglar las cosas de otra forma.

—Sharon —dijo Tony con desesperación.

Cauteloso, la tomó de la mano y la condujo por el pasillo hacia su habitación.

Se detuvo en la puerta. Sharon advirtió que se ponía rígido.

—Oh, Dios mío —murmuró él, y ni siquiera la miró a la cara. Después de suspirar, dijo—: Nunca me creerás, así que voy a tratar de explicártelo. No en este momento —soltó la mano de Sharon y dejó caer la suya—. Te llamaré después.

—No va a haber ningún después —dijo Sharon apaciblemente—. No lo habrá para nosotros.

Dicho eso, se volvió y se marchó, y Tony no hizo ningún movimiento para detenerla.

Una vez en su apartamento, Sharon se puso ropa de trabajo y comenzó a pintar de verdad. Mientras lo hacía, las lágrimas corrían por su cara, pero no se detuvo. Pintó la cocina, el dormitorio y el baño y dio una segunda mano a la sala de estar.

Cuando terminó, era tan tarde que no tenía ningún sentido acostarse. Se deshizo de todo el papel de periódico, de la pintura restante, de las brochas y latas y luego se dio una ducha. Cuando se encontraba bajo el agua, se frotó con desesperación los senos y caderas, todos los sitios donde Tony la había tocado, tratando de borrar todas las sensaciones que aún permanecían en su piel.

—Dios mío —exclamó Helen cuando Sharon

entró en la tienda, una hora después–. ¡Tienes un aspecto terrible!

Sharon no dijo nada. Sencillamente, con movimientos de marioneta, fue hasta el cuarto que se encontraba al fondo de la tienda y se sentó detrás del escritorio. Sacó el talonario y extendió un cheque para Helen, así como otro para ella.

Después de eso, echó un vistazo a la correspondencia. Se fijó en un desfile de modas que tendría lugar en París al cabo de un par de semanas.

Ya casi estaba preparada para atender a los clientes, pero cuando se disponía a levantarse, se llevó una sorpresa.

Michael, el hermano de Tony, andando a grandes pasos, entró en el pequeño cuarto. Parecía muy serio y muy enfadado. A Sharon siempre le había caído bien, así que se sintió herida por el fuego que advirtió en sus ojos oscuros.

–¿Qué le has hecho? –dijo en voz baja, apretando los labios.

–Siéntate –le dijo a su excuñado.

Él se sentó junto al escritorio, todavía bufando de cólera.

–Celebré una fiesta anoche –comentó, mirándola airadamente.

Sharon se sentó y se cruzó de brazos.

–Ya lo sé –dijo con tranquilidad.

–Tony estuvo allí.

Para entonces un muro de hielo envolvía a Sharon.

—Es natural.

Sin duda, Michael estaba furioso. Sin embargo, respiró hondo y trató de hablar con calma.

—Sharon, mi hermano parece haber estado en un accidente de trenes. Apareció en mi casa anoche, ya tarde, ebrio y hablando de altares, rubias y salsa de almejas. Lo único más o menos razonable que pude entenderle fue que tu abogado iba a llamar a su abogado —Michael estaba un poco más tranquilo ahora—. ¿Qué le has hecho?

—No le he hecho nada —dijo—. Y se trata de un problema que solo nos afecta a tu hermano y a mí, Michael. Perdóname, pero este no es asunto tuyo.

—¿Crees que me importa saber si consideras esto asunto mío? ¡Tony es mi hermano y le quiero!

Sharon cerró los ojos por un momento. Le dolía la cabeza.

—Te felicito, Michael —dijo, suspirando y frotándose las sienes—. Tony es un hombre difícil de amar... yo ya he dejado de intentarlo.

—De acuerdo —dijo, frustrado—. He hecho lo que he podido. Tony me matará si descubre que he venido aquí y te he contado lo de anoche.

—Yo no se lo diré —le aseguró Sharon—. Por cierto, enhorabuena por el nuevo contrato, el del supermercado.

Michael la miró con curiosidad durante un momento, luego se puso de pie. Parecía nervioso.

—Gracias, Sharon. Solo quiero decirte una cosa más y me iré. Tony te ama tanto como cualquier hombre puede amar a una mujer, y si no encontráis la forma de entenderos pronto, perderéis algo muy valioso.

—Lo sé —dijo Sharon, convencida y triste—. Ni siquiera deberíamos haber hecho el intento.

Al oír eso, Michael movió la cabeza y salió. Helen apareció inmediatamente.

—¿Estás bien? —preguntó a Sharon.

Esta movió la cabeza.

—No —respondió—. No lo estoy. Escucha, Helen, tengo un maldito dolor de cabeza... —y el corazón roto, podría haber añadido—. Quisiera irme.

—No te preocupes. Entonces... te veré mañana...

—Claro que sí. Muchas gracias, Helen.

Sharon se puso unas gafas oscuras, aunque no era un día particularmente brillante y cruzó el aparcamiento en dirección a su automóvil. Sin ningún destino especial en la mente, tomó la autopista y se dirigió a las afueras de la ciudad.

Llevaba casi una hora recorriendo la autopista cuando se dio cuenta de que iba a Hayesville, el pueblecito de la península donde había crecido y donde su madre aún vivía.

Comenzó a llover y una hora más tarde llegó

a un restaurante que se encontraba a un lado de la carretera para tomar café y llamar a Briana y Matt.

—¿Dónde estás, mami? —le preguntó Briana, quejándose—. Se supone que debes estar con nosotros... te toca a ti.

—También mañana comienzan las clases —le dijo Matt por una de las extensiones telefónicas.

Sharon cerró los ojos un momento, tratando de tranquilizarse.

—No estáis solos, ¿verdad? ¿Está allí la señora Harris?

—No —respondió Bri—. Está papá. Pero le duele la cabeza y se supone que no debemos entrar en el estudio.

Sharon se vio obligada a decir:

—Uno de vosotros debe ir a decirle que se ponga al teléfono, por favor. Tengo que explicarle por qué no puedo estar allí.

Mientras Bri hablaba sin cesar con su madre, contándole sus cosas, Matt fue al estudio.

Después de lo que a Sharon le pareció una eternidad. Tony se puso al aparato.

—Cuelga, Briana —dijo, conciso, a su hija.

Bri iba a protestar, pero obedeció.

Sharon empezó a hablar.

—Tony, escúchame...

—No, señora —la interrumpió bruscamente—, escúchame tú a mí. No sé dónde estás o qué haces, pero te toca a ti cuidar a los niños, ¡así que ven aquí y cuídalos!

Sharon suspiró.

—No puedo. Estoy... estoy fuera de la ciudad.

La voz de Tony sonó fría; parecía un extraño.

—Maravilloso. ¿Planeaba tu abogado mencionarle eso a mi abogado?

—No, Tony —dijo ella en voz baja—. No seas cruel, por favor.

—No es mi intención serlo. Pensaba que esa era la forma en que íbamos a comunicarnos a partir de ahora, a través de nuestros abogados.

—Somos como dos sustancias químicas incompatibles... no nos podemos mezclar.

—¿Dónde estás? —preguntó Tony, después de un largo momento de silencio.

—Voy a visitar a mi madre —contestó Sharon con tono un poco retador, aunque esa no era su intención.

—Magnífico. Si logras hablar con ella cuando no esté jugando al bingo, podrás desahogarte en su hombro.

—Ese ha sido un comentario pésimo, Tony. ¿He dicho yo algo acerca de tu madre?

—Muchas veces —contestó él.

Era inútil. Sharon se alegró de que Tony no pudiera ver que tenía los ojos llenos de lágrimas.

—Abraza a los niños de mi parte, por favor, y hazles saber que mañana estaré en casa. Diles que saldremos a cenar para celebrar su primer día de colegio.

Tony se quedó callado durante un largo rato. Al fin, dijo:

—Se lo diré.

—Gracias —colgó con suavidad el teléfono y se dirigió a su automóvil.

V

Oscurecía cuando Sharon llegó a Hayesville.

Su madre vivía en una pequeña casa alquilada. La cerca necesitaba una mano de pintura y el césped un corte. Sharon aparcó su automóvil en la entrada.

Entró en la casa por la puerta de atrás, por la cocina.

—¿Bea? —la llamó Sharon, aunque sabía que su madre no se encontraba allí. Sin duda Tony tenía razón: Bea estaba jugando al bingo en el Grange Hall. En la actualidad trabajaba en un salón de belleza solo media jornada, pues tenía una misteriosa fuente de ingresos, de la que se negaba a hablar.

Tal como era de esperar, no hubo respuesta. Sharon se preguntó por qué había recorrido tantos kilómetros si sabía que su madre no iba a estar allí.

Miró el teléfono y sintió el deseo de poder llamar a Tony, tan solo para oír su voz. Se sobresaltó cuando, efectivamente, el aparato sonó. Contestó a la llamada.

—¿Diga?

—¿Sharon? —oyó a Bea preguntar con cautela, como si quisiera estar segura de que hablaba con su hija y no con un ladrón.

A pesar de todo, Sharon sonrió.

—Sí, soy yo —contestó con calma—. Acabo de llegar.

—Melba Peterson me ha dicho que te ha visto en ese coche amarillo que tienes, pero no sabía si creerla o no.

—¿Vas a venir a casa? —le preguntó Sharon.

—Por supuesto que sí —contestó Bea, muy sorprendida—. ¿Pensabas que iba a dejarte allí completamente sola?

Después de un momento, Sharon logró responder:

—Sí... quiero decir, no...

—Pronto estaré allí, cariño —anunció Bea alegremente—. ¿Has comido algo?

—Bueno...

—Me parece que no. Llevaré hamburguesas.

—En realidad no...

—Nos vemos dentro de unos minutos —dijo Bea, como si su hija y ella hubieran estado siempre muy unidas.

Para cuando su madre llegó, Sharon se había lavado la cara con agua fría, cepillado el pelo y logrado sonreír.

—¿Qué te ha hecho ese rufián? —le preguntó Bea, acabando con todas las esperanzas de Sharon de que hubiera conseguido parecer normal.

—Tony no es ningún rufián y no me ha hecho nada...

—Claro, no lo ha hecho. Por eso estás aquí —hizo un ademán con la bolsa de papel que llevaba en la mano y Sharon la siguió al interior de la cocina.

Bea era una mujer menuda que se teñía el pelo de rubio y que por lo general llevaba pantalones, camisa floreada y zapatillas de lona. Dejó la bolsa con las hamburguesas en la mesa.

—Ya es hora de que dejes a ese hombre y busques a otro —sermoneó a su hija.

—Tú nunca has buscado a otro hombre —señaló como había hecho tantas veces cuando era una adolescente.

Bea se sentó y empezó a comerse rápidamente una hamburguesa y patatas fritas. Sharon debía hacer lo mismo si no quería quedarse con hambre.

—¿Qué te hace pensar que necesitaba buscar?
—preguntó Bea un momento después.

Sharon se sentó y agarró una hamburguesa.

—¿Quieres decir que has mantenido un idilio durante todos estos años y yo ni siquiera lo he sabido?

—Hay muchas cosas que no has sabido, amor mío —dijo con suficiencia. Luego se echó a reír ante la expresión de sorpresa de su hija.

Como dos compañeras, estuvieron comiendo en silencio durante varios minutos. Al fin, Sharon dijo:

—Todavía estoy enamorada de Tony.

—Dime algo que no sepa ya —le pidió Bea, suspirando.

Sharon no podía seguir comiendo. Dejó sobre la mesa el trozo de hamburguesa que le quedaba y lo miró fijamente.

—Creo que tenías razón cuando me dijiste que nuestro matrimonio nunca resultaría —dijo por fin.

Vacilante, Bea levantó una mano y la puso sobre la de Sharon.

—No quería que te lastimaran —afirmó con amabilidad—. Tony era joven, acababa de perder a su esposa y tenía que criar a un bebé. Tenía miedo de que se aprovechara de ti. Ahora las cosas son distintas.

—Ya no puedo pensar, Bea... —afirmó Sharon—.

Parece que todo lo que puedo hacer es sentir. Y todo me causa dolor.

–Eso es amor –comentó Bea–. ¿Tienes alguna idea de lo que siente Tony?

–No. A veces pienso que me ama, pero luego algo ocurre y todo se va al diablo.

–¿Qué quieres decir con eso de que algo ocurre?

Sharon bajó la vista y dijo:

–Ayer tuve la brillante idea de que iba a sorprender a Tony con una verdadera comida italiana. Solo que fui yo quien recibió la sorpresa.

Bea le apretó la mano.

–Adelante.

Sharon le relató cómo se había encontrado con las fotografías de Carmen y la vela encendida delante de ellas.

–Tal vez exista alguna explicación a eso –comentó Bea–. No parece el tipo de cosas que Tony haga, sobre todo después de todo este tiempo.

Sharon se mordió el labio inferior.

–Ahora me doy cuenta –dijo en voz baja, apenada.

–¿No podrías volver y disculparte, sencillamente? ¿O llamarle por teléfono?

–Tony sabe cómo distanciarse de mí –dijo Sharon pensativa, moviendo distraídamente la cabeza–. Eso me duele demasiado.

—Tal vez te vendría bien suponer que tú también le has lastimado algunas veces. ¿No me contaste que Tony montó en cólera cuando te divorciaste de él?

Al recordarlo, Sharon cerró los ojos y asintió. Nunca había temido a Tony, nunca hasta ese día en que entró en la tienda con los papeles del divorcio en la mano y, por su aspecto, dispuesto a matar sin vacilaciones. Ella había permanecido detrás del mostrador, temblando por dentro, temerosa de decirle por qué no podía seguir casada con él... sin saber ella misma la respuesta.

Bea habló en voz baja.

—Dices que amas a Tony, pero me parece que no entiendes aún lo que ocurre entre vosotros dos. Bueno, tenías razón, Sharon: no te atreves a volver con él hasta que no sepas primero qué es lo que pasó.

—¿Qué puedo hacer? —preguntó Sharon.

—Espera —le aconsejó Bea—. Trata de darte la oportunidad de pensar un poco más claramente. Si amas a un hombre, es casi imposible ser objetiva cuando estás demasiado cerca de él.

—¿Cómo sabes tanto? —le preguntó Sharon, sonriente y bromeando.

Bea se encogió de hombros, pero pareció complacida por el cumplido.

—Cometiendo errores, supongo —se levantó y se puso a preparar café.

Sharon recogió los restos de la informal cena

y los echó en el cubo de la basura. Luego limpió la mesa.

Esa noche Sharon durmió en la que había sido su propia habitación. A la mañana siguiente, cuando despertó, se sintió un poco mejor, un poco más fuerte.

Encontró a Bea en la cocina, preparando el desayuno. Mientras freía beicon, Bea contó a su hija todo lo relacionado con el coche que pensaba ganar en la sesión de bingo de ese día. Entonces sonó el teléfono. Sharon oyó a su madre hablar.

—Sí, aquí está —dijo Bea después de un momento de silencio—. Espere.

Nerviosa, Sharon miró a su madre con expresión interrogante.

—Habla el señor Morelli... Vincent —le dijo Bea en voz baja.

Sharon sintió una corazonada. Se sentó antes de hablar con su exsuegro.

—¿Vincent? —preguntó con voz temblorosa.

La amable voz sonó triste y temerosa.

—Tengo una mala noticia para ti, querida —comenzó a decir Vincent, y Sharon buscó la mano de Bea. La encontró, fuerte y segura—. Ha habido un accidente esta mañana y Tony ha resultado herido. Los médicos todavía no saben el alcance de las lesiones.

Parecía que la cocina se balanceaba. Sharon

cerró los ojos un segundo e hizo un esfuerzo para no caerse.

—¿Qué ha pasado? —logró preguntar.

Vincent suspiró con dolor, frustración, ira.

—Tonio estaba trepando por el armazón y se cayó. No llevaba puesto el cinturón de seguridad.

Sharon tragó saliva. Con toda claridad imaginó el accidente.

—¿Están bien Briana y Matt?

—Están en el colegio —contestó Vincent—. No saben lo que ha ocurrido. El resto de la familia está aquí, en el hospital.

—Llegaré allí tan pronto como pueda —dijo Sharon—. Vincent... gracias por llamarme.

—Conduce con cuidado, pequeña... no necesitamos que ocurra otro accidente.

Sharon prometió ser precavida. Sin embargo, estaba confundida y frenética y las lágrimas se deslizaban por sus mejillas.

Bea la obligó a quedarse quieta agarrándola de las dos manos.

—Dime: ¿está herido alguno de los niños?

Sharon movió la cabeza.

—No... se trata de Tony. Se ha caído, los médicos no saben... —soltándose, se llevó una mano a la frente—. Oh, Dios, tardaré horas en llegar allí... ¡mi bolso! ¿Dónde está mi bolso?

Bea agarró el bolso de Sharon, que estaba encima del lavaplatos, lo abrió sin vacilaciones y sacó las llaves del automóvil de su hija.

–Yo conduciré... estás demasiado trastornada –anunció a Sharon.

Sharon casi chocó con Michael cuando entró en el hospital; lo habría hecho si su cuñado no hubiera extendido los brazos para impedirlo.

–¿Tony...? –fue todo lo que ella pudo decir, con voz ahogada.

Sabía que se había puesto pálida.

La expresión de Michael era de ternura.

–Se pondrá bien –dijo a Sharon rápidamente, ansioso por tranquilizarla.

Una agradable sensación de alivio invadió a Sharon.

–Gracias a Dios –susurró–. ¿Dónde está? Quiero verlo.

–No me parece que sea buena idea, princesa –dijo él con voz ronca–. No en este momento.

–¿Dónde está? –repitió Sharon, esta vez con mayor firmeza, aunque todavía en voz baja.

Michael suspiró.

–Habitación 229. Pero, Sharon...

Sharon corrió hacia el ascensor. Bea, mientras tanto, todavía se encontraba aparcando el automóvil.

La habitación se encontraba en un rincón y

muchos de los miembros de la familia Morelli se hallaban en el vestíbulo. Sharon se alegró de haber encontrado a Michael antes de haber subido, pues de no haber sido así, habría pensado que había ocurrido lo peor.

Los Morelli se apartaron para dejarla entrar.

Tony estaba sentado en la cama y tenía la cabeza vendada. Su cara estaba magullada y el brazo izquierdo escayolado. Pero fue la expresión de sus ojos lo que hizo a Sharon detenerse en medio de la habitación.

Su mirada era fría, como si la odiara.

Vincent y María se retiraron en silencio. Sin mirar alrededor, Sharon comprendió que también los demás visitantes se habían ido.

—He venido tan pronto como he podido —dijo con voz ronca—. ¿Te... te encuentras bien?

Tony solo asintió. Se notaba en sus ojos la intensidad de su ira.

Sharon sintió frío en el alma.

—Tony...

—Vete —dijo él, mirando, al fin, por la ventana. A lo lejos, el sol de la tarde hacía brillar las aguas del mar—. Por favor... vete.

Sharon no podía moverse. Deseaba correr hacia él. Al mismo tiempo, necesitaba escapar.

—No voy a irme a ninguna parte hasta que no me digas qué pasa —dijo a Tony.

Tony aún miraba por la ventana.

—Nos hacemos mucho daño —dijo él después de un prolongado silencio.

Ella se atrevió a acercarse a la cama. Sus manos ansiaban tocar a Tony, proporcionarle alivio, pero las mantuvo rígidas.

Sharon esperó en silencio. Sabía que no había nada que hacer como no fuera esperar y aguantarse hasta que él lo hubiera dicho todo.

—Tenemos que dejar de vivir en el pasado y seguir viviendo. Hoy he llegado a esa conclusión.

Las lágrimas estaban a punto de brotar de los ojos de Sharon. Bajó la cabeza para ocultarlas y se mordió el labio inferior.

—Puedes quedarte con la casa —continuó él, sin piedad.

Al fin miró a Sharon. Ella sintió que su mirada la tocaba. Su voz era áspera.

—Nunca he podido dormir en nuestra habitación. ¿Lo sabías?

Sharon negó con la cabeza; su orgullo la obligó a levantarla.

—Yo he dormido muchas veces en el estudio —confesó.

El momento de silencio que siguió resultó terrible. Sin poder soportarlo, Sharon se atrevió a acercarse a la cama, aunque sabía que no sería bienvenida.

—Estaba tan asustada —susurró.

Le temblaba la mano cuando tocó la venda que envolvía la cabeza de Tony.

—Sin duda —dijo Tony secamente y con crueldad—, tenías miedo de que al fin Carmen y yo hubiéramos encontrado la forma de estar juntos.

El sarcasmo fue un golpe directo. Sharon dejó que el dolor la meciera, sin apartar la mirada de los ojos de Tony. En ese momento le era imposible hablar.

—El altar, como tú lo llamaste, fue obra de mi abuela —continuó Tony—. Como te molestaban tanto, convencí a mamá de que me entregara las fotos. Pensaba dárselas después a Bri, cuando ella y yo nos lleváramos mejor. Mientras tanto, mi abuela las encontró y decidió pasar el tiempo honrando a los muertos.

Sharon puso el dedo índice sobre los labios de Tony, rogándole así que guardara silencio, pues ya no podía soportar más. Él tenía razón... mucha razón. Se hacían mucho daño el uno al otro.

Ella preguntó con desesperación:

—¿Y en cuanto a Bri? ¿Todavía podré verla?

Tony la miró como si ella le hubiera golpeado.

—Eres la única madre que ella ha conocido. No le haría daño... ni a ti... separándoos.

—Gracias —dijo Sharon en voz baja, estremeciéndose. Lo besó con suavidad en los labios—. Descansa ahora —sugirió a Tony antes de irse.

Él la asió del brazo para detenerla, y cuando ella miró hacia atrás, por encima del hombro, advirtió que Tony lloraba.

—Adiós —dijo él.

Sharon se cubrió la boca con una mano en un esfuerzo por controlar sus propias emociones y salió de la habitación. En el vestíbulo solo se encontraba su suegro.

Vincent echó un vistazo a Sharon y luego la abrazó.

—Ya, ya —dijo en voz baja—. Todo estará bien ahora. Tonio se pondrá bien.

Sharon ya no pudo contenerse más y comenzó a sollozar. Apoyó la frente en el hombro de Vincent y se dejó llevar por todo el dolor y la confusión que sentía.

—Dime, pequeña —le pidió él con amabilidad una vez que lo peor hubo pasado—. Dime qué te causa tanto dolor.

Sharon alzó la vista, le miró y trató de sonreír.

En lugar de contestar a la pregunta de Vincent, dijo:

—Tony es muy afortunado de tener a un padre como usted —se puso de puntillas y besó a Vincent en la mejilla.

Así se despidió de él.

Bea, quien se encontraba en la sala de espera junto con María, se acercó a Sharon cuando esta oprimió el botón para llamar al ascensor.

Ninguna de las dos mujeres habló hasta que llegaron al coche de Sharon y esta se hubo colocado ante el volante.

Moviendo la cabeza, Bea se subió al coche y entregó las llaves a su hija:

—¿Adónde vamos ahora? —preguntó.

Sharon puso en marcha el motor y luego se secó las lágrimas que tenía en las mejillas con las palmas de las manos. Antes de salir del aparcamiento, se puso el cinturón de seguridad.

—A casa —respondió—. Vamos a casa. Tony acaba de entregarme la casa.

—¿Acaba de qué? —preguntó Bea—. ¿Está entregando sus propiedades? No hace quince minutos que la propia madre de Tony me dijo que él se pondrá bien. Mañana saldrá del hospital.

Sharon estaba concentrada en el tráfico. Si no lo hacía, sabía que se desmoronaría.

—La casa no es de su propiedad, mamá. Nos pertenece a los dos.

Por primera vez en quince años, Sharon no había empleado el nombre de pila de su madre para dirigirse a ella. Sabía que eso debía de tener algún significado, pero tenía los nervios demasiado destrozados para averiguar cuál era.

—Si te da igual —dijo Bea cuando se acercaban a Tamarack Drive—. Me gustaría irme a casa mañana. Podría tomar el autobús.

Sharon se limitó a asentir.

En cuanto llegaron a la casa, Bri y Matt salieron corriendo por la puerta principal. Todavía llevaban la ropa que se habían puesto para su primer día en el colegio. Rosa los seguía de cerca.

Sharon habló primero con su excuñada.

—Él está bien... ya lo sabías, ¿verdad?

Rosa asintió.

—Papá nos ha llamado. Era por ti por quien estábamos preocupados.

Bri y Matt abrazaban a Sharon al mismo tiempo. Ella reía.

—Mami, ¿de verdad que papá está bien? —preguntó Briana, momentos después, cuando todos se encontraban en la cocina.

Sharon tuvo cuidado al mirar a su hija a los ojos.

—Sí, nena. Está bien.

—Entonces, ¿por qué no viene? —quiso saber Matt. Estaba más cerca de ella que de costumbre. Sharon comprendió que, al igual que ella, necesitaba que le tranquilizaran.

—Quieren que pase la noche en el hospital, tal vez para estar más seguros de que se va a poner bien —explicó Sharon a su hijo—. Tiene un brazo roto, algunas heridas y raspones y una venda en la cabeza. A parte de eso, parece estar bien.

—¿De verdad? —insistió Bri.

—De verdad —afirmó Sharon—. Ahora quiero

que me contéis todo lo que habéis hecho en vuestro primer día de colegio.

Los dos niños comenzaron a hablar al mismo tiempo y Sharon tuvo que intervenir con paciencia.

—Uno por uno. ¿Quién quiere ser el primero?

Generosa con su hermano, Briana dejó que Matt hablara primero. Este contó paso a paso todo lo que había hecho ese día.

Mucho más tarde, después de haber cenado y de que Bri y Matt se hubieran ido a su habitación, Sharon preparó el sofá cama que estaba en el estudio para su madre. Se movía como un autómata.

Bea se acostó inmediatamente.

Como Sharon quería tomar una taza de té antes de irse a dormir regresó a la cocina. Se sorprendió de encontrar allí a Michael. Advirtió que se parecía mucho a Tony.

—Traté de advertirte que Tony se encontraba en un estado de ánimo pésimo —le dijo amablemente Michael, con los ojos llenos de comprensión.

Sharon pensó otra vez que Tony era muy afortunado: no solo tenía a Vincent como su padre, sino a todo un grupo de personas que le querían de verdad.

—Sí —respondió Sharon con voz débil—. Lo hiciste.

—No importa lo que él te haya dicho —insistió—, no hablaba en serio.

Sharon ansiaba estar sola.

—No estuviste allí para escucharle —dijo.

Luego se volvió y se dirigió a la planta alta, esperando que Michael comprendiera.

Ya no le quedaban fuerzas.

VI

Sharon encontró su pasaporte en el fondo de un cajón de su escritorio, en casa, junto con algunos cheques cancelados de Tony, que cayeron al suelo. Se inclinó para recogerlos y, asombrada, vio un cheque extendido a Bea. Tony lo había firmado solo unas cuantas semanas antes.

Frunciendo el ceño, Sharon empezó a revisar los demás cheques. Pronto dedujo que Tony había estado manteniendo virtualmente a Bea durante años.

Sharon, que para entonces ya había olvidado por completo su pasaporte, se puso de pie y agarró el teléfono. Era sábado, temprano por la mañana, y, a menos que hubiera cambiado mucho de costumbre, a esa hora todavía estaría acostado.

A Sharon no le remordía en absoluto la conciencia despertarle. No había visto a Tony, excepto desde una ventana de la planta alta cuando recogía a los niños, casi desde hacía dos meses. También había evitado hablar con él por teléfono, aunque eso era más duro.

Supuso que se trataba de una especie de momento crucial.

Una mujer contestó al teléfono, y Sharon cerró los ojos un momento. Después de tanto tiempo, no esperaba experimentar tanto dolor.

—¿Me pone con Tony, por favor?

—¿Quién llama? —preguntó a su vez la otra mujer.

Sharon pensó que tal vez estaba hablando con la odiosa rubia que Michael había mencionado. También se preguntó si la mujer no habría pasado la noche con Tony.

—Soy Sharon Morelli —contestó con amabilidad—. ¿Quién es usted?

—Me llamo Ingrid —respondió la otra con despreocupación.

«Sí, es la rubia», pensó Sharon con tristeza. «Las personas que se llaman Ingrid siempre son rubias».

—Me gustaría hablar con Tony —recordó con perfecta dignidad a la amiga de su exmarido.

—Muy bien —dijo Ingrid—. Oye, Tony... llama tu exesposa.

Cuando Tony se puso al aparato, parecía preocupado. De hecho, ni siquiera se tomó la molestia de saludar a Sharon.

—¿Está bien todo? —quiso saber.

Sharon miró los cheques que tenía en la mano.

—¿Desde cuándo das dinero a mi madre? —preguntó.

Él suspiró.

—Ella te lo ha contado —dijo con resignación.

—No, qué demonios —exclamó Sharon, furiosa. No solo se trataba de los cheques, sino también de Ingrid y de muchos problemas—. ¡Nadie me cuenta nada!

—Cálmate —le dijo Tony—. No envidiarás a Bea porque le dé dinero, ¿verdad?

—Por supuesto que no —respondió Sharon con tono tajante.

—¿Cuál es el problema entonces?

—Que no me dijiste que lo hacías. Quiero decir que una pequeñez como dar dinero a alguien por lo general forma parte de la conversación cotidiana entre marido y mujer, ¿verdad?

—Nosotros no somos marido y mujer —señaló Tony.

—Maldita sea, lo éramos cuando comenzaste a extender un cheque cada mes. ¡Y ni tú ni Bea me dijisteis una palabra!

—Perdón. Supongo que estábamos tratando de mantener nuestras imágenes, después de haber convencido a todo el mundo de que no nos caíamos bien.

Sharon suspiró y se dejó caer en una silla. A veces resultaba frustrante hablar con Tony.

—¿Todavía envías dinero a mi madre cada mes? —preguntó ella con franqueza.

—Sí —respondió Tony.

—Quiero que dejes de hacerlo. Si Bea necesita ayuda económica, yo me encargaré de eso.

—Eres una mujer muy independiente y liberada, pero el asunto está fuera de nuestras manos. Mis contables se encargan de él cada mes... al igual que de lo del mantenimiento de los niños.

—Bea no es una niña —dijo.

—Eso es cuestión de opiniones —replicó él inmediatamente—. Me parece que necesitamos hablar al respecto en persona.

Sharon se alarmó, aunque con agrado. Había permanecido lejos de Tony desde el día en que le vio en el hospital, así que no sabía si estaba preparada para encontrarse en la misma habitación que él. Por otra parte, la idea tenía cierto atractivo.

—Estoy ocupada —mintió.

—¿Haciendo qué? —preguntó Tony.

Sharon miró su pasaporte. Sonrió mientras hablaba.

—Me estoy preparando para ir a París de compras —contestó.

—Los niños no me han dicho nada al respecto —afirmó Tony con un leve tono de queja.

De modo que Bri y Matt le llevaban informes a su padre cuando le visitaban, de igual manera que lo hacían cuando estaban con Sharon. Bueno, ya se lo imaginaba.

—Ellos no te lo cuentan todo, estoy segura.

Tony guardó silencio por un momento, tratando de entender lo que acababa de oír.

—¿Qué cosa deberían haberme dicho y no lo han hecho? —preguntó al fin.

Sharon intentó parecer distraída, desinteresada.

—Oh, nada importante. Sé que estás ocupado, así que no te quitaré más tiempo —dijo eso y colgó.

Veintidós minutos después, Tony entró en el estudio. Por el rabillo del ojo, Sharon se fijó en que llevaba unos pantalones vaqueros y una camiseta. Tony estaba especialmente atractivo cuando iba vestido para trabajar.

—Hola —dijo él, un poco avergonzado.

Sharon sonrió. Comprendió que él acababa de darse cuenta de que había olvidado preparar una excusa para visitarla. Ella levantó la vista de los libros de contabilidad de la tienda, que le gustaba revisar siempre antes de entregárselos al contable.

—Hola, Tony. Ya veo que te han quitado el yeso.

Tony suspiró y luego asintió.

—¿Están los niños? —preguntó.

Briana y Matt se encontraban en la isla, en la casa de madera con Gina, hermana de Tony, y su esposo. Y Tony lo sabía.

—No —respondió Sharon, reprimiendo las ganas de comentar el hecho.

Sin embargo, él se quedó.

—¿No es noviembre un mes malísimo para ir a París? —preguntó al fin.

Sharon bajó la vista y miró los libros de contabilidad para ocultar la sonrisa.

—No existe ninguna época malísima para ir a París —comentó.

Tony fue a la cocina y volvió con dos tazas de café. Con un poco de mala gana, dejó una de ellas sobre el escritorio de Sharon.

—Fuimos allí en nuestra luna de miel —dijo como si eso tuviera alguna relación con los planes de ella.

—Ya lo sé —dijo ella secamente.

—En las Bahamas debe de haber un clima más cálido.

—El desfile de modas no se va a realizar en la Bahamas —replicó Sharon.

Ella todavía no había mirado a Tony a los ojos; si lo hiciera, estaría perdida.

Tony se colocó delante del fuego de la chimenea, de espaldas a Sharon.

—Supongo que todavía no hemos aprendido a mantener una conversación civilizada —comentó.

Sharon ni siquiera se había dado cuenta de que había estado jugando hasta que él habló.

—Pensaba que ya nos habíamos olvidado de eso —dijo ella con una voz que revelaba un poco la tristeza que sentía.

—Siempre me ha resultado difícil hacerlo —comentó Tony con cierta frialdad—. Olvidarme de eso, quiero decir. ¿Vas a ir a la fiesta de la empresa?

La mención de la fiesta que Vincent y María celebraban cada año antes del día de Acción de Gracias hizo que Sharon se acordara de Ingrid.

—Me han invitado —dijo, evitando mirar a Tony. Sin pensarlo, preguntó—: ¿Vas a llevar a Ingrid?

—Sí —respondió él después de un momento de silencio.

«He vuelto a hacerlo», pensó Sharon. «He hecho una pregunta cuya respuesta no quería saber».

—Si tengo tiempo, considerando mi viaje a París, tal vez vaya.

—Qué bien —dijo Tony. La taza de café produjo un ruido sordo cuando la dejó sobre el escritorio—. Más vale que me vaya al gimnasio.

Sharon fingió sentir un verdadero interés por las cifras que aparecían en sus libros de contabilidad.

—¿No se te olvida algo? —preguntó a Tony.

—¿Qué? —dijo él en un tono un poco beligerante.

—No hemos hablado de la razón por la que envías dinero a Bea. No me gusta... Me hace sentirme comprometida —al fin se atrevió a mirarle a los ojos.

Aunque tranquilo, Tony parecía furioso.

—¿Por qué demonios habrías de sentirte así? ¿Te he pedido algo?

—No, pero...

Tony se cruzó de brazos. Su expresión era todavía de furia.

—Puedo permitirme el lujo de ayudar a Bea y quiero hacerlo. Ya basta.

—No es responsabilidad tuya encargarte de mi madre —dijo ella con amabilidad—. Ni siquiera entiendo por qué piensas que es necesario.

—No, y nunca lo entenderías —replicó Tony, y salió.

Al menos esta vez Tony no la había hecho llorar. Supuso que eso era un cierto avance.

—¡Tienes que ir a la fiesta! —le dijo Helen con firmeza, apoyando los brazos en el mostrador e inclinándose hacia Sharon. Había sido un día muy ajetreado y estaban preparándose para dejar la tienda en manos de la dependienta de edad mediana que Sharon había contratado para trabajar de las cinco y media hasta las nueve en punto, que era cuando cerraban la galería—. Además, ¡tienes que llevar a un acompañante que meta en cintura a Tony Morelli!

—¿Dónde voy a conseguir a alguien así? —preguntó Sharon, un poco enfadada de que eso fuera tan fácil para Tony y tan difícil para ella.

Desde el divorcio había salido exactamente con cuatro hombres y ninguno de ellos había valido la pena.

Helen se quedó en actitud pensativa. Un momento después se le iluminó la cara.

—Podrías pedir a Michael que te ayudara —dijo.

Sharon frunció el ceño, perpleja.

—¿El hermano de Tony?

—Seguramente él conoce gente: tipos fabulosos, pues él mismo es un hombre muy apuesto.

—Sí. Por ejemplo, conoce a Tony. Iría directamente al hermano mayor a contárselo todo. ¡De ninguna manera, Helen!

—Solo trataba de ayudarte. Lástima que no tengas la clase de negocio en el que podrías conocer más hombres.

—No me gustaría ninguno que hiciera compras

en esta tienda —comentó Sharon, sonriente—. Estaría casado o sería muy raro.

Helen hizo una mueca.

—No tienes remedio. Voy a preguntarle a Allen qué puede conseguir en el gimnasio.

—Gracias, pero no, gracias. No me gustan los atletas.

—Tony es un atleta —señaló Helen—. ¿O acaso esos músculos que tiene en el abdomen son una mera ilusión?

—¿Puedes decirme cuándo —preguntó Sharon con arrogancia, aguantando la risa— has visto el abdomen de mi exesposo?

Helen trató de asumir una expresión traviesa.

—Un día de campo, el Cuatro de Julio, hace dos años, en Vashon. ¿Recuerdas el partido de voleibol?

Sí, Sharon recordaba ese juego. Cada vez que Tony saltaba a por la pelota...

Sharon comenzó a sentir mucho calor.

Helen la miró con picardía y fue a buscar sus abrigos y bolsos. En ese momento llegó Louise.

—Voy a pedir a Allen que busque a alguien entre los atletas —insistió Helen, cuando Sharon y ella salían de la galería.

—En cualquier caso, tal vez no vuelva de París a tiempo para asistir a la fiesta, así que no te molestes.

—Quizá conozcas a alguien en el avión.

Sharon puso los ojos en blanco y se dirigió hacia su coche. Cuando llegó a casa, la esperaba una sorpresa.

María estaba sentada a la mesa de la cocina, charlando con Bri y Matt. La señora Harris estaba sirviendo té. Se despidió cuando Sharon entró. Y los niños, después de que los hubo abrazado, se fueron a ver la televisión en el estudio.

Sharon tuvo la sospecha de que su desaparición había sido acordada con anticipación.

–Hola, María. Qué alegría me da verla –dijo y, con un sobresalto, se dio cuenta de que había hablado con sinceridad.

María correspondió al saludo de Sharon con una sonrisa.

–Espero no haber venido en un momento inoportuno –dijo.

–Usted es siempre bienvenida, por supuesto –afirmó Sharon con franqueza.

La señora Harris había comenzado a preparar la cena, así que no tenía nada que hacer, más que quitarse el abrigo, colgarlo y servirse una taza de té.

Se sentó a la mesa con María, quien ahora parecía inquieta, e incluso un poco tímida.

–He venido a preguntarte si pensabas asistir a nuestra fiesta –dijo la mujer mayor en voz baja–. Vincent y yo tenemos muchos deseos de que vayas. Te vemos poco, Sharon.

Sharon se quedó sorprendida.

—No sé si podré ir —dijo—. Voy a ir a París esa semana.

—¡Qué emocionante! —dijo María, pero pareció tan poco sincera que Sharon tuvo que sonreír.

Su exsuegra también sonrió.

—Es muy importante para todos que vayas a la fiesta, pero yo no sé por qué.

María bajó la vista.

—Supongo que estoy tratando de rectificar... aunque tardíamente. Ahora comprendo que no te traté tan bien como podía haberlo hecho, y lo siento.

Sharon extendió el brazo y tocó la mano de María.

—También hay cosas que yo lamento —dijo—. No me esforcé mucho por entender lo que debieron de amar a Carmen.

—Ella era como mi propia hija, pero debería haber hecho que te sintieras más como parte de nuestra familia. Perdóname, por favor, por haber dejado que esa pena se interpusiera en la amistad que podríamos haber tenido.

Sharon sintió ganas de llorar.

—No hay nada que perdonar —dijo. Después de un breve momento de silencio, añadió—: ¿Sabe, María? Ojalá yo pudiera ser la clase de madre con Matt y Briana que usted fue con sus hijos.

El cumplido hizo que María se sonrojara de gusto y que le brillaran los ojos.

–¡Qué cosa tan maravillosa me has dicho! –susurró–. Gracias.

Sharon se inclinó hacia delante. Tenía todavía la mano sobre la de María.

–Todos ellos están tan seguros de sí mismos, desde Tony hasta Michael y Rosa. ¿Cuál es su secreto?

–Pues sencillamente los he amado –contestó–. De la misma manera que tú amas a Briana y a Matthew –hizo una pausa y sonrió maliciosamente–. Y, por supuesto, en primer lugar tuve el buen sentido de casarme con Vincent Morelli. La seguridad en sí mismos, como tú la has llamado, proviene de él, estoy segura. Y ha habido veces en que habría empleado otra palabra para referirme a lo que mis hijos tienen, que es más bien arrogancia. Pueden ser odiosos.

Antes de que Sharon pudiera decir que, por lo menos, Tony era así, se oyó un breve golpecito en la puerta trasera y él entró en la cocina.

Dirigió a su exesposa una mirada, cruzó la habitación y se inclinó para dar un beso en la mejilla a su madre.

Bri y Matt, llenos de alegría, entraron corriendo.

Los niños siempre daban la bienvenida a Tony como si fuera un héroe.

—Hola —le dijo Sharon cuando la algarabía hubo disminuido un poco.

—Hola —respondió él con tranquilidad.

Sharon se sintió culpable.

Se hacía tarde y la cacerola que la señora Harris había dejado en el fuego tal vez se estuviera quemando. Se levantó de la silla y corrió a retirarla.

—¿No quiere quedarse a cenar, María? —preguntó. Luego, vacilante, añadió—: ¿Y tú Tony?

Los dos potenciales invitados movieron la cabeza.

—Vincent y yo vamos a vernos en el centro, en nuestro restaurante favorito —dijo María—. De hecho, si no me doy prisa, llegaré tarde.

Dicho eso, se despidió de Tony, Briana, Matt y, finalmente, de Sharon.

—No dejes que te apremie —dijo a su exnuera.

Sharon sonrió y, cuando María se hubo ido, se volvió hacia Tony.

—¿Qué pretexto tienes tú, Morelli? ¿Por qué no puedes quedarte a cenar?

—Porque detesto el atún con frijoles que prepara la señora Harris, por eso —contestó el.

Por supuesto, los niños estaban atentos.

—¿Atún con frijoles? —dijo Bri, lamentándose—. ¡Qué porquería!

—¿No podemos salir a comer? —preguntó por su parte Matt.

—¿Ves lo que has hecho? —dijo Sharon a Tony, frunciendo el ceño—. Muchas gracias.

Tony se metió las manos en los bolsillos de sus pantalones. Parecía muy satisfecho consigo mismo.

—Podría llevaros a los tres a cenar —sugirió él con expresión de inocencia.

Bri y Matt estaban fuera de sí ante tal perspectiva.

—¿Vamos, mami? Por favor —rogaron a Sharon.

Ahora Sharon estaba enfadada.

—Esa ha sido una mala pasada —dijo a Tony—. ¿Habéis terminado vuestra tarea? —preguntó a los niños.

Briana y Matt asintieron con ojos brillantes.

Ella se encogió de hombros.

—¿Qué puedo decir entonces como no sea que sí?

Dos minutos después, todos se encontraban en el coche de Tony.

Una vez que llegaron al restaurante y los niños estuvieron ocupados con su comida favorita, espaguetis, Tony preguntó a Sharon:

—¿De verdad vas a ir a París?

Ella bajó la vista y miró la sopa que contenía su plato. Se alegró de que a Tony le importara lo que ella hacía.

—Sí —respondió. Solo haciendo un esfuerzo sobrehumano y porque los niños estaban presentes, no se atrevió a preguntarle a su vez que si se acostaba con Ingrid.

Hubo un momento de embarazoso silencio, y fue Tony quien al fin lo rompió.

—¿Recuerdas cuando estuvimos allí? —preguntó calmadamente.

Sharon sintió un nudo en la garganta. El viaje había sido un regalo de bodas de Vincent y María. Fue como algo surgido de un cuento de hadas.

—¿Cómo podría olvidarlo? —preguntó ella con voz apenas audible.

—¿Sharon?

Ella levantó la vista y, con expresión interrogante, le miró a los ojos.

—Si he vuelto a decir algo equivocado, perdóname.

—No lo has hecho —dijo.

Se sorprendió al advertir que, si él le hubiera pedido que continuara hablando del viaje a París, ella habría accedido con gusto.

Solo que Tony no iba a hacerlo, pues ahora tenía a Ingrid y solo trataba de mantener una conversación civilizada. Tal vez ni siquiera le interesaban los planes de Sharon.

Se preguntó cómo reaccionaría Tony si le dijera que pensaba abrir una segunda tienda cerca de Tacoma. Hizo una mueca al recordar lo sucedido en una ocasión similar. El hombre moderno que estaba delante de ella se había convertido en un hombre de las cavernas y las cosas habían empeorado cada vez más...

Tony iba a agarrarle una mano, pero vaciló. Aunque no dijo nada, sus ojos planteaban mil preguntas.

Sharon le miró con tristeza. Si la hubiera tratado bien, pensó, tal vez las cosas hubieran sido muy distintas.

VII

El vestido de lentejuelas rojas era largo y estrecho, con escote muy bajo y una excitante abertura en un costado. Con él, Sharon adquiría un aspecto espectacular.

—No puedo permitirme este lujo —dijo Sharon en voz baja a Helen.

Las dos mujeres se encontraban en la sección de ocasiones especiales de la mejor tienda de la galería.

—Tony se quedará con la boca abierta cuando te vea —aseguró Helen, como si Sharon no hubiera dicho nada.

—¿Crees que con el vestido parezco más alta?

Helen asintió, solemne.

—Ah, sí —respondió.

—Ni siquiera tengo quien me acompañe —pensó en voz alta.

—Ten un poco de fe, ¿quieres? Allen está buscando a alguien en el gimnasio... es cuestión de tiempo, nada más. Deja de preocuparte y compra el vestido. Si nuestros planes no resultan, puedes devolverlo.

Tal razonamiento era irrefutable. Una vez hecha la compra, Sharon y Helen se separaron. La primera corrió a casa.

Los niños estaban en la cocina, haciendo, obedientes, sus deberes. Sharon se inclinó para besar a Bri en la mejilla, y luego hizo lo mismo con Matt.

—La señora Harris ha tenido que irse temprano... —le informó Briana—. Necesitaba ir al dentista. Trató de llamarte a la tienda, pero ya te habías ido, así que...

—Así que tu papá ha venido a sustituirla —dijo Sharon. La perspectiva de ver a Tony ahora la hizo sentirse desanimada y alegre al mismo tiempo—. ¿Dónde está?

En ese momento Tony salió del estudio. Se había puesto unos pantalones vaqueros y un suéter azul. Miró detenidamente a Sharon.

—¿Has ido a comprar lo que necesitas para el viaje? —le preguntó.

Sharon se dio cuenta de que todavía tenía en

la mano la caja en cuyo interior se encontraba el vestido que acababa de comprar.

—No precisamente —respondió con tal alegría que a ella misma le pareció falsa—. ¿Qué tal estás, Tony?

—Estupendamente —contestó él con ironía—. Te ha llamado alguien llamado Sven. Ha dicho que Bea le ha a dado tu número telefónico.

¿Sven? El único Sven que recordaba era un estudiante sueco que había pasado un año en Hayesville hacía mucho tiempo, cuando ella aún asistía a la escuela de segunda enseñanza.

—¿Ha dejado algún mensaje? —preguntó a la ligera, deseando que Tony se quedara con la duda.

—Ha dicho que volvería a llamar —respondió él con despreocupación. Se dio cuenta de que la observaba por el rabillo del ojo mientras sacaba platos del armario—. También tu contable quiere hablar contigo.

Sharon tuvo cuidado de no reflejar la preocupación que eso le producía. Su contable nunca llamaba, a menos que se tratara de una mala noticia.

A una señal que Sharon no vio y que les hizo su padre, Matt y Bri dejaron de hacer los deberes y comenzaron a poner la mesa.

—Se supone que tienes que llamarla a casa —añadió Tony, mientras se lavaba las manos.

Sharon esbozó una radiante sonrisa. Se quitó el abrigo y lo colgó. Luego se dirigió a la planta alta con la caja debajo del brazo.

En cuanto llegó a su habitación, descolgó el teléfono.

Un momento después, se encontraba hablando con Susan Fenwick, su contable.

—¿A qué te refieres con eso de que no puedo ir a París? —preguntó Sharon, horrorizada—. Se trata de un viaje de negocios...

—No me importa —la interrumpió Susan con firmeza—. Pronto tendrás que pagar los impuestos trimestrales, Sharon. Además, aunque has estado ganando terreno en el aspecto económico, correrás un grave peligro si haces gastos importantes ahora.

Sharon suspiró. Le había dicho a todo el mundo que se iba a París: a Tony, a los niños, a Helen a Louise... a todo el mundo. Si ahora echaba marcha atrás, iba a parecer una verdadera tonta.

—De acuerdo —dijo, sonriendo forzadamente—. Gracias, Susan.

—No te preocupes. Lamento que no puedas hacer el viaje. Tal vez en primavera...

—Muy bien —dijo Sharon—. Adiós.

Sharon colgó el teléfono y se dirigió a la planta baja, sin dejar de sonreír. Los niños ya estaban comiendo y Tony se encontraba en el estudio recogiendo, como siempre, los planos.

—¿Son esos los planos del nuevo supermercado? —preguntó Sharon.

Él asintió. A Sharon le pareció que evitaba mirarla a los ojos.

—Los niños están cenando —dijo—. ¿No quieres acompañarlos a la mesa?

—No tengo hambre —respondió Sharon, moviendo ligeramente la cabeza.

En realidad estaba hambrienta, pero como tenía que ponerse el estrecho vestido que había comprado ese día, no podía permitirse el lujo de probar el plato preparado por Tony. Una vez que él se fuera, comería una ensalada.

Tony se la quedó mirando.

—¿Estás tratando de adelgazar ahora que vas a París? —preguntó él secamente.

Sharon ansiaba decirle que había cancelado el viaje, que no podía ir a París, pero su amor propio no le dejaba hacer tal confesión. Se había divorciado de él porque necesitaba hacer algo importante por su cuenta, así que no quería que Tony se enterara de que su nivel de vida había bajado desde la separación. Decidió ignorar la pregunta.

—Gracias por venir y hacerte cargo de los niños —dijo ella.

—Lo he hecho muy gustoso —respondió él apaciblemente.

Aunque sonreía, había una expresión de tal

tristeza en sus ojos que Sharon sintió el deseo de cruzar la habitación y abrazarle por la cintura. No lo hizo, sin embargo.

—¿Ha dejado Sven algún número telefónico? —preguntó en voz baja, para desviar la suave carga eléctrica que sentía que circulaba entre ella y aquel hombre a quien tanto amaba, pero con quien no podía llevarse bien.

Tony parecía cansado; suspiró hondo y a continuación sonrió con malicia.

—¿No tienes el número tatuado en alguna parte de tu cuerpo? —preguntó a su vez.

Con la cara enrojecida, Sharon se pasó una mano por el pelo e hizo todo lo posible por no prestar atención a Tony cuando se acercó al escritorio pasando por delante de él. Había un número garabateado sobre un cuaderno de notas que se encontraba junto al teléfono, así como una anotación referente a la llamada de Susan. Sharon era presa de sentimientos contradictorios: deseaba golpear a Tony con los puños y, al mismo tiempo, anhelaba hacer el amor con él.

Se sobresaltó cuando la abrazó y, tomándola de la barbilla con la mano derecha, la hizo alzar la cara.

—Lo siento —dijo él con voz ronca.

Sharon le perdonó, pero no por ningún acto de nobleza. No podía evitarlo.

Se puso de puntillas y sus labios apenas habían

rozado los de Tony, cuando sonó el timbre de la puerta.

—Uno de los niños irá a ver quién llama —le aseguró él en un susurro, besándola con pasión.

El beso dejó a Sharon encantada y más que desconcertada. Miraba en silencio a Tony cuando Bri irrumpió en la habitación y anunció:

—Ha venido un hombre a visitarte, mami. Dice que se llama Sven Svensen.

—Sven Svensen —murmuró Tony, moviendo la cabeza. Soltó a Sharon de la cintura y se apartó de ella para enrollar sus planos y meterlos de nuevo en el tubo de cartón.

Alto, rubio y espectacular, Sven apareció en la puerta del estudio solo un segundo después. Era realmente el Sven que Sharon recordaba haber conocido en la escuela de segunda enseñanza. La alegría del sueco pareció llenar la habitación.

—He pasado todos estos años soñando contigo —exclamó, extendiendo las manos. Pero entonces descubrió a Tony—. ¿Es él tu esposo? ¿Es el padre de tus hijos?

—No a la primera pregunta —respondió Sharon, manteniendo la distancia—, y sí a la segunda. Tony y yo estamos divorciados.

Sven sonrió y luego Sharon presentó como es debido a los dos hombres.

Tony arqueó las cejas cuando Sven tomó a

Sharon de la cintura, la alzó hacia el techo y gritó de alegría.

—¡Sigues siendo tan hermosa como cuando estabas en la escuela!

Desde lo alto, Sharon sonrió a Sven.

—Tú tampoco has cambiado mucho —dijo, poco convencida.

Él la dejó de nuevo en el suelo. La sonrisa de Sven iluminaba la habitación entera. La expresión de Tony ofrecía un interesante contraste: parecía como si estuviera a punto de golpear a alguien en la cabeza con el tubo de cartón lleno de planos que tenía en la mano.

—¿Qué te ha hecho volver a los Estados Unidos? —preguntó Sharon a su inesperado visitante. Estaba nerviosa.

—Ahora soy un gran hombre de negocios —respondió Sven—. Viajo por todo el mundo.

Sharon advirtió que Tony se iba, pero fingió no darse cuenta. Que se sintiera un poco celoso. Ella ya había sufrido por culpa de la misteriosa Ingrid.

Fue entonces cuando se le ocurrió una idea.

—¿Estarás aquí algún tiempo, Sven? —preguntó al sueco, agarrándole del brazo—. Hay una fiesta la noche del veintidós...

—¡Habla con él! —exclamó Michael furioso, extendiendo los brazos, cuando su padre entró en el pequeño remolque que se encontraba aparcado a un lado del nuevo supermercado y que hacía las veces de oficina–. Tiene la cabeza muy dura... ¡no se puede discutir con él!

Tony miró airadamente a su hermano, pero no dijo nada. La discusión, que se había iniciado esa mañana, había ido agravándose durante todo el día.

Vincent miró a los ojos a Tony por un momento; luego hizo lo mismo con Michael.

–Os he oído discutir a los dos desde el otro extremo del terreno. ¿Cuál es el problema, exactamente?

–Te diré cuál es el problema –comenzó a hablar Michael, muy enfadado, agitando el dedo índice delante de su hermano mayor–. Tony tiene problemas con Sharon, ¡y ha estado pagándolo conmigo desde que llegó aquí esta mañana!

Con expresión suplicante, Vincent miró el techo.

–Estoy retirado –dijo a algún ser invisible–. ¿Por qué no tengo el buen sentido de irme a Florida y tumbarme al sol como otros hombres de mi edad?

La mente de Tony vagaba. Recordó al sueco levantando a Sharon por los aires. Se preguntó si esa clase de hombres le parecían atractivos a ella.

–¿Tonio? –Michael colocó una mano delante

de los ojos de su hermano—. ¿Crees poder participar en esta conversación o continuamos sin ti?

Vincent rio entre dientes.

—No fastidies a tu hermano, Michael —dijo—.
¿No ves que ya se siente muy mal?

Michael suspiró, pero todavía tenía los ojos
brillantes de furia.

—Pensabas en Sharon cuanto te caíste y casi te
mataste, ¿verdad, Tony? —preguntó, desafiante.

Después de un embarazoso momento, durante el cual Tony permaneció callado, continuó:

—Ahora pareces decidido a enemistarte con
todos los trabajadores. ¿Cómo demonios esperas
terminar este proyecto a tiempo y dentro del
presupuesto si perdemos a todos los trabajadores
que tenemos?

Vincent se aclaró la garganta.

—Tonio —dijo con diplomacia—. Se supone
que debía estar en casa desde hace una hora. Si
salgo de este remolque, ¿qué seguridad tengo de
que los dos podréis arreglar ese asunto sin mata-
ros?

Tony suspiró.

—Tal vez he estado un poco susceptible últimamente...

—¿Un poco susceptible? —preguntó Michael,
agitando de nuevo el dedo.

—A menos que quieras comértelo —dijo Tony—,

¡será mejor que dejes de mover ese maldito dedo delante de mi cara!

El ruido que producía Vincent al marcar el teléfono rompió el furioso silencio que siguió.

—¿María? —dijo Vincent—. Habla el padre de tus seis hijos. Si me voy a casa ahora, me temo que te quedarás solo con cuatro... Sí, sí, se lo diré. Adiós, mi amor.

Michael se pasó una mano por el pelo cuando su padre colgó.

—¿Qué nos tienes que decir? —se atrevió a preguntar.

—Tu madre dice que su prima Ernestina ha sido muy feliz como madre de sus cuatro hijos —respondió Vincent, tomando su sombrero—. Mis órdenes son dejaros para que resolváis vuestras diferencias como queráis. Buenas noches, hijos míos.

Tony y Michael se sonrieron el uno al otro cuando la puerta del remolque se cerró después de que su padre hubo salido.

—Vamos —dijo Michael—. Te invitaré a una cerveza y hablaremos de esos problemas de personalidad que tienes.

Tony no tenía nada mejor que hacer que salir a tomar una cerveza, pero pensó en su hermano.

—¿No tienes una cita? —preguntó a Michael.

Su hermano miró su reloj.

—Ingrid comprenderá si llego un poco tarde

—respondió—. Ella sabe que estás pasando por un momento difícil.

A Helen le brillaron los ojos y se llevó una mano a la boca para ahogar una risita cuando le describió la visita de Sven Svensen.

—¿Y Tony se encontraba allí cuando él llegó? —preguntó, encantada.

Sharon asintió.

—Sven tiene negocios que atender en Seattle, pero volverá aquí el día veintidós para llevarme a la fiesta de la compañía.

Helen aplaudió entusiasmada.

—Gracias a Dios que la señora Morelli nos ha invitado a Allen y a mí. ¡Por nada del mundo quisiera perderme eso! Te pondrás ese fantástico vestido, por supuesto.

Sharon volvió a asentir.

—Hay algo que tengo que decirte acerca de mi viaje a París —comenzó a hablar, de mala gana.

Helen se inclinó hacia delante.

—No puedo ir —confesó Sharon, haciendo una mueca—. Susan dice que de ninguna manera puedo permitirme ese lujo.

—Bueno, tal vez puedas ir la próxima primavera. Noviembre no es la mejor época...

—Ese no es el problema —la interrumpió Sharon—. Le conté a Tony todo lo del viaje... como si fuera algo fabuloso. Si le digo que no puedo ir porque no tengo dinero, se reirá de mí.

—No me imagino a Tony haciendo eso —dijo Helen con solemnidad.

—No conoces su situación económica —replicó Sharon—. Cada mes paga más en impuestos de lo que yo gano en seis.

—Él recibió un negocio próspero —señaló Helen—. Tú has fundado tu propio negocio.

—¿Qué harías si estuvieras en mi lugar? —preguntó a su amiga, suspirando.

Helen respiró hondo.

—Hablaría con Tony y le diría que le amo, y luego no solo le pediría que él pagara el viaje a París, sino que también le invitaría. Entonces él aceptaría y yo le besaría de agradecimiento.

—No tienes remedio —le dijo Sharon.

Sharon se sentó delante del espejo de su dormitorio y empezó a maquillarse con esmero.

—De todas formas no entiendo por qué quieres salir con ese tipo —le dijo Bri, poniendo mala cara. Acurrucada al pie de la cama, había estado observando a su madrastra prepararse para la gran fiesta—. No es ni con mucho tan guapo como mi padre.

En silencio, Sharon estuvo de acuerdo, pero a sueco regalado no iba a mirarle el diente. Después de todo, las únicas otras opciones consistían en quedarse en casa y no ir a la fiesta o asistir a ella sin acompañante y pasarse la velada entera viendo a Tony junto a Ingrid. Se estremeció.

—Sabía que tendrías frío con ese vestido —comentó Matt desde la puerta—. Prácticamente se te puede ver el ombligo.

Arqueando las cejas, Sharon miró a su hijo.

—¿Te ha dicho tu padre que me digas eso? —preguntó.

—Lo haría si hubiera visto el vestido —intervino Bri.

—¿Vas a casarte con el Exterminador? —quiso saber Matt.

Después de sonreír al oír el apodo que le habían puesto a Sven, sin que este lo supiera, Sharon exclamó:

—¡No, no, mil veces no!

—Yo creo que debería casarse con papá —comentó Bri.

Sharon había terminado de maquillarse y ahora empezaba a arreglarse el pelo. No prestó atención al comentario de su hijastra.

—Podrías llevarle a París contigo —sugirió Matt—. A papá, quiero decir. Tal vez descubrierais que os gustáis y quisierais casaros de nuevo.

—París es la ciudad de los amantes —dijo Briana con entusiasmo.

—Tu padre y yo no somos amantes —Sharon

se sintió culpable, lo cual disimuló agarrando el cepillo y arreglándose el pelo.

No había podido decir a los niños que el viaje a París estaba cancelado, sobre todo porque sabía que irían directamente a dar la noticia a Tony.

Sería muy humillante que él supiera que ella estaba pasando por un momento difícil, en términos económicos, mientras que Tony tenía éxito en todo lo que hacía.

El plan que había elaborado consistía en esconderse en la isla durante algunos días y dejar que todo el mundo pensara que se encontraba en París.

—No entiendo por qué no admiten niños en esa fiesta —se quejó Bri, mordiéndose tercamente el labio inferior—. Sería muy divertido ponerse algo brillante y refinado. La abuelita y el abuelito incluyen siempre a los niños en todo lo demás. ¿Por qué esta fiesta tiene que ser solo para los adultos?

—Lo has dicho tú misma —respondió Sharon—. Tus abuelos os incluyen a ti y a tus novecientos primos en todo lo demás. Tiene que haber alguna ocasión en que solo los adultos puedan estar presentes.

—¿Por qué? —replicó Bri—. No hay ninguna en que solo puedan ir los niños.

En ese momento sonó el timbre de la puerta.

—Id a ver quién llama, por favor —dijo Sharon, mientras se echaba su perfume favorito.

—Tal vez sea el Exterminador —refunfuñó Matt, pero Bri fue a ver quién había llegado.

Cinco minutos después, luciendo su brillante vestido rojo, Sharon bajó las escaleras para recibir a aquel hombre alto y apuesto con traje de etiqueta.

Todo habría sido perfecto si el hombre hubiera sido Tony y no Sven.

El sueco no había exagerado al describirse a sí mismo como un gran hombre de negocios. Sin duda, Sven era un hombre próspero. Lo demostró al llegar en un elegante coche con chófer.

Con los ojos muy abiertos, Sharon se instaló en el asiento trasero, y miró alrededor.

—Te gusta el coche, ¿no? —preguntó Sven con el entusiasmo de un niño enseñando su juguete favorito.

—Me gusta, sí —respondió Sharon—. Estoy impresionada. Te ha ido muy bien, Sven.

—A ti también te va muy bien con tu tienda de ropa interior.

Sharon rio y apretó la mano de él.

—Oh, Sven. Qué bien sabes decir las cosas.

—Esta será una noche muy interesante, me parece. Ese esposo tuyo, el que ya no quieres... háblame de él.

Sharon suspiró.

Luego le contó muchas cosas normales y corrientes acerca de Tony.

Seguramente hubo algo revelador en su tono o en sus modales, porque Sven le tomó una mano y, con actitud comprensiva, le dio unas palmaditas.

VIII

El salón de banquetes del club náutico de Port Webster estaba muy iluminado. Aunque en el interior había muchísima gente, Sharon miró a los ojos a Tony en cuanto Sven y ella cruzaron la puerta.

El corazón dejó de latirle por un momento. Vestido con traje de etiqueta, Tony tenía un aspecto fabuloso y la mujer que se encontraba a su lado era alta y ágil y tenía una cabellera rubia que, como una cascada, le caía hasta la cintura.

Se trataba de Ingrid, sin duda.

Sharon se resignó a ser de baja estatura y tener buen humor.

—¿Se ha muerto alguien? —le preguntó Sven,

bromeando, mientras se inclinaba para mirar la cara cabizbaja de Sharon.

Sharon se obligó a sonreír. Estuvo bien, porque en ese momento, Tony avanzaba hacia ellos e Ingrid le acompañaba.

Un camarero se acercó al mismo tiempo y Sven aceptó dos copas de champán, una para él y otra para su nerviosa acompañante.

Atento, el sueco habló primero.

—Así que nos volvemos a encontrar —dijo a Tony, pero miraba a Ingrid.

Tony apretó los dientes, luego se tranquilizó. Ingrid le había agarrado del brazo.

—¿Eres tú Sharon? —preguntó la rubia, amable, extendiendo una mano para saludar, antes de que Tony pudiera presentarla—. ¡Estaba tan ansiosa por conocerte!

«Estoy segura de que sí», pensó Sharon agriamente.

—Sí —contestó—, y supongo que tú eres Ingrid, ¿no?

La rubia asintió. Era realmente imponente y el vestido sencillo que llevaba dejaba ver sus largas y torneadas piernas. Parecía encantada de conocer a Sharon, aunque en ese momento miraba a Sven.

—Hola —dijo ella con voz ronca.

Sharon dio un sorbo al champán y derramó un poco del líquido cuando Tony la tomó del brazo, sin advertírselo, y la llevó aparte.

—Si pincho a ese tipo con un alfiler, ¿se desinflará y volará por la sala? —le preguntó Tony, fingiendo seriedad.

Sharon miró airadamente a su exesposo.

—Si tú pinchas con un alfiler a Sven, me imagino que te dará un puñetazo en la boca —respondió.

Tony no pareció asustarse. Se llevó la copa de champán a los labios y tomó un sorbo mientras contemplaba el vestido de Sharon.

—¿Dónde te has comprado eso? ¿En las últimas rebajas?

—¿No te gusta? —preguntó a su vez con dulzura, parpadeando—. Me alegro.

—¡Ingrid y yo somos de la misma ciudad! —exclamó Sven alegre,

—¿Te importaría prestarme a tu acompañante solo para bailar una pieza? —preguntó Ingrid a Sharon.

Parecía que no le interesaba lo que Tony pudiera pensar.

—Desde luego que no —respondió Sharon, magnánima.

—A Michael le va a encantar esto —murmuró Tony, mientras veía alejarse a Sven e Ingrid.

Sharon estiró el cuello, buscando a Michael.

—Me encantaría bailar con tu hermano —dijo—. Es el mejor bailarín de la familia.

Tony tomó la copa que Sharon tenía en la mano y la dejó sobre una mesa, junto a la suya.

—Tendrás que conformarte conmigo, porque mi hermano no está aquí –dijo.

La tomó de la mano y Sharon dejó que la condujera hacia la pista de baile.

Para distraer su atención de las sensaciones que experimentaba en varias partes de su anatomía al bailar con Tony, Sharon alzó la vista y preguntó:

—No me puedo imaginar a Michael dejando de asistir a una fiesta.

—Créelo. Está fuera de la ciudad, intentando construir una nueva galería de tiendas.

Sharon arqueó las cejas.

—Qué impresionante.

—Eso convertirá a nuestra empresa constructora en la más grande de esta parte del estado –dijo Tony sin mucho entusiasmo.

Sharon pensó en su cancelado viaje a París y suspiró.

—Supongo que algunos tienen suerte y otros no –dijo en voz baja.

Tony la agarró de la barbilla.

—¿Qué se supone que significa eso? –preguntó con voz amable.

Sharon estuvo a punto de decirle la verdad, pero no se atrevió. No podía arriesgarse a que Tony le dijera que se lo había advertido o, peor aún, a que, generoso, le ofreciera ayuda o, indulgente, comprensión.

—Nada —contestó, sonriendo forzadamente.

—¿Es tan difícil hablar conmigo? —preguntó con calma.

Sharon dejó la pregunta sin respuesta, fingiendo que no le había escuchado, y volvió la cabeza hacia donde se encontraban Sven e Ingrid.

—Parece que lo están pasando muy bien – murmuró.

Tony rio entre dientes, pero parecía poco divertido. Tal vez, pensó Sharon, estaba celoso de la clara corriente de simpatía que se había establecido entre Ingrid y Sven.

Resuelta a pasar la noche con su dignidad intacta, Sharon le sonrió.

—Me sorprende no haber conocido a Ingrid antes de esto —dijo alegremente.

—Si hubieras estado presente en cualquiera de las últimas reuniones familiares, la habrías conocido —comentó él, como si para una mujer fuera lo más natural del mundo entablar amistad con la novia de su exesposo.

Sharon se sintió herida al saber que a Tony le importaba tanto Ingrid que la incluía en las concurridas reuniones que formaban parte del estilo de vida de la familia Morelli. El recordar que ya no eran marido y mujer no sirvió de nada para aliviar el dolor que sentía.

—He estado muy ocupada últimamente —dijo.

Por fortuna, la música cesó y Sven e Ingrid se acercaron. Sharon se soltó de los brazos de Tony y se volvió hacia Sven.

–Baila conmigo –le dijo en voz baja y con desesperación, en el momento en que la pequeña orquesta daba inicio a otro vals.

–Así que amas tanto a ese hombre que se te rompe el corazón –dijo él–. Pobrecita... no soporto verte así.

Sharon apoyó la frente en el fuerte hombro de su amigo, mientras se esforzaba por tranquilizarse. Resultaría desastroso desmoronarse delante de toda aquella gente.

–Estoy bien –le dijo a Sven, pero su tono no era muy convincente.

–Si quieres, nos vamos –dijo Sven con firmeza–. Creo que no te estás divirtiendo mucho.

–No. No voy a huir.

Una expresión de amabilidad y respeto apareció en los ojos azules de Sven.

–Sacaremos el mayor partido posible a esta situación, entonces –dijo.

Pareció el adolescente tímido y torpe que Sharon había conocido en la escuela de segunda enseñanza cuando continuó:

–Hay otros hombres que te quieren. Yo soy uno de ellos.

Con suavidad Sharon tocó la atractiva cara de Sven. Sintió remordimiento. Se había portado demasiado bien con ella; no deseaba hacerle daño. Iba a hablar, pero él la hizo callar poniendo el dedo índice sobre los labios femeninos.

—No hables —dijo él—. Sé que no estás preparada para dejar que otro hombre te ame. ¿Quieres volver con Tony, Sharon?

—Me he hecho esa pregunta un millón de veces —confesó Sharon—. La verdad es que sí, pero sé que eso nunca resultará.

—¿Te traicionó? ¿Andaba con otras mujeres? Sharon negó con la cabeza.

—¿Se emborrachaba? —insistió Sven, frunciendo el ceño—. ¿Te golpeaba?

—No —contestó.

—Entonces, ¿por qué te divorciaste de él? —preguntó Sven.

Parecía realmente perplejo.

—Existen otras razones para divorciarse —respondió Sharon, al mismo tiempo que la orquesta dejaba de tocar por un momento.

—¿Como cuáles? —quiso saber Sven, mientras conducía a Sharon fuera de la pista de baile. La llevó hasta una mesa y pidió bebidas para los dos antes de que ella contestara.

—Tony se casó cuando era muy joven. Su esposa murió en un terrible accidente y él se quedó con una niñita que tenía que criar. Él y yo nos conocimos solo unos meses después de la muerte de Carmen.

Sven le agarró una mano.

—¿Entonces?

—Ya sé que la gente dice que nunca sucede a las personas de carne y hueso, pero nada más ver a Tony, me enamoré de él.

Sven sonrió con tristeza y apretó con mayor fuerza la mano de Sharon.

—Cuéntame cómo conociste a Tony.

Sharon suspiró.

—Yo trabajaba en una librería aquí, en Port Webster, e iba a una academia por las noches —hizo una pausa, recordando el pasado—. No sé por qué me eligió a mí de entre todas las mujeres que conocía. Salimos esa noche y seis semanas después nos casamos.

—Lo dices como si hubiera elegido alguno de los libros que tú vendías —comentó Sven—. ¿Por qué?

Sharon se encogió de hombros, pero su expresión era de pesar.

—Ha habido veces en que he pensado que me eligió para un propósito determinado, del mismo modo que elegía esos libros. Estaba solo y necesitaba una madre para su hija.

—Se puede criar con éxito a los hijos sin una madre —señaló Sven.

—Eso es cierto, por supuesto —admitió Sharon—. Y Dios sabe que hay muchos niños creciendo sin padre. Sin embargo, para Tony lo más importante en el mundo es la familia. Así le educaron —tragó saliva.

Se había vuelto a casar poco después de la muerte de Carmen, y ahora iba a hacer lo mismo. Sale esposa número dos, entra esposa número tres.

—Vas a llorar, me parece —dijo Sven—. No lo hagas, él está mirando hacia aquí —se puso de pie e hizo que ella también se levantara de su asiento—. Confía en mí cuando haga esto —dijo con voz ronca, y luego, sin más advertencias, tomó a Sharon en sus brazos y le dio un beso que la hizo sentirse como si hubiera metido la cabeza dentro del agua durante cinco minutos.

Ella se puso rojísima, se llevó una mano al pecho y exclamó:

—¡Sven!

A él le brillaban los ojos cuando la miró.

—Ya podemos irnos —dijo—. Le hemos dado a tu antiguo enamorado algo en qué pensar en esta fría noche de invierno.

Parecía poco probable que Tony se pasara la noche pensando, sobre todo ahora que tenía a Ingrid en la cama con él, pero Sharon sabía que Sven tenía razón en una cosa: ahora podía escapar de aquella espantosa fiesta sin parecer la exesposa despreciada.

Después de despedirse de Vincent y María, así como de Helen y su esposo, Allen, Sharon se fue de la fiesta del brazo de Sven y con la barbilla bien alta. El interior afelpado de la limusina resultó cálido y acogedor.

—¿Me acompañas a mi suite a tomar una copa y a hablar más de los viejos tiempos? —preguntó Sven.

—No —contestó Sharon.

Su amigo frunció el ceño.

—Deberías hacerlo —dijo.

Sharon se inquietó un poco. Tal vez Sven no era tan comprensivo como había pensado.

—Si tengo que saltar —le advirtió ella—, lo haré.

Sven rio.

—Soy un caballero, pequeña. Y puesto que soy hombre, sé lo que tu Tony está pensando ahora. A la primera oportunidad llamará por teléfono o pasará por delante de tu casa. ¿Quieres estar allí, tomando chocolate y haciendo punto junto a la chimenea? ¡Por supuesto que no!

La teoría de Sven tenía sus méritos, pero Sharon no estaba dispuesta a establecer una relación íntima con otro hombre. Debía estar segura de que su amigo comprendía eso.

—¿Me prometes que no volverás a darme otro de esos besos? —preguntó con seriedad.

Sven dio un grito, divertido.

—Nadie menor de diecisiete años tenía permiso para ver eso, a menos que le acompañara alguno de sus padres.

Los ojos de Sven, tan azules como un fiordo

bajo un cielo claro, tenían una expresión de picardía.

—Ojalá hubieras visto la cara que puso Tony, pequeña —dijo—. Te sentirías mejor si lo hubieras hecho.

Sharon se mordió el labio. Le parecía muy probable que la jugada de Sven fallara e impulsara a Tony a tener algunas apasionadas aventuras amorosas, pero no quiso echar a perder el regocijo de su amigo.

—Ya no quiero hablar más de Tony —dijo—. Ahora háblame de ti, Sven.

Puesto que no había ningún hotel en Port Webster, se dirigieron a la cercana Tacoma, donde la empresa de Sven le había proporcionado una suite. Durante el trayecto, él le habló a Sharon de su empresa, que fabricaba equipos de esquiar, que pronto se venderían en Estados Unidos. También mencionó su breve y desastroso matrimonio, el cual había llegado a su fin dos años atrás.

Cuando Sven la ayudaba a salir de la limusina, delante del hotel, Sharon pisó el dobladillo de su estrecho vestido y sintió que la abertura se agrandaba algunos centímetros más, sobre el muslo.

—Ah, fabuloso —murmuró ella.

—¿Hay algún problema?

—Hay un problema, sí. Me he roto el vestido —contestó Sharon.

Sintió la mano de Sven sobre su región lumbar cuando la guiaba hacia la calidez y la luz del vestíbulo.

Sharon se alegró de llevar un abrigo cuando entraron en el elegante hotel. Había mucha gente y ella no quería que vieran que la excitante abertura de su vestido se había extendido hasta el área de las amígdalas.

—¿Tienes hambre? —le preguntó Sven cuando pasaban por delante de un restaurante, iluminado con luces tenues, que daba a Commencement Bay.

Con la excepción de algunos entremeses, Sharon no había comido nada durante toda la noche. Además, todo el champán que había tomado esperaba causar problemas.

—Supongo que sí —confesó—, pero no quiero quitarme el abrigo.

Sven rio entre dientes.

—Pequeña, solo hay un candelabro allí. ¿Quién podrá ver que tu vestido está roto?

Sharon accedió a entrar en el restaurante, en parte porque no había cenado y en parte porque quería retrasar tanto como le fuera posible el momento en que ella y Sven entraran en la suite de este. Amaba a Tony Morelli con todo su corazón y su alma, pero sus deseos no habían muerto con el divorcio. El beso que Sven le había dado en la fiesta se lo había demostrado.

Disfrutaron de la cena, durante la cual rieron, charlaron y bebieron más champán. Para cuando llegaron a la suite de Sven, la mente de Sharon vagaba entre nubes y bostezaba como un niño soñoliento.

Sven le dio un beso inocuo y dijo:

—¡Como quisiera ser la clase de hombre que se aprovecha de una mujer, pequeña! Solo por esta noche me gustaría ser tan sinvergüenza.

—¿Sabes una cosa? —preguntó a Sven—. Yo también quisiera poder ser diferente. Aquí estoy, en una suite de lujo, con un hombre muy apuesto y voy a desaprovechar tal oportunidad.

Sven sonrió y tomó la cara de ella entre sus manos,

—Siempre, desde que estaba aquí, en la escuela de segunda enseñanza, cuando pienso en Estados Unidos, pienso en ti —dijo él, suspirando—. Ah, Sharon, Sharon... recuerdo que cuando te veía con aquellos pantalones vaqueros me daban ganas de huir de mi país y de pedir asilo político en este.

Sharon se puso de puntillas y le besó en la mejilla.

—Nadie huye de Suecia —dijo.

Sven la apartó con una suavidad y determinación que hablaba mucho de su sentido del honor y echó un vistazo a su reloj de oro.

—Me parece que es hora de llevarte a casa —

dijo a Sharon con voz ronca–. Si no, mis deseos de convertirme en un sinvergüenza empezarán a hacerse realidad.

–Oh –Sharon tragó saliva y retrocedió un paso.

–La próxima vez que venga a Estados Unidos –continuó Sven, ahora de espaldas a Sharon mientras miraba la bahía y las luces que la adornaban como diamantes sobre terciopelo–, tal vez ya hayas dejado de amar a Tony. Y por razones obvias, quiero que conserves un recuerdo agradable de mí.

Sharon había bebido mucho esa noche, pero estaba lo suficientemente sobria como para agradecer a Sven su galantería.

–No tienes que preocuparte por eso –dijo en voz baja–. Sé que es muy difícil encontrar hombres como tú.

Cuando Sven se volvió para mirarla, una vez más había aparecido en su cara esa deslumbrante sonrisa tan característica de él. Era una sonrisa tranquilizadora.

–Quiero que sepas, pequeña –dijo él–, que tú también eres especial.

–Voy a interpretar eso como un cumplido puesto que he bebido demasiado alcohol para defenderme si se ha tratado de un insulto.

Sven volvió a reír y fue al teléfono para solicitar la limusina y el conductor que su compañía le había proporcionado.

Eran las tres de la mañana en punto cuando la limusina se detuvo delante de la casa de Tamarack Drive. El automóvil de Tony se encontraba aparcado en la entrada.

Sven sonrió enigmáticamente, como si alguna teoría suya hubiera resultado correcta.

—¿Quieres que entre contigo? —preguntó a Sharon.

No pareció sorprendido cuando ella negó con la cabeza. Sharon sabía que no tenía nada que temer de Tony, aunque estuviera furioso, pero no estaba tan segura de Sven. Con la suerte que tenía, tal vez los dos hombres se enfrascaran en una pelea, se medio mataran y asustaran y afectaran psicológicamente a los niños de por vida.

—Gracias por todo —dijo ella. Tal vez como esperaba, la puerta no tenía llave—. Y buenas noches.

Sven le dio un beso de hermano en la frente y se alejó.

La luz estaba encendida en la entrada, lo mismo que una lámpara de la sala de estar. Descalza y con los zapatos en una mano, Sharon siguió el camino que Tony había abierto para ella.

Él se encontraba en el estudio, acostado en el sofá cama y viendo un canal de televisión especializado en ventas. Tenía puestos unos desgastados pantalones vaqueros y una camiseta y estaba descalzo. No apartó la vista del televisor cuando Sharon se detuvo junto a él.

Ella echó un vistazo a la pantalla de televisión, en la que aparecía un reloj de pared horriblemente adornado con candelabros y con un precio muy alto.

—¿Piensas volver a decorar tu casa? —preguntó Sharon.

Tony suspiró, sin dejar de mirar la pantalla.

—¿A quién me parezco? —preguntó a su vez—. ¿A Herman Munster?

Sharon dejó los zapatos a un lado y se sentó.

—¿Qué haces aquí? —preguntó a Tony.

Él se frotó la mejilla con una mano.

—Parece que alguna especie de mecanismo escondido en mi cerebro me hace venir a esta casa. Siempre se me olvida que ya no vivo aquí.

Sharon se sintió triste y deshecha. En ese momento, al acomodarse donde estaba sentada, la abertura del vestido avanzó más hacia arriba. Al oír el ruido que produjo el rasgón, tiró de la colcha y bajó la vista.

—¿Sabes qué hora es? —le preguntó Tony.

—Sí —respondió ella, ofendida—. Son las tres y cinco de la mañana, la fiesta ya ha terminado y todos se han divertido mucho. Puedes irte cuando quieras, Tony.

Él extendió el brazo con tal rapidez y ferocidad que Sharon abrió desmesuradamente los ojos. La tomó de la muñeca. Aunque Tony no le hacía daño, ella sintió que el corazón le latía con más fuerza y que el aire no podía salir de sus pulmones.

Antes de que supiera lo que ocurría, se encontró acostada boca arriba, mirando a la cara de Tony. Él apoyaba parte del peso de su cuerpo sobre ella, y aunque estaba enfadada, no le rechazó.

—Si estás enamorada de ese sueco —dijo él con tranquilidad—, quiero saberlo. Ahora.

Sharon tragó saliva.

—No estoy lo suficientemente sobria para hablar de ese asunto.

Tony pareció indeciso, como si no supiera qué hacer; si besar a Sharon o matarla.

—Muy bien. Si tengo que obligarte a beber café durante toda la noche, lo haré.

Ella cerró los ojos.

—Creo sinceramente que deberías soltarme —dijo.

—Dame una buena razón —replicó él.

—Voy a vomitar.

Él se apartó.

—Esa es una muy buena razón —admitió, mientras Sharon se levantaba de un salto del lecho, cubriéndose la boca con una mano, y corría hacia el baño.

Cuando salió, algunos minutos después, Tony

la esperaba con su bata de baño favorita sobre el brazo y un vaso de agua con bicarbonato en la mano.

Sharon se bebió el líquido y luego dejó que Tony le quitara el abrigo. Él arqueó una ceja cuando vio que la abertura había avanzado por encima de la cadera, pero no dijo nada. La hizo volverse para poder abrir el cierre del vestido y Sharon no protestó.

Tenía el pelo hecho un desastre, el rímel le corría por el rostro y el vestido, que estaría pagando durante los siguientes seis meses, se encontraba totalmente echado a perder. No podía permitirse el lujo de viajar a París, y amaba a un hombre con el que le era imposible vivir.

Resultaba cada vez más difícil ser optimista.

IX

A la mañana siguiente, cuando despertó, Sharon se encontró con los efectos de la borrachera de la noche anterior. Le dolía la cabeza y su estómago amenazaba con sublevarse. Gimió y escondió la cara en la almohada cuando oyó a Tony decir a los niños que no hicieran ruido.

Sharon levantó un poco la cabeza y abrió un ojo. Se encontraba en el estudio.

Oyó el alegre crepitar de los leños en la chimenea. Matt estaba viendo los dibujos animados que transmitían por televisión ese sábado por la mañana. Tony se encontraba trabajando en el escritorio, mientras que Briana, cubierta con el vestido echado a perder, se pavoneaba.

—Vaya fiesta —comentó la niña, inspeccionando la abertura rasgada.

—Café —pidió Sharon, gimiendo—. Si alguien tiene una pizca de decencia, que me traiga un poco de café.

Tony rio entre dientes y se levantó de su asiento.

Un momento después, volvía con una taza de humeante café y los niños habían desaparecido misteriosamente.

—¿Lo ves, sensualidad personificada? —dijo él, mientras Sharon se sentaba en el lecho y agarraba la taza con manos temblorosas.

—Gracias —dijo ella, quejándose.

Tony se sentó en el borde de la cama.

El café sabía bien, pero después de dos sorbos, Sharon se dio cuenta de que su estómago no daba la bienvenida al líquido.

Él rio y la besó en la frente.

—Te sentirás mejor más tarde —le dijo él con amabilidad—. Te lo aseguro.

Ella dejó la taza a un lado y se pasó una mano por el pelo.

—Te estás portando muy bien conmigo —dijo, suspicaz, y miró, entornando los ojos, el reloj que estaba sobre la repisa de la chimenea—. ¿Qué hora es, por cierto?

Tony suspiró.

—Es hora de que te levantes y de que te prepares para el viaje a París. Tu avión sale de Seattle esta tarde, ¿no?

Sharon se apoyó en el respaldo del sofá y gimió. Deseaba con todas sus fuerzas confesar a Tony que en realidad planeaba pasar los siguientes cuatro días en la isla, pero no pudo hacerlo. Necesitaba mantener el tipo.

—Sí —respondió.

—Me gustaría llevarte al aeropuerto —dijo Tony.

Sharon le miró fijamente. Aunque deseaba aceptar, no podía porque, por supuesto, Tony descubriría que en realidad no iba a ninguna parte.

—No será necesario —dijo, bajando la vista.

—¿Por qué no? —insistió él.

Sharon estaba atrapada. Podía mentir o confesar que era una impostora y una fracasada. Se mordió el labio inferior y luego dijo bruscamente:

—Porque Sven va a llevarme.

Hubo un momento de absoluto silencio. Luego Tony se puso de pie.

—Magnífico —dijo.

Fue hacia el escritorio y recogió aquello sobre lo que había estado trabajando.

Sharon contuvo el impulso de asegurarle que ella y Sven no estaban comprometidos, pero se detuvo. Después de todo, él tenía a Ingrid.

—Sabía que lo comprenderías —dijo ella, tomando la bata de baño y levantándose de un salto de la cama. Estaba atándose el cinturón cuando Tony se volvió hacia ella.

—No tengo derecho a preguntarte esto —dijo él con voz ronca y apenas audible—, pero debo saberlo: ¿él... Sven... va a ir a París contigo?

Sharon sintió un nudo en la garganta. Sabía lo que le había costado a Tony, en términos de dignidad, hacer esa pregunta. Solo pudo negar con la cabeza.

Tony asintió. Sus ojos revelaban un dolor que Sharon no sabía cómo aliviar.

—Saldré con los niños un rato, si te parece bien. Que tengas buen viaje —dijo él.

Sharon experimentó un enorme sentimiento de culpa. Los quería a todos, a Tony, a Briana y a Matt, y ahora estaba mintiéndoles. Todo por orgullo.

—Gracias —dijo.

Tony la miró con expresión de angustia.

—De nada —dijo.

Cinco minutos después, Briana y Matt ya se habían despedido de ella e ido con Tony.

Andando con dificultad, Sharon fue a la planta alta, se quitó la bata y el camisón que no recordaba haberse puesto y se metió en el baño para tomar una ducha caliente. Cuando salió, se sentía mejor físicamente, pero experimentaba emociones encontradas.

Se puso unos pantalones vaqueros, un amplio jersey y unas playeras. Luego, descolgó el teléfono.

—¿En qué puedo servirle? —preguntó Helen.

Sharon suspiró.

—Ojalá alguien pudiera ayudarme —dijo—. ¿Cómo va el negocio esta mañana?

—Bastante bien —respondió Helen—. Todo está bajo control. Vaya beso que te dio Sven en la fiesta de anoche, querida.

—Esperaba que nadie lo notara —dijo Sharon, poco convencida.

—Tienes que saber que Tony sí lo notó. Se fue cinco minutos después que Sven y tú y tus ex-parientes políticos tuvieron que llevar a la rubia a casa porque él se olvidó de ella.

Sharon se sintió un poco animada.

—Si alguna vez hubiera tenido dudas de que Tony Morelli está loco por ti y solo por ti, ya no existen —continuó Helen—. Supongo que no seguirás con esa farsa de que vas a ir a París, ¿verdad?

—Tengo que hacerlo —respondió Sharon, frotándose las sienes.

—Tonterías.

Sharon no tenía energías para discutir.

—Volveré la víspera del día de Acción de Gracias —dijo con firmeza—. Si mientras tanto se presenta alguna emergencia, ya sabes dónde llamarme.

Helen suspiró.

—Esto nunca resultará, ya lo sabes. Se descubrirá la verdad.

—Tal vez —dijo Sharon—, pero será mejor que no seas tú quien la diga, amiga mía. Yo se lo explicaré a Tony... algún día.

—Muy bien. Contéstame a una cosa: ¿qué número telefónico vas a darle para que te llame si alguno de los niños se pone enfermo? Él espera que te hospedes en algún hotel...

—Hace varios días dije a Tony que me pondría en contacto contigo, así que, si algo pasa, te llamará. Lo único que tendrías que hacer entonces sería llamarme a la cabaña de madera.

—Eso es una tontería, Sharon.

—No recuerdo haberte pedido tu opinión —replicó Sharon.

—¿Y qué hay de las tarjetas postales? ¿Y qué hay en cuanto a recuerdos para los niños? ¿No te das cuenta de que no vas a poder llevar a cabo esto?

Sharon se mordió el labio. Resultaría difícil realizar el engaño, pero ya estaba atrapada.

—Recurriré a esa tienda de importaciones de Seattle —dijo.

—Estás loca —comentó Helen.

—Es muy agradable saber que mis amigas me apoyan.

Hubo una pausa, luego Helen dijo con tranquilidad:

—Quiero que seas feliz. Lo sabes, ¿verdad?

—Sí —respondió Sharon, distraída—. Adiós, Helen. Te veré cuando vuelva de... París.

—Muy bien —dijo Helen, suspirando, y la conversación llegó a su fin.

Sharon metió en una maleta para el viaje pantalones vaqueros, jerseys gruesos y camisones de franela, y dejó la ropa elegante que habría guardado si hubiera ido a París. En la isla, por supuesto, no le serviría de nada.

Metió la maleta en el maletero de su automóvil y se dirigió hacia la tienda de importaciones de Seattle. Tomó la autopista.

De repente, se sintió como una estúpida y salió de la carretera. Minutos después volvía a Port Webster.

«Ya basta», se dijo. Sin duda lo que hacía resultaba más humillante que confesar la verdad a Tony.

Sharon pasó primero por el apartamento de él, pero nadie salió cuando llamó a la puerta. Suspiró, volvió a su automóvil y se dirigió a la casa de los padres de Tony. Al llegar, casi se desanimó. Había automóviles por todas partes. Sin duda algo pasaba. Algo grande.

Resignada, buscó un sitio donde aparcar y luego se dirigió hacia la enorme casa, en donde se percibía gran alboroto. Sonrió con tristeza cuando estiró la mano para tocar el timbre de la puerta. Llegaba a la que ya no era ni sería nunca su casa; quizá jamás lo había sido.

Abrió la puerta Vincent, cuya expresión de gusto confortó un poco a Sharon. La hizo pasar al interior, rescatándola así del penetrante frío de noviembre.

—Adelante —le dijo, estrechándole la mano—. Celebramos una fiesta.

Sharon permaneció en la entrada.

—¿Fiesta? —repitió.

Vincent extendió las manos y sonrió, triunfal.

—Al fin se casa mi testarudo hijo...

La primera reacción de Sharon fue primitiva e inmediata. Tuvo deseos de volverse y huir como un conejo asustado. Sin embargo, respiró hondo y volvió a pensar con sensatez. Tal vez las cosas entre ellos no iban muy bien y quizá Tony y ella no se estaban comunicando como los adultos que se suponía eran, pero sabía que él no se casaría de nuevo sin decírselo.

—Entra a tomar una copa de vino con nosotros —le dijo Vincent amablemente.

Se había dado cuenta del nerviosismo de Sharon, pero era demasiado cortés para comentarlo.

Ella movió la cabeza.

—Quisiera hablar con Tony unos minutos —dijo.

Vincent se encogió de hombros y desapareció, dejando a Sharon de pie bajo la luz de la claraboya de cristal de la entrada, con las manos enlazadas.

Tony apareció unos segundos después, echó un vistazo a la ropa informal que llevaba Sharon y dijo en voz baja y desconcertada:

—Hola.

Sharon respiró hondo y dio un paso decisivo.

—Tengo que hablar contigo —dijo, y se sorprendió al darse cuenta de que estaba a punto de llorar.

Él la tomó de la mano y la guio hacia la escalera. Se sentaron juntos en el segundo escalón. Con movimientos tranquilizadores, Tony le acarició los dedos.

—Te escucho, monada —le dijo con amabilidad.

Con el dorso de la mano que tenía libre, Sharon intentó enjugarse las lágrimas.

—Te he mentido —confesó bruscamente, en voz baja—. No voy a ir a París porque no puedo permitirme ese lujo... mi tienda no es un negocio tan próspero.

Tony suspiró y, tomando entre sus manos la de ella, la llevó hasta sus labios.

—¿Por qué pensaste que tenías que mentir? —preguntó a Sharon después de un prolongado momento.

Sharon suspiró.

—Estaba avergonzada. Creía que te reirías si

descubrías que no tenía dinero para un billete de avión.

—¿Reírme? —la expresión de sus ojos reveló que ella le había herido—. ¿Esperabas que me riera porque te habías llevado una decepción? Por Dios, Sharon, ¿crees que soy tan sinvergüenza?

Sharon se quedó sorprendida por la intensidad del dolor que sentía Tony.

—Perdón —susurró ella.

—Diablos, eso es lo que importa —dijo Tony en voz baja pero furiosa, soltándole la mano con tal brusquedad que rayó en la violencia—. Maldita sea, ni siquiera me conoces, ¿verdad? Estuvimos casados durante diez años y no tienes la menor idea de quién soy.

Sharon necesitaba tranquilizar a Tony.

—Eso no es cierto —dijo, afligida.

—Es cierto —dijo él con voz fría y distante mientras se ponía de pie—. Y estoy perfectamente seguro de que no te conozco.

Aferrándose a la escalera, Sharon se levantó.

—Tony, escúchame, por favor...

—Discúlpame —la interrumpió con fría formalidad—, pero tengo un hermano que está celebrando su compromiso —hizo una pausa y se pasó una mano por el pelo. Cuando miró a Sharon, sus ojos revelaron que se sentía herido y furioso—. Pido a Dios que a Michael e Ingrid les vaya mejor que a nosotros.

«Michael e Ingrid. Michael e Ingrid». Sharon sintió como si le hubieran dado un puñetazo en el estómago. Cerró los ojos para soportar el impacto y se cubrió con sus propios brazos.

—¿Puedes... puedes cuidar a los niños... tal como habíamos planeado? —logró preguntar ella.

—Claro que sí —respondió él—. ¿Qué quieres que les diga?

—Que los quiero —respondió Sharon, y luego se volvió y a tientas buscó la puerta.

Sintió una mano más grande y más fuerte sobre la suya, impidiéndole escapar.

—No estás en condiciones de conducir —dijo Tony, categórico, sin una pizca de emoción en su voz—. No irás a ninguna parte hasta que te tranquilices.

Sharon no podía mirarle a la cara. Sin embargo, sabía que él tenía razón: sería una irresponsabilidad conducir en el estado emocional en que se encontraba. Apoyó la frente en la puerta para contener los sollozos.

Vacilante, Tony la tocó en el hombro.

—Sharon —dijo.

Ella se estremeció al hacer un esfuerzo por dominar sus sentimientos incontrolados. Un momento después había recuperado la tranquilidad.

—Estaré en la isla por si acaso los niños me necesitan —dijo.

—De acuerdo —susurró Tony, y retrocedió para dejarle abrir la puerta y que se marchara.

Sharon se subió a su coche y fue directamente a tomar el transbordador.

Una vez que el barco llegó a su destino, su cerebro empezó a funcionar de nuevo. Se dirigió al supermercado más cercano, donde, con movimientos de robot, eligió los alimentos que iba a llevar.

Como hacía bastante tiempo que nadie había estado en la casa de madera, se sentía frío en ella. Sharon puso en funcionamiento el sistema de calefacción, antes de empezar a guardar la comida que había comprado. Tenía el alma tan entumecida como el cuerpo, pero por un motivo diferente.

—¿Por qué todo ha salido tan mal? —se preguntó.

Como si se burlara de ella, el teléfono sonó en ese momento. Sharon no quería contestar, pero lo hizo. Tenía dos hijos, y si ellos la necesitaban, debía saberlo.

Descolgó el teléfono y habló con la voz más normal que pudo.

—¿Diga?

—¿Estás bien? —quiso saber Tony.

—Estupendamente —respondió ella—. Estupendamente. ¿Pasa algo?

—Los niños están bien —dijo él.

Ella se tranquilizó.

—Me alegro. Entonces no te importará si cuelgo. Adiós, Tony, y disfruta de la fiesta.

—Excepto por aquella noche en que se suponía íbamos a pintar tu apartamento y, en vez de ello, terminamos haciendo el amor, no he disfrutado de nada desde hace ocho meses —dijo Tony—. Y no te atrevas a colgar.

Sharon tomó una silla de la mesa del comedor y se dejó caer en ella.

—¿Qué se supone que debo decir ahora, Tony? Dímelo. Así, tal vez no te pise un pie, ni tú me lo pises a mí.

Cuando Tony contestó, lo hizo de nuevo con indiferencia.

—En este momento tengo ganas de golpear la pared con las dos manos. ¿Cómo puedes esperar que sepa lo que cualquiera de los dos se supone que debe decir?

—Supongo que no lo puedes hacer —respondió Sharon—. Yo tampoco. Adiós, Tony, y da mi enhorabuena a Michael e Ingrid.

—Lo haré —dijo él con tristeza, y luego colgó.

Sharon se estremeció. Dejó el teléfono en su sitio y salió a dar un largo paseo por la playa.

Era casi de noche cuando volvió. Se preparó una taza de café instantáneo, metió la cena en el horno y encendió el fuego de la chimenea de la sala de estar.

El calor de las llamas no podía quitarle el frío. Estaba cenando cuando el teléfono volvió a sonar.

De nuevo, se vio obligada a contestar.

—¿Mami? —se oyó una voz desde el otro extremo de la línea—. Soy Matt.

Por primera vez desde hacía varias horas, Sharon sonrió.

—Ya lo sé. ¿Cómo estás, amor mío?

—Estoy bien —a pesar de tales palabras, Matt parecía preocupado—. Bri y yo estamos pasando la noche con mi abuelita y mi abuelito. ¿Por qué no has ido a París como decías?

—Te explicaré lo de ese viaje a París cuando vuelva a casa, mi vida. ¿Por qué Bri y tú no vais a dormir en la casa de papá?

Antes de que Matt pudiera responder, Bri intervino en la conversación.

—Realmente pasa algo —dijo la niña, desesperada—. Tanto tú como papá estáis actuando de una forma muy extraña.

Aunque a Sharon le habría gustado refutar ese comentario, no podía hacerlo.

—Supongo que sí —admitió en voz baja—. Pero pronto todo volverá a estar bien. Te lo prometo.

—¿De verdad? —preguntó la niña en voz baja. Sharon sintió deseos de abrazar a sus hijos.

—De verdad —confirmó a Bri con amabilidad.

Se produjo una breve conversación al otro extremo de la línea y luego se oyó la voz de María.

—¿Sharon? ¿Estás bien, querida?

Sharon tragó saliva.

—Supongo que sí. María, ¿por qué Tony ha dejado a los niños con usted y Vincent? Me parece haberle oído decir que iba a cuidarlos hasta que yo volviera.

María titubeó antes de responder.

—Tonio estaba trastornado cuando se fue de aquí —dijo con cautela—. Vincent se preocupó y fue tras él. Desde entonces no he visto a ninguno de los dos.

Sharon sintió un gran dolor. Vincent Morelli no era la clase de padre que se entrometiera en la vida de sus hijos. Así que, si se había preocupado lo suficiente para seguir a Tony, era porque existía una verdadera causa para ello.

—¿Dijo algo Tony antes de irse?

Sharon se dio cuenta de que María estaba sollozando.

—No —respondió la mujer mayor—. Me sentiría mejor si lo hubiera hecho. Solo… solo estaba sufriendo.

—Comprendo —dijo Sharon.

—Tonio puede mostrarse poco amable cuando sufre —se aventuró a decir María después de un momento de silencio, el cual, era claro, había empleado para armarse de valor–, pero te ama, Sharon. Te quiere mucho.

–Yo también le amo... pero a veces ese noble sentimiento no basta.

–Es la fuerza más grande que existe en el mundo –dijo a su vez María con firmeza–. Lo que pasa es que Tonio y tú no sabéis emplearlo.

Sharon todavía estaba reflexionando sobre eso cuando María cambió de tema.

–Volverás a la ciudad a tiempo de asistir a la fiesta del día de Acción de Gracias, ¿verdad?

–Sí –respondió Sharon después de un breve titubeo.

–Te hemos echado de menos –continuó su suegra–. Todavía eres miembro de nuestra familia y no importa lo que pueda estar ocurriendo entre tú y ese hijo testarudo que tengo, y... bueno... Vincent y yo estaríamos muy complacidos si vinieras a cenar con nosotros el día de Acción de Gracias.

Sharon se sintió conmovida.

–Gracias –dijo–. Lo pasaría bien.

–Por supuesto, también tu madre será bienvenida –añadió María.

Bea nunca había dado mucha importancia a las fiestas, pero de todas maneras Sharon le formularía la invitación.

–Sin duda comprende usted que mi presencia podría resultar embarazosa. Quizá a Tony no le parezca bien.

—No te preocupes por Tonio. Se portará bien.

A pesar de todo lo que había ocurrido, Sharon rio entre dientes al oír las maternales palabras de María.

—Descansa un poco —terminó diciendo la mujer—, y no te preocupes por los niños. Los cuidaré muy bien.

—Gracias —dijo Sharon con calma, y después de algunas palabras más, las dos mujeres se despidieron y colgaron.

X

El ruido despertó por completo y al instante a Sharon. Se enderezó de golpe en la cama. Mientras escuchaba, el corazón le latía aceleradamente.

Lo oyó de nuevo. Era un ruido sordo. Extendió el brazo hacia el teléfono y marcó un número para llamar a la operadora. Colgó al no recibir respuesta. Temblando, quiso preguntar que quién estaba allí, pero las palabras se le atoraron en la garganta. Además, pensó, enloquecida, no era prudente que el merodeador se diera cuenta de que ella se encontraba allí. Si guardaba silencio, tal vez el desconocido robaría lo que quisiera y se iría sin molestarla.

Por otra parte, mientras apartaba las mantas y se levantaba silenciosamente de la cama, al mismo tiempo que el ruido aquel volvía a resonar por toda la casa, recordó que su automóvil se encontraba aparcado fuera. Era una clara indicación de que alguien estaba en casa. Si se quedaba allí sentada, mordiéndose el labio inferior, quizá terminaría como una de esas mujeres que aparecen en las primeras escenas de una película de terror.

Con sigilo, salió del dormitorio y atravesó el pasillo en dirección a la habitación de Matt, donde, sin buscar mucho a tientas, encontró su bate de béisbol. Así armada, bajó con precaución las escaleras.

Había llegado al pie de estas, cuando una sombra se movió en la oscuridad. Dio un grito e hizo girar el bate. Algún objeto de cristal se hizo añicos.

Una voz áspera y conocida pronunció una maldición y luego la sala de estar se iluminó.

Tony se encontraba de pie, con la mano sobre el interruptor, mirando, desconcertado, a Sharon. Una lámpara se encontraba en el suelo, hecha pedazos.

Poco a poco, Sharon bajó el bate.

—Podrías haber llamado a la puerta —dijo con poca convicción.

El corazón todavía le latía violentamente.

Tony tenía el ceño fruncido.

—¿Por qué iba a hacerlo si tengo la llave? —preguntó, quitándose el abrigo y arrojándolo sobre el sofá—. Ve a calzarte —dijo—. Yo iré a por la escoba.

Sin discutir y con el bate en la mano, Sharon fue a la planta alta. Quería tener la oportunidad de aclarar un poco sus pensamientos. Cuando bajó, minutos después, vestía unos pantalones vaqueros, playeras y un grueso jersey. Tony estaba barriendo los últimos trozos de cristal.

—¿Qué haces aquí? —preguntó ella, desde las escaleras.

Tony suspiró.

—Ha sido idea de papá —respondió.

Sharon puso los ojos en blanco, ligeramente ofendida.

—Qué romántico —comentó.

Su exesposo se fue con la escoba y el recogedor lleno de cristales, y cuando volvió parecía un poco avergonzado. Sin decir palabra, se acercó a la chimenea y encendió el fuego.

Sharon le observó durante un momento, luego fue a la cocina para calentar agua para hacer café. De forma extraña, cada vez más fuerte, la esperanza comenzaba a renacer en ella, aunque ya muchas veces habían intentado entenderse, sin lograrlo.

Llenó la tetera en el fregadero y la puso al

fuego. Acababa de sacar tazas y café de la alacena, cuando sintió la presencia de Tony. Se volvió y le vio en la puerta.

—No me iré —dijo él, decidido pero tranquilo— hasta que lleguemos a un cierto acuerdo.

Sharon suspiró.

—Tal vez eso nos lleve un buen rato —dijo ella.

Él se encogió de hombros. La expresión de sus ojos era desapasionada.

—Francamente, he llegado al punto en que me importa un comino si nos tienen que enviar provisiones mediante un puente aéreo.

En ese momento la tetera comenzó a silbar. Sharon la quitó del fuego y echó agua humeante en la taza.

—Esa es una posición bastante firme, considerando que ha sido idea de tu padre que... te pasaras por aquí.

Tony suspiró y agarró las tazas que Sharon tenía en las manos. Se quedó cerca de ella y luego apartó el café. Su fuerte masculinidad despertó muchas sensaciones dormidas de Sharon.

—Sharon —dijo él en voz baja—, te amo, y estoy seguro de que tú sientes lo mismo por mí.

Sharon tragó saliva.

—Hay tantos problemas..

—Todo el mundo los tiene —dijo él con voz ronca.

Luego la tomó de una mano y la condujo a

la sala de estar. Se sentaron juntos en el sofá, en frente de la chimenea. Sharon, por su parte, se sentía como una adolescente tímida.

—¿Por qué me dejaste creer que Ingrid y tú estabais comprometidos? —se atrevió ella a preguntar.

Miró de reojo y advirtió que Tony tenía la vista fija en el fuego.

Apretó la mano a Sharon. Sus labios intentaron dibujar una sonrisa, breve y triste.

—La respuesta debería ser obvia —dijo él—. Quería que te pusieras celosa.

Sharon se mordió el labio inferior. Dijo en seguida:

—Pues resultó.

Tony se volvió hacia ella. Con la mano que tenía libre, la tomó de la barbilla.

—Cuando el sueco te besó en la fiesta de anoche, casi me volví loco. Así que ya estamos en paz.

—Tal vez —dijo Sharon, sonriendo, vacilante.

Se sentía asustada pero excitada, como si fuera a cruzar aguas profundas ocultas debajo de una fina capa de hielo.

Cauteloso, Tony la besó. El fuego crepitó en el hogar y, a lo lejos, se oyó el triste silbato del transbordador. Después de un largo momento de placentera angustia, él apartó los labios de la boca de ella y los deslizó por el cuello femenino.

—¿Te dijo tu padre que también hicieras esto?
—le preguntó Sharon con voz temblorosa.

Tony rio entre dientes y continuó enloque-
ciéndola.

—Me sugirió que empleara vino y música. Supongo que se imaginó que yo podría encar-
garme de lo demás.

Sharon cerró los ojos, llena de deseo. Estaba
de cara a Tony ahora y le había echado los brazos
al cuello.

—¿Recuerdas —preguntó a Tony en un susurro— cómo lo hacíamos antes, cuando Bri era pequeña?

De nuevo la besó en los labios. Un fuerte
deseo los envolvía.

—Sí. Hacíamos el amor en el suelo de la sala
de estar mientras escuchábamos música.

—Tony —dijo ella, sin aliento.

—¿Qué?

—No sé cómo vamos a arreglar las cosas haciendo esto.

Sintió la sonrisa de Tony muy cerca de sus labios y que el calor masculino penetraba en su
cuerpo.

—Permíteme definir mi posición a ese respecto —susurró él—. Te amo. Te deseo. Y no voy a
poder concentrarme en nada hasta que te haya
tenido.

Sharon se estremeció.

—Sabes muy bien lo que vas a hacer primero, Morelli.

Tony le quitó el jersey y lo echó a un lado; luego le desabrochó el sujetador. Sharon abrió rápidamente la boca para tomar aire cuando él tomó sus senos con las manos y acarició los pezones con los pulgares.

—Me alegro de que me des tu aprobación —dijo él con voz ronca, inclinando la cabeza para probar el cuerpo femenino.

Entonces Sharon ahogó un poco un gemido de placer y enredó los dedos en el pelo de él.

—Me parece que ya sé dónde... nos equivocamos —logró decir ella—. Nunca deberíamos habernos... levantado de la cama.

Le gustó tanto la risa entre dientes de Tony como las caricias que con la lengua le hacía con el pezón.

—¿Sharon?

—¿Qué?

—Cállate.

Ella gimió cuando Tony comenzó a quitarle los pantalones. La dejó apagar las luces y poner el tocadiscos en marcha. La habitación se llenó de música, además del resplandor que proporcionaba el fuego de la chimenea. Tony se arrodilló junto al sofá para acariciarla.

Un tierno delirio se apoderó de Sharon cuando Tony le recordó que conocía su cuerpo casi tan bien como ella misma. Hubo un momento durante el cual él despertó en Sharon respuestas cada vez más primitivas; luego se puso de pie y la levantó en sus brazos. Ella le desabrochó la camisa mientras la llevaba hacia el dormitorio.

La luz de la luna de noviembre iluminó el musculoso pecho de Tony, mientras Sharon le desnudaba.

Él se puso rígido cuando ella tocó un pezón masculino con la punta de la lengua. Se dio cuenta de que Tony ya no podía esperar mas. Las palabras que brotaban de los labios masculinos mientras Sharon le proporcionaba placer no pertenecían a este mundo, sino al que el amor había creado.

Sus cuerpos parecieron luchar entre sí, aunque sus almas se esforzaban por fusionarse en una sola. La pelea comenzó en la tierra y terminó exactamente en el centro del paraíso.

Cuando Tony al fin se derrumbó junto a ella, todavía respirando agitadamente, Sharon le miró a la cara y le besó en la hendidura, casi imperceptible, que tenía en el mentón.

—Creo que se me han derretido los dedos de los pies —confesó ella, suspirando, contenta.

Tony la tomó en sus brazos y la hizo colocarse encima de él.

—Prométeme una cosa —le dijo, cuando ya respiraba con normalidad—. La próxima vez que te ponga furiosa, recuerda que soy el mismo hombre que hace que se te derritan los dedos de los pies, ¿eh?

Sharon le besó.

—Lo intentaré —respondió, colocándose junto a Tony y deseando que el acuerdo al que acababan de llegar durara siempre.

Por desgracia, no podían pasarse el resto de sus vidas en la cama.

—¿En qué piensas? —le preguntó Tony después de un prolongado silencio. Estaba tumbado de lado y la miraba a la cara. Con un suave movimiento, le apartó con una mano el pelo de la mejilla.

—En que te amo. Tony, quiero que esta relación resulte, pero no sé cómo.

Él se incorporó y extendió un brazo para encender la lámpara que estaba sobre la mesa de noche.

—Tengo algunas teorías al respecto —dijo.

—¿Y cuál son tus teorías, Morelli?

Él suspiró.

—Pienso que no peleamos limpio. Parece que chocamos como coches en una feria... y luego rebotamos. Yo trato de herirte y tú tratas de herirme a mí. Y así no arreglamos nada porque los dos estamos tan ocupados desquitándonos y reconciliándonos que nunca hablamos de lo que realmente pasa.

—Eso asusta un poco —admitió Sharon con voz débil, sin poder mirar a la cara a Tony—. ¿Dónde comenzamos?

—Con Carmen, me parece —respondió él con tranquilidad.

Incluso después de diez años de ser la esposa de Tony, después de darle un hijo y de criar a la niña como si fuera suya, el mero nombre de Carmen hacía que Sharon se pusiera a la defensiva y furiosa.

—La odio —confesó.

—Lo sé —dijo Tony.

Sharon se obligó a mirarle a los ojos.

—La amabas.

—Nunca lo he negado.

Sharon respiró a fondo, temblorosa.

—Incluso después de que te casaras conmigo —dijo—. Al principio ocupé el lugar de Carmen, ¿verdad?

Tony se pasó una mano por el pelo y, durante un instante, sus facciones se endurecieron.

—Es cierto que no me tomé el tiempo suficiente, como debería haber hecho, para que terminara el dolor que sentía —admitió después de un prolongado silencio—. La soledad... no sé si podré explicarte lo que era eso. Me atormentaba. No podía soportar estar solo, pero visitar a mi familia era todavía peor, porque todos ellos parecían tener algo que hacer en la vida y yo no.

Vacilante, Sharon extendió el brazo y cogió la mano de Tony.

—Continúa —le dijo.

—No hay mucho más que decir, Sharon. Quería una esposa, y quería una madre para Briana... pero para eso me bastaba con mirar la lista de tarjetas de Navidad de mamá. Mi madre, mis tías, hermanas y primas... todas ellas tenían candidatas. Me casé contigo porque te quería.

Sharon observaba la cara de Tony.

—¿Me querías? ¿Eso es todo?

Tony suspiró, echó la cabeza hacia atrás y, con expresión de tristeza, fijó la vista en el techo.

—No, te amaba, pero no me di cuenta de eso entonces. Me estaba aprovechando de ti.

Tanta sinceridad la hería.

—Quisiste... quisiste que me fuera, supongo.

Tony puso el brazo alrededor de los hombros de ella y la apretó contra su cuerpo.

—Nunca —dijo—. ¿Sabes cuándo descubrí que te amaba tanto como alguna vez había amado a Carmen? Fue aquel día de campo, un Cuatro de Julio, cuando subiste a aquel maldito pino para rescatar el avión de juguete de un niño y, por bajar rápido, te rompiste el brazo.

Sharon estaba asombrada. Lo que ella recordaba de aquel primer Día de la Independencia, después de su matrimonio, era que se había perdido la celebración y pasado la mayor parte de la tarde y la noche en el hospital, donde le pusieron una escayola en el brazo.

—¿Eso hizo que te enamoraras de mí? —preguntó a Tony—. Eres un hombre difícil de complacer, Morelli.

Él la besó en la sien.

—No estás escuchándome. Te dije que me di cuenta ese día de que lo que sentía por ti era amor.

Guardaron silencio durante algunos minutos, absortos en sus propios pensamientos. Al fin, Sharon dijo:

—Yo no crecí en una familia como la tuya, Tony. No tenía... no tengo... esa seguridad en ti mismo que tú posees. Mi inseguridad ha causado muchos problemas... ahora me doy cuenta —hizo una pausa y luego suspiró con tristeza—. Y luego allí está la tienda. ¿Qué te parece realmente mi negocio?

—Lo odio —contestó él con amabilidad—. Pero ese es problema mío, no tuyo —con expresión maliciosa, dio un beso a Sharon—. Ya me encargaré de solucionarlo.

Sharon experimentó tranquilidad y felicidad.

—¿Estás diciéndome que quieres intentarlo de nuevo?

Él le acarició el seno.

—Sí —respondió con franqueza—. ¿Me darás una segunda oportunidad?

—¿Hablas de matrimonio o de nuestra actividad nocturna favorita? —preguntó Sharon, bromeando.

Tony comenzó a acariciarla.

—De matrimonio. Si puedo hacer que se te derritan los dedos de los pies, entonces creo que podré ocuparme de lo demás.

Sharon rio. Luego gimió un poco cuando él deslizó la mano hacia abajo, hasta llegar al abdomen de ella, donde trazó círculos que la atormentaban.

—Creo que sí —dijo ella.

Él se metió debajo de las sábanas y con la lengua acarició uno de los pezones de Sharon.

—Cásate conmigo —dijo Tony—. Por favor...

Ella jadeó mientras él seguía acariciándola.

—Tal vez... tal vez primero deberíamos vivir juntos —logró decir Sharon—. Hasta que aprendamos a pelear correctamente.

—Muy bien —dijo Tony—. Explícales eso a Matt y a Bri, y a mi abuela, y...

—Me casaré contigo —le interrumpió Sharon. Sabía muy bien cuándo la habían derrotado—. Pero lo más seguro es que tengamos muchas peleas. Tendremos que llegar a muchos acuerdos.

—Sí —dijo Tony; no parecía muy interesado en lo que ella decía—. Tal vez.

Le estaba proporcionando tanto placer, que a Sharon le resultaba difícil hablar con normalidad.

—A veces yo ganaré y a veces tú ganarás.

Tony apartó las sábanas y estiró el brazo para apagar la luz.

—¿Es que no vas a callarte nunca? —dijo, apretándola contra su cuerpo.

A la mañana siguiente, cuando despertó, Sharon no vio a Tony en la cama. Se quedó preocupada un momento, hasta que le oyó subir corriendo las escaleras.

Entró como una tromba en el dormitorio. Se había puesto unos pantalones cortos para correr y estaba bañado en sudor. Sonrió a Sharon y luego se metió en el baño para darse una ducha.

Ella esperó hasta que oyó el ruido del agua; luego se reunió con él.

Ese día fue magnífico. Agarrados de la mano, pasearon por la playa, conversaron, dijeron lo que realmente sentían, soñaron en voz alta y decidieron cómo combinar sus esperanzas. Incluso discutieron alguna que otra vez.

Era ya tarde, esa noche, cuando estaban comiendo un complicado plato a base de pastas que Tony había preparado. Entonces se presentó la primera verdadera prueba a la decisión que habían tomado de ser sinceros.

Sharon había estado hablando de la oportunidad que había desaprovechado al no poder ir a París. Tony le dijo:

—Si necesitabas dinero, deberías habérmelo pedido.

Acurrucada en un sillón, delante del hogar, Sharon puso el tenedor sobre el plato y dijo con tranquilidad:

—No podía.

Tony emitió un juicio.

—A causa de tu maldito orgullo.

—Como si tú no lo tuvieras.

En los ojos oscuros de Tony se preparaba una tormenta. Pero él sonrió, aunque avergonzado.

—De acuerdo. Volvamos a nuestros rincones… están prohibidos los puñetazos en el riñón y los golpes debajo del cinturón.

Con sonrisa maliciosa, Sharon dejó el plato, se levantó del sillón, puso el equipo de música y apagó las luces. La chimenea proporcionaba una agradable luz. Ella se extendió en el suelo, frente al hogar, dejando que la luz y el calor bañaran su cuerpo.

Cuando Tony se reunió con ella, Sharon le echó los brazos al cuello.

—Te he echado mucho de menos —le dijo ella, mientras la música crecía a su alrededor como un río invisible. Pronto las aguas los arrastrarían, pero Sharon no tenía intenciones de nadar contra corriente—. Te amo —le dijo a Tony, besándole.

Poco después giraban en medio de un torrente de sensaciones, que terminó cuando Sharon gritó el nombre de Tony y deslizó las febriles manos por la piel masculina, mientras él le dirigía suaves y tiernas palabras.

La enorme casa estaba llena de risas y de un agradable olor a pavo asado cuando Sharon y Tony llegaron. Vincent sonrió al verlos. Fue María quien tomó las manos de Sharon entre las suyas y así descubrió el anillo de oro que esta llevaba en el dedo.

—¿Cuándo? —preguntó, con ojos brillantes de alegría.

Tony la besó en la frente. Antes de que pudiera contestar, sin embargo, Briana y Matt se abrieron paso entre la multitud de primos, tías y tíos y se acercaron desde diferentes direcciones, pero llegaron al mismo tiempo.

—Algo ha pasado —dijo Bri, mirando a su padre y luego a Sharon—. ¿Qué es?

—Se han casado, tonta —le dijo Matt con afectuoso desdén—. ¿No ves los anillos que se han puesto?

Sharon asintió para responder a la pregunta que vio brillar en los ojos de Bri. Con un grito de regocijo, la niña se arrojó a los brazos de su madrastra.

Michael, mientras tanto, estrechaba la mano de Tony.

—¿Significa esto que vas a volver a estar en condiciones de trabajar? —preguntó con voz ronca.

Tony se echó a reír y tomó en brazos a Matt, quien estaba emocionado.

—Ahora todos vamos a vivir juntos en la misma casa, ¿verdad? —quiso saber el chiquillo.

—Sí —respondió Tony.

—¿Cómo es que habéis podido conseguir un permiso tan pronto? —preguntó Rosa, la hermana de Tony, desde algún lugar en medio de la multitud de encantados parientes.

—Nos hemos casado esta mañana en Nevada y después he alquilado un avión para que nos trajera aquí —explicó Tony—. ¿Está todo el mundo satisfecho o tengo que convocar una conferencia de prensa?

Con un poco de ayuda por parte de Tony, Sharon se quitó el abrigo y fue a la cocina con María. Bri y Rosa la siguieron.

Una hora después la cena estaba lista para ser servida. Bea llegó en su viejo coche con un plato más para contribuir a la fiesta.

Sentada junto a Tony, con la mano sobre la de él, Sharon contó a los hombres, mujeres y niños que se habían reunido para dar gracias bajo el techo de los Morelli. Había cuarenta y tres caras sonrientes alrededor de las mesas de juego y de la de roble.

Se murmuraron algunas oraciones. Luego Vincent comenzó a trinchar el primero de los tres pavos, todo ello en medio de grandes fanfarrias. Feliz, Sharon sintió que estaba a punto de llorar cuando miró a Tony, luego a Briana y luego a Matt.

En silencio, elevó su propia plegaria. Luego rio y vitoreo a Vincent por su experiencia para trinchar pavos, junto con el resto de la familia.

Su familia.

2/16 ②
12/16 ② 2/16